I0713901

Mord und Kirschkuchen

Ein Kulinarischer Holly Holmes Krimi – book 4

K.E. O'Connor

K.E. O'Connor Books

Copyright © 2019 by K.E. O'Connor

K.E. O'Connor Books 24 St. Vincent's Road, Chelmsford, Essex, UK, CM2 9PS.

keoconnorauthor@keoconnor.com

Die Orignalausgabe des Romans erschien 2019 unter dem Titel »Cherry Cream and Murder«

Übersetzt von Iris Pilzer.

Korrekturlesen von Sophie Ruhnke

Coverart Daniela Colleo http://www.StunningBookCovers.com

Alle Rechte Vorbehalten.

Dies ist ein belletristisches Werk. Alle in diesem Buch erwähnten Namen, Charaktere, Orte, Marken, Organisationen, Medien und Ereignisse entstammen entweder der Fantasie der Autorin oder werden fiktiv verwendet. Jegliche Ähnlichkeit mit lebenden oder toten Personen, Unternehmen, Ereignissen oder Örtlichkeiten ist rein zufällig.

Erstellt mit Atticus.

Kapitel 1

»Das ist doch mal etwas anderes als das Fahrrad, oder nicht, Meatball?« Ich schaute vom Fahrersitz des weißen Vans, den ich fuhr, hinüber.

»Wuff, wuff!« Er wedelte zustimmend mit seinem Stummelschwanz.

Ich grinste, als ich meinen fabelhaften Corgi-Mischling auf dem Schoß meiner Freundin Louise Atkins sitzen sah, während wir nach Audley St. Mary fuhren, um dort eine große Tortenlieferung für eine schicke Party abzugeben.

»Er genießt es«, sagte Louise. »Und ich kann es kaum erwarten, das Haus zu sehen. Ich war noch nie in Marchwood Manor.«

»Ich auch nicht.« Ich fuhr den Lieferwagen an den Fahrbahnrand, um einen Bus vorbeizulassen. Die Straßen rund um das Dorf waren meist einspurig und ich war es gewohnt, mit meinem Lieferrad zu fahren und nicht mit einem der Lieferwagen. Aber wir mussten dreißig Tabletts mit köstlichen Leckereien für die Party von Sir Marchwood liefern. Die hätten nie in den Karren gepasst, mit dem ich die Kuchen im Dorf auslieferte.

Meatball wippte auf Louises Schoß und beugte sich vor, wobei er seine rosa Zunge herausstreckte. Er war mit einem Geschirr an Louises Sicherheitsgurt befestigt, also war auch er perfekt gesichert.

»Holly, sieh mal!« Louise schlang einen Arm um Meatball und beugte sich in ihrem Sitz vor. »Auf dieser Party gibt es Einhörner.«

Ich drosselte die Geschwindigkeit und blinzelte. Tatsächlich, da waren zwei riesige cremefarbene Pferde mit elegant gestylten Hörnern, die auf ihre Köpfe geschnallt worden waren. Sie taten mir ein bisschen leid. Ich bezweifelte, dass sich die Pferde für diese Veranstaltung hatten herausputzen wollen. Sie waren auch ohne die falschen Hörner und das Glitzerzeug auf ihrem Fell prächtig genug.

Ich brachte den Van vor dem Eingangstor des Herrenhauses zum Stehen. Ein großer Wachmann kam mit einem Klemmbrett herüber.

»Holly Holmes und Louise Atkins«, sagte ich. »Wir liefern Kuchen für die Party auf Audley Castle.«

Er überprüfte die Liste auf seinem Klemmbrett, bevor er uns durchwinkte. Die Doppeltore öffneten sich und ich fuhr die Privatstraße entlang in Richtung Marchwood Manor.

Das Herrenhaus war fast so alt wie Audley Castle. Früher hatte es der Familie Trevelan gehört, doch jetzt wurde es von Sir Richard Marchwood verwaltet. Er war noch nicht lange hier, aber er war bereits für seine extravaganten Partys und VIP-Gästeveranstaltungen bekannt. Und es sah so aus, als würde er seine gesellschaftlichen Aktivitäten um Einhorn-Partys erweitern.

So sehr ich mich auch freute, hier zu sein und mich an einem so schönen Ort umzusehen, wollte ich unbedingt zurück zum Schloss. Wir hatten gerade eine große Veranstaltung, die mir sehr am Herzen lag: ein dreitägiges Geschichtsprogramm, das sich langsam dem Ende zuneigte. Neben faszinierenden Vorträgen und Ausstellungen gab es dort auch Vorführungen von mittelalterlichen Waffen.

Ich liebte es, etwas über die Vergangenheit zu lernen. Es war so faszinierend, wie die Menschen früher gelebt hatten und wie sie die Art und Weise, wie wir heute leben, geprägt hatten.

Ich stellte den Wagen auf dem uns zugewiesenen Parkplatz ab und stieg mit Louise aus.

»Du bleibst besser hier«, sagte ich zu Meatball, als er versuchte, sich aus der Autotür zu schleichen. »Du willst doch die Einhörner nicht erschrecken. Und Sir Richard mag vielleicht keine Hunde.«

»Wuff.« Er ließ seine kleine Nase hängen.

Ich kurbelte das Fenster herunter und zog ein Leckerli aus meiner Tasche, das ich ihm reichte. »Du versäumst nichts. Und wir werden nicht lange brauchen. Wenn wir wieder im Schloss sind, werde ich heute Abend einen langen Spaziergang mit dir machen.«

»Wuff, wuff.« Das brachte mir ein leichtes Schwanzwedeln ein, während er an seinem Leckerli knabberte.

Ich ging hinten um den Lieferwagen herum, öffnete ihn und begann, die Kuchen auf die beiden Wagen zu laden, die wir mitgebracht hatten.

»Sind das etwa die Kuchen für meine Party?« Sir Richard schritt aus dem Schloss. Er trug eine grüne Seidenkrawatte zu einem makellosen weißen Hemd und einer schwarzen Anzughose. Er hatte ein breites Lächeln und ein Funkeln in seinen blauen Augen.

»Das ist richtig, Sir Richard«, sagte ich. »Wo sollen wir sie hingeben?«

»In meine Hand. Ich liebe die Leckereien von Audley Castle.« Er lächelte uns beide an. »Liefern Sie nur oder haben Sie die auch gemacht?«

»Holly macht die besten Leckereien im Schloss«, sagte Louise. »Sie ist unser Backgenie.«

»Das ist ja großartig«, sagte Sir Richard. »Ich bestehe auf das Beste für meine Gäste. Ich habe den Herzog und die Herzogin zur Party eingeladen, aber sie haben mir gesagt, dass sie eine historische Veranstaltung ausrichten.«

Ich schob den beladenen Wagen in Richtung des Herrenhauses. »Das stimmt. Es war bisher eine großartige Veranstaltung. Redner aus dem ganzen Land waren da, darunter Professor Stephen Maguire. Er ist ein Experte für die Tudor-Ritter und mittelalterliche Kriegsführung.«

»Ich habe noch nie von dem Kerl gehört. Englisch hat mir in der Schule immer gefallen. Das habe ich auch studiert.« Sir Richard klappte den Deckel der obersten Schachtel auf und betrachtete die säuberlich aufgereihten Kirschsahnetorten. »Darf ich eine probieren?«

»Sie gehören ganz Ihnen«, sagte ich.

»Führen Sie mich nicht in Versuchung. Ich bin ein furchtbares Schleckermaul.« Er zog ein glitzerndes Törtchen heraus und nahm einen Bissen. Seine Augen schlossen sich und er stöhnte. »Absolut köstlich. Meine Gäste werden begeistert sein. Hier entlang. Ich habe gerade keine Zeit, also werde ich Ihnen den Weg zur Küche zeigen.«

Das Ausladen der restlichen Torten dauerte nicht lange und nach zwei Abstechern zum Lieferwagen war der hintere Teil leer. Nur der schwache Geruch von süßem Gebäck blieb zurück.

»Bevor Sie gehen, möchte ich Ihnen etwas für Ihre harte Arbeit geben.« Sir Richard kam mit zwei vollen Gläsern, die nach Champagner aussahen, und zwei Kirschsahnetörtchen auf einem Tablett heraus.

»Das ist sehr nett von Ihnen«, sagte ich, »aber den Schampus trinke ich lieber nicht. Ich muss noch fahren.«

»Dann trinke ich deinen auch.« Louise schnappte sich beide Gläser und nippte daran. »Der ist herrlich.«

»Und natürlich müssen Sie die Törtchen probieren. Es sei denn, Sie schlemmen schon in der Backstube und haben die Nase voll von Ihrem eigenen Kuchen.« Er reichte uns die verlockenden Leckereien.

»Es ist immer Platz für etwas Süßes.« Ich nahm beide Törtchen, denn Louise war damit beschäftigt, den

Champagner zu trinken, als wäre er Wasser. »Ich hoffe, Sie haben Spaß auf Ihrer Party.«

»Ich danke Ihnen, meine Liebe. eigentlich amüsiere ich mich immer«, sagte Sir Richard.

Louise machte kurzen Prozess mit dem Champagner und stellte die leeren Gläser zurück auf das Tablett. »Danke. Der war fantastisch. Sogar besser als der, den sie im Schloss servieren.«

»Das werde ich dem Duke nicht erzählen. Er behauptet immer, er habe den besten Weinkeller in der ganzen Grafschaft.« Sir Richard schmunzelte und winkte uns zum Abschied zu, als wir wieder in den Wagen stiegen und davonfuhren.

Louise bekam einen Schluckauf, während sie die Törtchen hielt und Meatball auf ihrem Schoß balancierte. »Wie die andere Hälfte lebt, was? Überleg mal, wie viel es kosten muss, so ein Haus zu heizen.«

»Wahrscheinlich fast so viel, wie die Heizung von Audley Castle kostet«, sagte ich. »Diese alten Gebäude sind wunderschön, aber sie brauchen viel Pflege. Ich bin glücklich in meiner kleinen Wohnung.«

Ich wohnte in einem kleinen Appartement auf dem Gelände des Schlosses, das zum Arbeitsplatz gehörte. Es bestand aus einem Bett, einer winzigen Küche, einem Bad und einem Wohnzimmer, aber das war alles, was ich brauchte. Nur Meatball und ich, glücklich in unserem kleinen Fleckchen Paradies.

»Sollen wir eine Pause machen?«, sagte Louise. »Wir haben schneller ausgeladen, als wir gedacht haben. Chef Heston wird uns erst später zurückerwarten.«

»Zehn Minuten können nicht schaden«, sagte ich. »Und wie es aussieht, könnte Meatball auch eine Pause vertragen.«

Er wippte wieder auf Louises Schoß hin und her, schenkte den Törtchen keine Aufmerksamkeit und jammerte jedes Mal, wenn wir an einem Fleckchen Gras vorbeikamen. Ich kannte die Anzeichen. Er brauchte eine Pinkelpause.

Ich fand einen Parkplatz in der Nähe einer Bank, wo ich anhielt. Dort ließ ich Meatball im Gras herumlaufen, damit er sein Geschäft verrichten konnte, bevor ich mich neben Louise niederließ und wir unsere perfekt süßen und reichhaltigen Kirschsahnetörtchen genossen.

»Hättest du nicht gerne ein prächtiges Herrenhaus, in dem du einen Tag lang herumflanieren kannst?«, fragte Louise.

»Nein. Dann müsste ich die ganze Zeit putzen und könnte es nicht genießen.»

»Dafür hättest du Personal. Und ich habe gehört, dass Sir Richard Single ist, falls du jemanden mit Geld heiraten willst.« Sie wackelte mit ihren Augenbrauen.

Ich grinste und schüttelte den Kopf. »Du hättest ihn um ein Date fragen sollen.«

»Ha! Vielleicht werde ich das. Er schien nett zu sein. Aber ein bisschen zu alt für mich. Und es ist schade, dass wir nur die Küche zu sehen bekamen. Ich hatte gehofft, dass wir ein bisschen herumschnüffeln könnten.«

»Ein einfaches Leben ist mir lieber als der ganze Schnickschnack an so einem Ort.« Mein Leben war gut. Ich war glücklich mit meinem Job, Chef Heston schrie mich nicht die ganze Zeit an und ich hatte Meatball und tolle Freunde.

»Wenn wir zurückkommen, sind die meisten Geschichtsfreaks wieder weg«, sagte Louise.

»Nicht ganz. Es gibt noch einen letzten Abend mit Vorträgen«, sagte ich. »Das ist eine exklusive Veranstaltung, zu der nur geladene Gäste kommen. Der Herzog und die Herzogin haben es für enge Freunde und Familienangehörige arrangiert, aber ich habe es geschafft, mir eine Einladung von Prinzessin Alice zu erbetteln. Und morgen gibt es einen Bogenschießwettbewerb. Das wird bestimmt aufregend.«

»Klingt nicht so spannend für mich«, sagte Louise. »Machen wir das Catering für diese Veranstaltungen?«

»Heute Abend nicht. Aber ich mache die Desserts für den Bogenschießwettbewerb. Ich will früh da sein, um die Teilnehmer zu sehen. Sie werden mit nachgebauten Langbögen aus dem Mittelalter schießen. Das wird großartig.«

Sie warf mir einen prüfenden Blick zu. »Du hast seltsame Interessen, Holly.«

»Es ist nicht seltsam, wenn man sich für Geschichte interessiert.«

»Und was ist mit Dates? Davon sehe ich bei dir nicht besonders viele. Sag mir nicht, dass du es aufgegeben hast, die große Liebe zu finden, und dich nur noch auf muffige Geschichte konzentrierst.«

»Nicht ganz«, sagte ich. »Aber ich habe schon die Liebe meines Lebens gefunden.« Ich streichelte Meatball, während er geduldig dasaß und hoffte, dass wir ein paar Krümel von unseren Törtchen fallen lassen würden.

»Und er ist ein toller kleiner Kerl, aber wie wäre es, wenn du dir einen netten Mann suchst, mit dem du deine Zeit verbringen kannst? Ich sehe, dass du viel mit Campbell redest. Er sieht echt lecker aus.«

Ich rümpfte die Nase. »Ich habe kein Interesse an Campbell. Jedenfalls nicht als festen Freund.«

»Er schleicht sich oft mit dir weg, um mit dir zu plaudern. Ich glaube, er mag dich. Ich dachte, dass du auch auf ihn stehst.«

»Nein, er mag mich nicht wirklich. Er schimpft immer mit mir. Außerdem stehe ich auf Männer, die ein bisschen nerdiger sind. Du weißt schon, den Bücher-Typ. Ich will einen Mann, der mich mit seinem Verstand verführt, nicht mit seinem Bizeps.«

»Gut zu wissen«, sagte sie. »Ich wollte Campbell schon um ein Date bitten, aber ich wollte dir nicht auf die Füße treten.«

»Oh! Natürlich. So etwas machst du nicht.« Ich hatte ein seltsames Verhältnis zu Campbell Milligan, dem Sicherheitschef des Schlosses. Manchmal kamen wir gut miteinander aus. Dann gerieten wir wieder aneinander und unsere Freundschaft kippte. Manchmal schlug sie in regelrechte Abneigung um.

»Weißt du, ob er gerade mit jemandem zusammen ist?«

»Ähm, er hat mir noch nie von einer Freundin erzählt. Er ist sehr verschlossen.« Ich zuckte mit den Schultern. »Findest du ihn nicht ein bisschen unheimlich? Er hat all diese geheimen Spionagefähigkeiten. Was ist, wenn ihr euch streitet? Er könnte dich verschwinden lassen und niemand würde dich je finden.«

»Er ist gefährlich. Das gefällt mir.« Sie grinste mich an. »Du kannst dir sicher sein, dass du beschützt wirst, wenn er mit dir ausgeht und du in Schwierigkeiten gerätst.«

»Auf welche Art von Dates soll er dich denn mitnehmen, die in Schwierigkeiten enden?«

»Die Art, bei der ich in seine Arme falle und er mich küsst, bis ich nicht mehr klar sehen kann. Das ist die Art von Ärger, nach der ich suche.«

Ich rümpfte die Nase. »Campbell hat nicht den geringsten Hauch von Romantik in sich.«

»Ich hoffe, er steht nicht auf abenteuerliche Dinge, bei denen man im Freien ist.« Louises Mund verzog sich. »Das würde mir nicht gefallen. Ich sollte ihn zum Essen einladen. Bei einem romantischen Candlelight Dinner zu zweit könnte ich sehen, ob Campbell auch eine weiche Seite hat.«

»Die habe ich noch nie zu Gesicht bekommen«, sagte ich. »Los, wir müssen zurück zum Schloss.«

Wir drei stiegen wieder in den Lieferwagen. Ich war erst ein kurzes Stück die Straße entlang gefahren, als das Lenkrad nach links ruckte.

Ich hielt an, als wir die Kreuzung erreichten. »Schau dir mal das Rad auf der Beifahrerseite an. Ich habe Schwierigkeiten beim Lenken.«

Louise kurbelte das Fenster herunter. »Oh, oh. Wir haben einen Platten.«

Ich zog eine Grimasse, als ich den Wagen an den Straßenrand lenkte. Wir stiegen wieder aus und sahen uns die Reifen an.

»Weißt du, wie man einen Reifen wechselt?«, fragte Louise.

»Klar. Vorausgesetzt, wir haben das richtige Werkzeug dabei.« Ich ging zum hinteren Teil des Wagens und öffnete den Fußraum. Dort befanden sich ein Wagenheber, ein Schraubenschlüssel und ein Ersatzreifen.

Ich runzelte die Stirn, als ich den Ersatzreifen begutachtete. Auch er war platt. »Wir haben da ein kleines Problem.«

»Kein Reifen?«

»Keine Luft im Reifen«, sagte ich.

»Wir müssen einen Abschleppdienst anrufen.«

Ich drehte mich um, als ein Fahrzeug neben uns anhielt. Es war ein wohlbekannter schwarzer Land Cruiser, der von den Sicherheitsteams auf Audley Castle benutzt wurde.

Ein Fenster wurde heruntergelassen, und Campbell lugte heraus. »Was macht ihr hier?«

Ich seufzte. Natürlich würde er mich aufspüren, wenn ich in Schwierigkeiten geriet. »Ich habe nur ein kleines Problem mit einem platten Reifen.«

Ein Lächeln huschte über sein Gesicht. »Sag bloß, du hast den Lieferwagen kaputt gemacht?«

»Nein! Es ist einfach ein Platter. Das kann jedem passieren. Und ich habe gerade herausgefunden, dass der Ersatzreifen unbrauchbar ist. Kannst du uns vielleicht zurück zum Schloss schleppen?«

»Die Wahrscheinlichkeit dafür ist gleich null. Warte mal. Ich mach das schon.« Campbell stellte sein Fahrzeug hinter unseres. Er stieg aus, begleitet von zwei weiteren Sicherheitsleuten, Mason Sloane und Kace Delaney.

»Mein Traum ist wahr geworden«, flüsterte Louise mir ins Ohr. »Wir haben gerade über ihn gesprochen und jetzt ist er hier. Soll ich ihn jetzt um ein Date bitten?«

»Vielleicht nicht gerade jetzt«, sagte ich. »Campbell schottet sich gerne ab. Er konzentriert sich nur auf eine Sache, wenn er arbeitet.«

»Er kann sich jederzeit ausschließlich auf mich konzentrieren, wenn er will.«

Ich schaute Louise an und schüttelte den Kopf.

Campbell ging zum Vorderreifen und trat leicht dagegen. »Er ist platt.«

»Habe ich dir das nicht gerade gesagt?«, sagte ich.

Er inspizierte den Ersatzreifen. »Der ist auch platt.«

Ich unterdrückte den Drang, zu meckern. »Hast du etwas, womit wir ihn flicken können?«

»Klar. Mason, hol das Reparaturset aus dem Kofferraum.«

Mason nickte und ging zum hinteren Teil des Fahrzeugs. Dann kam er mit dem Reparaturset zurück.

»Das ist eine vorübergehende Lösung«, sagte Campbell. »Fahre keine langen Strecken, sonst hält es nicht. Und wenn du zurück zum Schloss fährst, bleib unter dreißig Meilen pro Stunde.«

»Das ist kein Problem«, sagte ich.

Campbell zog seine Jacke aus und krempelte sich die Ärmel hoch, bevor er sich daran machte, den Reifen zu reparieren.

»Du siehst aus, als ob du trainierst«, sagte Louise.

Ich schaute sie an und hob die Augenbrauen. Wollte sie das wirklich tun, selbst nach meiner Warnung?

»Ich muss für den Job in Form bleiben«, sagte Campbell und richtete seine Aufmerksamkeit auf den Reifen.

»Ich möchte fit werden«, sagte Louise. »Kannst du mir vielleicht ein paar Tipps geben? Denkst du, ich habe eine gute Figur?«

Er grunzte. »Holly trainiert viel. Frag sie. Sie probiert immer irgendwelche verrückten Fitnesstrends aus.«

»Meine Fitnessinteressen sind nicht verrückt«, sagte ich.

»Du magst doch ungewöhnliche Dinge«, sagte Louise. »Hat mir mal jemand erzählt, dass du Yoga mit Ziegen machst?«

»Das hat Spaß gemacht«, sagte ich. »Prinzessin Alice hat das für mich organisiert.«

»Ich bin mir sicher, dass du mir ein paar Fitnesstricks zeigen kannst«, sagte Louise zu Campbell. »Ich lerne schnell.«

»Das freut mich zu hören.« Er stand auf und nickte in Richtung des Reifens. »Der ist startklar. Mason, wechsle die Reifen für die Damen, dann können wir weiterfahren.«

»Wird erledigt, Boss.« Mason verschwand mit Kace hinter dem Lieferwagen.

»Danke, dass du zwei Jungfrauen in Not geholfen hast.« Louise klimperte mit ihren Wimpern. »Wir wären in der Klemme gewesen, wenn du nicht mitgekommen wärst.«

»Ich bin sicher, dass uns etwas eingefallen wäre«, sagte ich. »Du wolltest einen Abschleppdienst rufen, kurz bevor Campbell kam.«

»Das ist nicht nötig«, sagte Campbell. »Das war ganz einfach.«

»Ich hätte das nicht geschafft. Du bist so clever«, sagte Louise.

Campbell sah sie an und seine Augen verengten sich ein wenig. Seine Aufmerksamkeit richtete sich auf mich. »Ich habe dich bei den Geschichtsvorträgen gesehen.«

»Ich konnte nicht widerstehen. Es war so interessant. Ich fand die Präsentation über die Etikette im königlichen Haushalt toll. Und die Vorführung der alten Waffen war atemberaubend.« Ich warf einen Blick auf Louise. Die runzelte die Stirn. »Louise interessiert sich auch für Geschichte.«

Campbell neigte seinen Kopf. »Wirklich?«

»Oh! Ähm, ich meine, sicher.« Sie sah mich an, als hätte ich eine fremde Sprache gesprochen. »Warum nicht? All diese Waffen und ... Dinge. Interessierst du dich für Geschichte, Campbell?«

»Nicht wirklich.«

Sie ließ die Schultern hängen. Campbell machte es ihr nicht leicht. Louise war hübsch, witzig und zeigte sehr deutlich, dass sie an ihm interessiert war. Er nahm die Signale nicht wahr.

»Hast du die Waffenausstellung gesehen?«, fragte ich. »Die Waffen waren echt und wurden bei mehreren archäologischen Ausgrabungen gefunden. Der Dozent sagte, dass sie Repliken anfertigen, um sie zu testen.«

»Das klingt interessant«, sagte Louise, die überhaupt nicht interessiert aussah, während sie Campbell weiter anstarrte.

»Ich habe lieber eine moderne Waffe«, sagt Campbell. »Mit diesen alten Metalldingern kann man nicht automatisch schießen und schnell nachladen.«

Natürlich würde er das sagen. »Warst du bei einem der Vorträge? Die Diskussion über die Bautechniken bei der Kings College Chapel war interessant.«

»Du bist so ein Nerd«, flüsterte Louise.

Campbell grinste. »Ich bin schon froh, wenn die alle wieder weg sind. Die zusätzlichen Leute bedeuten Doppelschichten für mein Sicherheitsteam.«

»Die meisten von ihnen werden heute Abend wieder weg sein«, sagte ich. »Dann kannst du wieder vor den Privaträumen der Familie herumstehen und versuchen, nicht gelangweilt auszusehen.«

»Holly!« Louise schlug mir auf den Arm. »Campbell und sein Team machen einen wichtigen Job, um unsere Arbeitgeber zu schützen.

Campbell grinste. »Das ist richtig. Mein Job ist sehr wichtig. Danke, dass du das bemerkt hast.«

Louise kicherte. »Gern geschehen.«

Puh! Das wurde langsam peinlich. »Wirst du morgen beim Schießwettbewerb sein?«, fragte ich Campbell.

»Ja, ich werde dort sein. Prinzessin Alice und Lord Rupert werden auch anwesend sein, also wird der Sicherheitsdienst vor Ort sein, sollte er gebraucht werden.«

»Du solltest bei dem Wettbewerb mitmachen«, sagte Louise. »Ich wette, du würdest den ersten Platz belegen.«

»Ich würde ja, aber es ist nur fair, den anderen Kandidaten eine Chance zu geben«, sagte Campbell.

Ich stöhnte auf, als sein riesiges Ego in Erscheinung trat, während Louise seufzte und wieder mit den Wimpern klimperte.

»Ich will früh dort sein, um das Geschehen zu beobachten«, sagte ich. »Und ich habe ein Menü mit Tudor- und Mittelalter-Leckereien zusammengestellt, die die Teilnehmer probieren können.«

»Und ich werde auch da sein«, sagte Louise. »Du brauchst an dem Tag ein zweites Paar Hände, nicht wahr, Holly?«

»Ich denke schon. Du kannst gerne mitkommen.« Ihr Angebot beruhte nicht auf dem Wunsch, mir zu helfen. Sie wollte mehr Zeit mit Campbell verbringen.

Aber der Mann schien gegen ihre Flirtversuche immun zu sein. Sein Rücken war gerade und seine Hände hatte er hinter sich verschränkt. Vielleicht gab es wirklich jemand Besonderen in seinem Leben. Nach allem, was ich von ihm wusste, könnte er eine heimliche Ehefrau haben.

»Fertig«, sagte Mason, als er mit Kace wieder um den Lieferwagen herumschlenderte.

»Wir sehen uns auf der Burg. Fahrt vorsichtig.« Campbell nickte und ging mit seinen Kollegen zurück zu ihrem Fahrzeug. Anschließend fuhren sie weg.

»Er ist so hinreißend.« Louise setzte sich wieder auf den Beifahrersitz und hob Meatball auf ihren Schoß. »Du wirst ein gutes Wort für mich einlegen müssen.«

»Campbell hört mir nie zu, wenn ich etwas sage.« Ich fuhr los und machte mich auf den Weg zum Schloss.

»Du könntest wenigstens herausfinden, ob er Single ist«, sagte sie. »Ich will meine Zeit nicht damit verschwenden, einem Mann hinterherzujagen, der nicht verfügbar ist.«

»Ich werde sehen, was ich tun kann«, sagte ich. »Aber ich kann nichts versprechen. Immer, wenn ich Campbell Fragen stelle, wird er fies.«

Louise seufzte und fächelte sich mit einer Hand das Gesicht.

Ich schüttelte den Kopf und lachte. Meine Gedanken schweiften kurz zu Lord Rupert Audley. Der war genau mein Typ. Auf so einen Mann könnte ich abfahren. Es war nur so, dass ich nicht mit ihm zusammen sein konnte. Wir waren befreundet und ich kam mit dieser Situation gut zurecht. Obwohl ich mich manchmal fragte, wie mein Leben wohl aussehen würde, wenn ich mit Rupert zusammen wäre.

Ich zuckte mit den Schultern und konzentrierte mich auf die Straße. Ich hatte bereits alles, was ich zum Glücklichsein brauchte – eine tolle Arbeit, Freunde und meinen kleinen Lieblingshund an meiner Seite. Mehr konnte ich mir nicht wünschen.

Kapitel 2

»Ich glaube, jetzt ist alles erledigt.« Ich trat einen Schritt von der Arbeitsfläche zurück, an der ich in der Küche gearbeitet hatte. Ich sah mir die Tabletts mit den Mittelalter- und Tudor-Leckereien an, die ich vorbereitet hatte. Es gab Mandelkuchen, Lebkuchen, gebrannte Mandeln und Süßigkeiten, die für den morgigen Bogenschießwettbewerb bereit standen.

Ich schaute auf die Uhr, bevor ich meine Schürze abstreifte. Wenn ich mich nicht beeilte, würde ich noch den Anfang des Vortrags von Professor Stephen verpassen.

Ich verstaute die Speisen in einem Kühlregal und wusch mir die Hände.

»Wo wollen Sie denn hin, Holly?«, rief Chef Heston von der anderen Seite der Küche.

»Sie haben gesagt, ich könnte früher gehen«, sagte ich. »Der letzte Vortrag fängt in drei Minuten an.«

»Dann werden Sie den Anfang wohl versäumen«, sagte er. »Lady Philippa möchte, dass Sie ihr etwas zu essen in ihr Zimmer bringen.«

Zu jedem anderen Zeitpunkt hätte ich mich gefreut, wenn ich Lady Philippa Audley besuchen durfte, nur heute nicht. »Kann das jemand anders machen? Das Thema des Vortags ist ...«

»Es könnte darum gehen, wie man Felsen in Gold verwandelt. Eine Einladung von Lady Philippa lehnt man nicht ab.« Er reichte mir ein Tablett mit Essen.

»Gehen Sie die Treppe hinauf und bringen Sie das zu ihr.«

Ich warf einen Blick auf die Uhr. Ich würde es auf keinen Fall schaffen, den Ostturm hinaufzusteigen, das Essen für Lady Philippa bereitzustellen und wieder rechtzeitig unten zu sein. »Ich möchte mir diesen Vortrag unbedingt anhören.«

»Und ich bin mir sicher, dass Sie Ihren Job unbedingt behalten wollen«, sagte er. »Die ersten zehn Minuten werden einfach nur Makulatur und eine kurze Vorstellung sein. Diese Referenten reden immer gerne über sich selbst und zeigen, wie beeindruckend sie sind. Das können Sie verpassen und trotzdem den Hauptteil der Rede mitbekommen. Aber nur, wenn Sie jetzt aufhören, sich zu beschweren.« Er gab mir einen sanften Schubs in Richtung Tür.

Ich schaute finster drein, drehte mich dann um und joggte in Richtung des Ostturms. Ich nahm zwei Stufen auf einmal, rannte den Korridor entlang und klopfte an die Tür.

»Kommen Sie herein, wenn Sie hübsch oder reich sind«, sagte Lady Philippa.

Ich stürzte hinein und blieb wie angewurzelt stehen. Lady Philippa trug ein tiefrotes Kleid im marokkanischen Stil mit Glockenärmeln und goldenen Stickereien. »Sie sehen wunderschön aus. Gehen Sie aus?«

»Holly! Ich bin so froh, dass du hier bist.« Sie wirbelte vor mir herum. »Ich habe heute Abend nichts vor, aber es spricht nichts dagegen, sich schick zu machen, auch wenn niemand da ist, der einen sehen kann. Komm, setz dich und erzähl mir all deine Neuigkeiten. Wir haben schon so lange nicht mehr miteinander gesprochen.«

»Ich wünschte, das könnte ich tun.« Ich stelle das Essen so schnell wie möglich auf den Tisch, ohne dabei unhöflich zu wirken. »Aber ich muss wohin.«

»Das klingt interessant«, sagte sie. »Oder ist dir meine Gesellschaft zu langweilig? Ist diese traurige, einsame alte Frau nicht mehr genug für dich?«

»Natürlich nicht. Ich verbringe gerne Zeit mit Ihnen«, sagte ich.

»Warum hast du es denn so eilig? Ich lasse dich nicht gehen, bevor du mir nicht geantwortet hast.« Sie steckte sich ein Kirschsahnetörtchen in den Mund.

»Heute ist die letzte Vorlesung der Geschichtsveranstaltung«, sagte ich und ging schon mit dem leeren Tablett in der Hand in Richtung Tür. »Es geht um Kriegsführung und Rebellion.«

»Das klingt spannend. Ich hatte vergessen, dass das hier stattfindet. Ich dachte, da gäbe es eine Party, zu der ich nicht eingeladen worden bin.«

»Warum kommen Sie nicht zu dem Gespräch? Es wird Ihnen bestimmt gefallen. Professor Stephen ist ein großartiger Redner. Ich habe schon einmal einen Vortrag von ihm gehört. Er war Gastdozent an der Universität, auf der ich war.« Ich drückte die Türklinke hinunter.

»Ich habe noch nie von ihm gehört«, sagte sie. »Bei dir hört er sich aber sehr interessant an und ich bin seit Tagen in diesem schrecklichen Turm eingesperrt – ganz allein. Keiner von meiner schrecklichen Familie hat mich besucht. Ich weiß, dass sie hoffen, dass ich das Zeitliche segne, still und leise aus dieser sterblichen Hülle verschwinde und sie nie wieder belästige.«

»Lady Philippa! Sie wissen, dass das nicht wahr ist. Alle lieben Sie. Und Sie haben Horatio. Sie sind nie allein.«

»Dieser faule Hund verlässt nie mein Bett«, sagte sie. »Ich habe zwar meine Geisterfreunde, die mir Gesellschaft leisten, aber das ist nicht dasselbe. Man kann einen Geist nicht umarmen.«

Ich warf einen Blick über meine Schulter und war froh, keine gespenstischen Gestalten hinter mir zu sehen. »Kommen Sie mit mir zu dem Vortrag. Sie werden viel Spaß haben. Vielleicht lernen Sie sogar Professor Stephen kennen. Er ist so ein kluger Mann. Er entwickelt immer wieder neue, originelle Theorien über die Vergangenheit. Ich weiß nicht, woher er all seine Ideen nimmt.«

»Du hast mich überzeugt.« Sie schnappte sich zwei weitere Kirschsahnetörtchen. Sie reichte mir eines und hakte ihren Arm bei meinem Ellbogen ein. »Lass uns zu diesem Vortrag gehen.«

Ich bemühte mich, nicht zu schnell zu gehen, als wir die Treppe hinunterstiegen, obwohl ich merkte, dass die Uhr tickte. Ich wollte Lady Philippa nicht zu sehr antreiben und dafür verantwortlich sein, dass sie auf den unebenen Steinstufen stolperte.

Wir erreichten das Ende der Treppe ohne Zwischenfälle und gingen den Korridor entlang. In einem diskreten Abstand folgten uns zwei Mitglieder von Campbells Sicherheitsteam. Wo immer sich ein Mitglied der Familie Audley aufhielt, gab es mindestens einen in Anzug gekleideten Schatten, der dafür sorgte, dass es sicher war.

Wir erreichten die Tür zur Bibliothek. Der Raum war extra für die Vorträge während der Veranstaltung zurechtgemacht worden. Mit den dunklen Holzregalen und der Samttapete bot er den perfekten Rahmen.

»Einen Moment bitte, Lady Philippa.« Ein Mitglied des Sicherheitsdienstes erschien neben uns. »Wir suchen Ihnen einen geeigneten Platz, wenn Sie dem Vortrag beiwohnen wollen.«

»Es wird uns überall gut passen«, sagte ich.

»Nein, das wird es nicht. Ich möchte ganz vorne sitzen. Ich möchte nichts verpassen«, sagte Lady Philippa.

»Aber wir werden die Zuhörer stören, wenn wir nach vorne gehen«, sagte ich. »Der Vortrag hat schon angefangen.«

Ihr Blick wurde verschmitzt. »Mein liebes Mädchen, du solltest deine Beziehungen ausnutzen. Die Leute machen immer Platz, wenn ein Mitglied der Familie Audley auftaucht. Sieh einfach zu.« Sie klopfte mir auf den Handrücken.

Wir mussten weniger als eine Minute warten, bis der Mann vom Sicherheitsdienst wieder auftauchte. »Hier entlang, Lady Philippa.« Er führte uns am Eingang der Bibliothek vorbei.

»Der Vortrag findet da drinnen statt«, sagte ich und deutete auf die geschlossene Tür.

Er nickte und blieb an der Wand neben der Tür stehen. Er drückte auf ein Holzpaneel und eine Tür glitt auf.

»Oh! Die Geheimgänge«, sagte ich. »Prinzessin Alice hat sie mir vor nicht allzu langer Zeit gezeigt.«

»Sie sind raffiniert«, sagte Lady Philippa. »Mit ihnen kommt man fast überall rein und wieder raus. Zeigen Sie uns den Weg«, sagte sie zum Sicherheitsteam.

Der Gang war gut beleuchtet und frei von Spinnweben, als wir eilig hindurchschritten. Am Ende gab es eine weitere Tür. Der Wachmann öffnete sie und bedeutete uns nach einem kurzen Blick, hineinzugehen.

Lady Philippa ging zuerst hinein und ich folgte ihr. Wir waren ganz vorne in der Bibliothek. Zu meiner Linken standen ein provisorisches Podium und ein Rednerpult. Dahinter stand die imposante Gestalt von Professor Stephen Maguire, gekleidet in einen schicken dunklen Anzug. Zu meiner Rechten waren zweihundert Stühle mit Menschen gefüllt.

»Lady Philippa?« Ein junger Mann mit einer runden Brille und weichen dunklen Haaren, die ihm in die Augen fielen, kam auf sie zu und lächelte.

»Korrekt«, sagte sie. »Und das ist meine Freundin Holly Holmes. Wir sind wegen des Vortrags hier.«

»Natürlich. Ihr Sicherheitsdienst hat mir alles erklärt. Ich bin Ben Friel, Professor Stephens Assistent. Bitte, kommen Sie hier entlang. Wir haben vorne Plätze für Sie.«

»Das ist wunderbar. Vielen Dank.« Sie zwinkerte mir zu, bevor sie Ben zu den Sitzplätzen folgte.

Unsere Plätze hätten nicht besser sein können. Wir saßen genau in der Mitte der ersten Reihe.

Ich zitterte vor Aufregung, während ich mich neben Lady Philippa setzte und zu Professor Stephen hochstarrte.

Er warf uns einen Blick zu, unterbrach seinen Vortrag aber nicht.

Der Mann zu meiner Rechten beugte sich vor. »Sind Sie auch ein Mitglied der Familie Audley?«

»Nein, ich bin eine Bekannte von Lady Philippa«, sagte ich. »Ich bin Holly.«

»Schön, Sie kennenzulernen. Johann Timber«, sagte er leise.

Ich drehte mich um und musterte ihn. »Oh, ich kenne Sie. Ich habe gestern Ihren Vortrag über die ungekrönten Könige von England gehört. Er war sehr unterhaltsam.«

Er schaute mich an und ein Lächeln huschte über sein breites Gesicht. »Ich danke Ihnen. Es kommt nicht jeden Tag vor, dass man mir sagt, ich sei unterhaltsam.«

Lady Philippa stupste mich mit einem Finger an und lenkte so meine Aufmerksamkeit zurück auf sich. »Ich wünschte, ich hätte Snacks mitgebracht. Diese Törtchen haben wenig gegen mein Hungergefühl ausrichten können. Popcorn wäre perfekt.«

»Probieren Sie die hier.« Ich holte eine kleine Tüte mit gezuckerten Mandeln aus meiner Tasche.

Lady Philippa riss mir die Tüte aus der Hand, als hätte sie tagelang nichts gegessen, und mampfte die Mandeln, während wir dem Vortrag lauschten.

Ich konzentrierte mich auf Professor Stephen und war von seinem warmen, einnehmenden Ton schnell gefesselt, während er die Rebellion und den Konflikt während der Tudorzeit in Großbritannien erklärte.

Ich hatte solches Glück, dass ich hier sein durfte. Würde ich nicht auf Audley Castle arbeiten und wäre ich nicht mit der Familie befreundet, wäre mir das alles entgangen. Es war ein Privileg, in diesem wunderschönen Raum zu sitzen und in die faszinierende Geschichte einzutauchen.

Die Vorlesung neigte sich gerade dem Ende zu, als Lady Philippa meinen Arm so fest drückte, dass ich fast aufschrie.

Meine Augen weiteten sich, als ich ihr blasses Gesicht sah. »Geht es Ihnen nicht gut?«

Sie schüttelte den Kopf, krampfte ihre Finger zusammen und entspannte sie wieder. »Ich sehe ... etwas.«

Ich schnappte nach Luft und schaute mich um. Niemand sonst hatte bemerkt, was vor sich ging – alle konzentrierten sich immer noch auf Professor Stephen, der seinen Vortrag zusammenfasste.

Ich hatte dieses Verhalten schon einmal bei Lady Philippa beobachtet. Sie hatte eine Vorahnung und die fielen selten erfreulich aus.

»Ich danke Ihnen für Ihre Zeit, meine Damen und Herren«, sagte Professor Stephen. »Den Rest des Abends werde ich hier sein und gerne alle Ihre Fragen zu diesem Thema beantworten. Wenn jemand von Ihnen ein Exemplar meines neuen Buches haben möchte, können Sie es natürlich auch kaufen.«

Das Publikum applaudierte, als er vom Rednerpult wegging.

Ich schloss mich den anderen nicht an. Meine Aufmerksamkeit galt Lady Philippa, deren Lippen sich blau färbten, während sie sich weiterhin an meinem Arm festhielt und keuchte.

»Gehen wir«, flüsterte ich. »Können Sie aufstehen?«

Sie nickte. Ich legte einen Arm um ihre Taille und hielt sie fest, während ich sie zu der verborgenen Tür führte.

Ein Mitglied des Sicherheitsdienstes war im Nu bei uns. »Wohin wollen Sie mit Lady Philippa?«

»Wir brauchen ein ruhiges Zimmer«, sagte ich. »Lady Philippa fühlt sich nicht wohl.«

»Es geht mir gut«, flüsterte sie.

»Hier entlang.« Der Security-Mitarbeiter trat sofort in Aktion, öffnete die Tür und führte uns durch den Geheimgang in die Gemäldegalerie und schließlich in ein privates Wohnzimmer.

Lady Philippa schnappte nach Luft, als sie auf der Couch zusammensackte und keuchend dasaß, während die Farbe langsam wieder in ihre Wangen zurückkehrte.

»Soll ich einen Arzt holen?«, fragte der Security-Mitarbeiter.

Ich wandte mich Lady Philippa zu. Sie schüttelte den Kopf, während sie sich mühsam aufrichtete.

»Brauchen Sie Hilfe?«, fragte ich.

Sie winkte mit einer Hand ab. »Nein, es geht mir gut. Aber ich hatte eine schreckliche Vision. Es war furchtbar. Dieser hübsche junge Mann. Oh, es ist so traurig.«

Ich kniete mich neben sie und nahm ihre Hand. »Von wem sprechen Sie?«

»Ben. Der mit der runden Brille, den wir getroffen haben, als wir in der Bibliothek ankamen«, sagte sie.

Ich warf einen Blick auf den Security-Mitarbeiter, der aufmerksam zuhörte. »Was haben Sie gesehen?«

Sie seufzte und schüttelte den Kopf. »Er wird bald tot sein.«

Kapitel 3

»Lady Philippa, Sie haben Informationen über einen Todesfall?« Der Security-Mitarbeiter schaute sie an. Seine Hand hielt er in die Nähe seines Pistolenhalfters.

Ich schaute ihn an. »Sie sind Drayton, nicht wahr?« Ich hatte ihn schon öfter im Schloss gesehen, aber wir hatten nie miteinander gesprochen. Er war noch stiller und tödlicher als Campbell.

Er nickte, seine Aufmerksamkeit immer noch auf Lady Philippa gerichtet.

»Sie müssen sich verhört haben.« Ich tätschelte ihre Hand, während ich versuchte, einen Weg zu finden, ihren Anfall zu überspielen. Es gab nur wenige Menschen, die davon wussten, dass sie die Zukunft vorhersagen konnte, und ich zählte dazu.

Lady Philippas Atem ging schnell, als sie mich mit ihrem Blick fixierte.

»Ich höre sehr gut«, sagte Drayton. »Lady Philippa, ich muss Sie fragen, ob Sie von einer Sicherheitslücke im Schloss wissen? Ist Ihr Leben in Gefahr?«

»Darum geht es nicht«, sagte ich. »Die Familie ist nicht in Gefahr.«

»Woher wollen Sie das wissen?« Seine Augen verengten sich. »Haben Sie etwas mit Lady Philippa gemacht?«

»Ben wird sterben«, sagte Lady Philippa. »Ich ... Ich frage mich, ob meine Nähe zu ihm während des Vortrags die Vision so stark gemacht hat. Er ist so ein netter junger Mann. Er hat sogar meine Fragen beantwortet, als ich mir nicht sicher war, wovon der Redner sprach. Das ist alles so schrecklich!«

Drayton war angespannt und sein Misstrauen stand ihm ins Gesicht geschrieben.

»Ein Tee wäre vielleicht nicht schlecht«, sagte ich. »Und für Lady Philippa wäre es gut, wenn Prinzessin Alice hier wäre. Können Sie dabei helfen?«

Er ignorierte mich. »Möchten Sie, dass ich diese Frau wegbringe?«

»Ich heiße Holly«, sagte ich. »Ich bin keine Bedrohung. Ich arbeite in der Küche. Sie haben mich sicher schon im Schloss gesehen.«

Drayton schaute mich an. »Das schon, aber ich kenne Sie nicht gut.«

»Lassen Sie Holly in Ruhe.« Lady Philippa wedelte mit der Hand. »Ich würde aber gerne Alice sehen.«

Es gab eine kurze Pause. »Ich rufe Verstärkung, während ich Prinzessin Alice suche. Die Sicherheitskräfte sind draußen, falls Sie etwas brauchen.« Drayton machte sich auf den Weg zur Tür und schien zufriedener zu sein, da er nun Anweisungen zu befolgen hatte. Er sprach in sein Funkgerät, das er diskret in seiner Jacke verstaut hatte, bevor er den Raum verließ.

Lady Philippas Hände zitterten an ihrer Brust. »Ich hätte etwas zu Ben sagen sollen. Dass er vorsichtig sein soll.«

»Sagen Sie mir, was Sie gesehen haben«, sagte ich. »Wie haben Sie Ben sterben sehen?«

»Das Bild war unscharf, aber ich spürte, wie das Leben aus seinem Körper wich. Er lag auf dem Rücken, irgendwo draußen. Um ihn herum waren Bäume und Blätter.«

»War er auf dem Schlossgelände, als er starb?«

»Ja, es wird ganz in der Nähe passieren«, sagte sie. »Auf jeden Fall auf unserem Grund und Boden, und es wird bald geschehen. Der arme Junge. Er dürfte nicht viel älter als Alice sein.«

Ich nickte. »Haben Sie gesehen, wie er gestorben ist?«

»Nein. Du musst etwas tun, um ihm zu helfen.« Lady Philippa ergriff meine Hand.

»Wie soll ich helfen, wenn ich nicht weiß, wann oder wie er sterben wird?«, sagte ich. »Vielleicht hat er ein Problem mit seinem Herz und bricht deshalb einfach im Wald zusammen. Dagegen kann ich nichts tun.«

»Ich kann es in meinen Knochen spüren. Sein Tod wird keine natürliche Ursache haben.« Sie zitterte. »Wir dürfen nicht tatenlos zusehen, während sein Leben in Gefahr ist.«

»Ich helfe, wenn es möglich ist«, sagte ich. »Aber ich kann nicht zu dem Mann gehen und ihn warnen, dass er an einem unbekannten Datum und zu einer unbekannten Zeit an einem unnatürlichen Tod sterben wird.«

Lady Philippa machte ein tadelndes Geräusch. »Sei nicht so vorlaut.«

»Das bin ich nicht, ehrlich. Ich nehme den Tod sehr ernst. Sind Sie sicher, dass es keine weiteren Hinweise in Ihrer Vision gab?«

»Oma!« Prinzessin Alice stürmte ins Zimmer, mit einer Klarinette in der einen und einem Notenblatt in der anderen Hand. Sie ließ beides fallen, während sie auf ihre Knie fiel und Lady Philippas freie Hand ergriff. »Ich bin sofort gekommen, als ich hörte, dass es dir nicht gut geht.«

»Du musstest dir keine Sorgen um mich machen. Mir geht es gut«, sagte Lady Philippa. »Ich habe nur eine meiner seltsamen Anwandlungen.«

»Eine, die der Sicherheitsdienst zufällig mitbekommen hat«, sagte ich. »Wir haben versucht, es geheim zu halten, aber das ist uns nicht wirklich gelungen.«

»Was ist passiert?«, fragte Alice und richtete ihre Aufmerksamkeit auf Lady Philippa.

»Sag du es ihr, Holly.« Lady Philippa schloss ihre Augen.

»Sie glaubt, dass Ben, der Assistent von Professor Stephens, getötet wird«, sagte ich.

Alice schaute mich an, während sie Lady Philippas Handrücken streichelte. »Wir wollen nichts davon hören. Keiner wird sterben.«

»Meine Vorhersagen sind nie falsch.« Lady Philippa öffnete ihre Augen. »Ich saß vor nicht einmal zehn Minuten neben dem jungen Mann. Wir hatten eine starke Verbindung. Er wird noch vor dem Ende dieser Woche tot sein.«

»Sie scheint wirklich sehr besorgt zu sein«, sagte ich. »Ich habe noch nie erlebt, dass sie eine so starke Vision hat.«

»Ich schon.« Alice rückte ihren Rock um ihre Knie zurecht. »Wie wäre es mit einer Tasse heiße Schokolade und ein paar Marshmallows obendrauf? Dann fühlst du dich gleich besser. Das klappt bei mir immer.«

»Ich brauche etwas Stärkeres als einen Kakao«, sagte Lady Philippa. »Aber ein Drink wäre schön.«

»Der Sicherheitsdienst kümmert sich darum«, sagte ich.

»Hilft dir Campbell?« Alices Wangen erröteten und ihr Blick ging zur Tür. Es gelang ihr nicht, zu verbergen, dass sie in Campbell verknallt war.

»Nein, sondern Drayton«, sagte ich.

»Oh. Na ja, der ist auch kompetent.« Alice richtete ihre Aufmerksamkeit wieder auf Lady Philippa. »Du musst dir keine Sorgen machen. Ich könnte dir etwas auf meiner Klarinette vorspielen, um dich abzulenken. Würde dir das gefallen?«

»Ich wusste gar nicht, dass du Klarinette spielst«, sagte ich.

Alice hob das Notenblatt auf, das sie fallen gelassen hatte, und legte es auf die Armlehne des Stuhls. »Was möchtest du hören, Oma?«

Ich legte meinen Kopf schief. Ignorierte sie mich etwa?

Lady Philippa hob eine Hand. »Bitte, nichts mit deiner Klarinette. Ich glaube nicht, dass du Fortschritte gemacht hast, seit du vor zehn Jahren damit angefangen hast. Deine Talente liegen woanders.«

»Ich würde dich gerne spielen hören«, sagte ich.

Alice nahm die Klarinette in die Hand, aber anstatt sie zu spielen, zog sie das Rohrblatt ab und untersuchte es. »Ich spiele ganz gut. Ich übe nur nicht so oft, wie ich sollte.«

»Du lässt dich zu leicht ablenken«, sagte Lady Philippa. »Niemand wird als Genie geboren. Alle müssen erst lernen, wie man etwas macht. Selbst die größten Maler wussten anfangs nicht, wie man einen Pinsel halten muss. Glaubst du, Monet hat seine Zeit damit zugebracht, Mädchen nachzulaufen, anstatt zu üben?«

»War er nicht zweimal verheiratet?«, fragte ich.

»Das ist nicht hilfreich, Holly«, sagte Lady Philippa.

»Manchen Menschen fällt das Lernen leichter als anderen«, sagt Alice.

»Ich würde dich wirklich gerne mal spielen hören«, sagte ich. »Ich wette, du bist großartig.«

Alice schnaufte einmal kräftig aus, als sie das Rohrblatt wieder in die Klarinette steckte.

Irgendetwas stimmte eindeutig nicht mit ihr, aber es sah so aus, als wollte sie nicht mit mir über das Problem sprechen.

Drayton kam zurück in den Raum. Louise stand direkt hinter ihm, mit einem Tablett in der Hand, auf dem eine Kanne Tee und eine Tasse standen. Ihre Augen weiteten sich, als sie mich mit Lady Philippa hier sitzen sah, aber sie sagte nichts, als sie den Tee einschenkte und Lady Philippa die Tasse reichte.

»Danke, meine Liebe«, sagte Lady Philippa. Ihre Hände zitterten ein wenig, als sie einen Schluck nahm. »Ich fühle mich schon viel besser. Es gibt keinen

Grund für diese ganze Aufregung. Kaum hatte ich die Bibliothek verlassen, ging es mir schon wieder besser.«

»Du hättest nicht zu dem Vortrag gehen sollen«, sagte Alice. »Der Arzt hat dir schon oft gesagt, dass Stress für dich nicht gut ist. Der ist schlecht für deine Nerven.«

Louise nahm das leere Tablett und verließ den Raum, aber ich merkte, dass sie mich unbedingt fragen wollte, was hier los war.

»Kann ich Ihnen noch etwas bringen?« Drayton war in der Nähe geblieben.

»Danke, nein. Ich brauche nur etwas Ruhe«, sagte Lady Philippa.

Er nickte, ging zur Tür und schloss sie hinter sich.

»Es war ein Vortrag über Kriegsführung«, sagte ich zu Alice. »Vielleicht war das nicht besonders hilfreich.«

Alice zuckte mit den Schultern. »Das klingt langweilig.«

Was war mit ihr los? »Du magst Geschichte. Du recherchierst schon seit Ewigkeiten deinen Stammbaum.«

Sie warf mir noch einen Blick zu, antwortete aber nicht.

»Es war ein guter Vortrag«, sagte Lady Philippa. »Ich hatte viel Freude daran. Dann spürte ich dieses seltsame Brennen in mir.«

»Bist du sicher, dass du dir keine Blaseninfektion eingefangen hast?«, fragte Alice.

»Um Himmels willen. Da unten brennt es nicht!« Lady Philippas Blick wurde streng. »Ich weiß, wann ich eine Vorahnung habe. Es war nicht hilfreich, dass ich nichts hatte, um sie niederzuschreiben. Ich musste dort sitzen und das Ganze miterleben. Und zwar direkt neben dem Opfer.«

Ich rieb mir das Handgelenk. Lady Philippa hatte sich so fest an mich geklammert, dass ich morgen sicher blaue Flecken haben würde. »Jetzt ist es vorbei. Es gibt keinen Grund zur Sorge.«

Sie schüttelte den Kopf. »Doch, die gibt es. Ihr müsst auf Ben aufpassen.«

Ich schaute Alice an, aber sie machte keine Anstalten, meinen Blick zu erwidern. »Ich werde tun, was ich kann, aber ich kann ihm ja kaum den ganzen Tag folgen. Vielleicht können wir den Sicherheitsdienst beauftragen, auf ihn aufzupassen, wenn du wirklich glaubst, dass er in Gefahr ist.«

»Das wird nicht funktionieren. Campbell ist immer höflich zu mir, aber er hält mich für eine exzentrische alte Frau mit einer überaktiven Fantasie«, sagte Lady Philippa. »Wenn wir ihn dazu bringen wollen, Ben zu beobachten, weil ich gesehen habe, dass er sterben wird, wird er mir nicht glauben. Du musst es machen, Holly. Du hast eine freundliche Art an dir. Verblüffe ihn mit deinen Leckereien und versuche, ihn aus der Gefahrenzone zu halten.«

»Und finde gleich noch einen neuen Freund, wenn du schon dabei bist«, sagte Alice.

»Ein neuer Freund? Wovon redest du?«, fragte ich.

»Du weißt, was ich meine«, sagte Alice. »Ich sollte mich nicht vor dir rechtfertigen müssen.«

Der Zorn in ihrer Stimme war deutlich zu hören, aber ich hatte keine Ahnung, was ich getan hatte, um sie zu verärgern. Hatte ich irgendwie den Bogen überspannt? Ich versuchte immer, vorsichtig zu sein, wenn es um unsere Freundschaft ging. Ich war mir nur zu bewusst, dass wir uns in unterschiedlichen gesellschaftlichen Kreisen bewegten, aber Alice schien das nicht zu stören. Als ich sie kurz nach dem Beginn unserer Freundschaft darauf ansprochen hatte, hatte sie nur gelacht und gesagt, ich sollte nicht dumm sein. Hatte ich einen großen gesellschaftlichen Fauxpas begangen, dessen ich mir nicht bewusst war, und es war ihr peinlich, mit mir gesehen zu werden?

Mein Bauch krampfte sich zusammen, als ich überlegte, was ich falsch gemacht hatte.

»Holly, versprich mir, dass du auf Ben aufpasst.« Lady Philippa ergriff meine Hand und drückte sie.

»Dafür hat sie keine Zeit«, sagte Alice.

»Ich werde tun, was ich kann, aber Alice hat recht, ich werde in der Küche zu tun haben.«

»Ich meinte nicht deine Arbeit«, sagte Alice. »Du wirst zu sehr mit deiner neuen besten Freundin beschäftigt sein, um dir Sorgen um Ben zu machen.«

Alice wirkte eifersüchtig. Warum dachte sie, ich hätte eine neue beste Freundin? »Von wem redest du bitte?«

Sie sprang auf und schnappte sich ihre Klarinette. »Als ob du das nicht wüsstest. Wenn ihr mich jetzt entschuldigen würdet. Ich muss üben, damit meine Musik niemanden beleidigt.« Sie stapfte aus dem Zimmer.

Als die Tür zuknallte, zuckte ich zusammen.

»Du scheinst ihre Gefühle verletzt zu haben«, sagte Lady Philippa.

Ich starrte die Tür an. »Sieht so aus. Ich versteh das nicht. Ist Alice eifersüchtig, weil ich noch andere Freunde habe?«

»Natürlich. Sie hat Angst, dass du sie durch jemand anderen ersetzen willst. Ist das nicht offensichtlich?«

»Das würde ich niemals tun. Ich schätze meine Freundschaft mit Alice. Sie ist einzigartig. Ich möchte nichts an ihr ändern.«

»Das musst du ihr sagen«, sagte Lady Philippa. »Alice ist zwar eine Prinzessin, aber das heißt nicht, dass sie immun gegen Sorgen ist. Sie fühlt sich von jemandem in deinem Leben angegriffen.«

»Von wem?«

»Das musst du selbst herausfinden.« Sie stieß einen Seufzer aus. »Ich fühle mich besser, jetzt, nachdem ich meine Vorahnung geäußert habe. Ruf den Sicherheitsdienst, damit sie mich zu meinem Turm zurückbringen. Das war ein ganz schönes Abenteuer. Vielen Dank, dass du mich zu dem Vortrag mitgenommen hast.«

»Ich bin mir nicht sicher, ob ich Ihren Dank verdiene, nach allem, was passiert ist.«

»Doch, den verdienst du. Es tut gut, das Blut ab und zu in Wallung zu bringen. Ruf den jungen Mann mit dem strengen Gesicht rein.«

Ich stand auf, eilte zur Tür und informierte Drayton, dass Lady Philippa bereit war zu gehen.

Ich wartete, während er sie wegführte. Meine Gedanken drehten sich um Bens bevorstehende Ermordung, wie ich sie verhindern und wie ich das mit Alice wieder in Ordnung bringen konnte, obwohl ich mir nicht sicher war, dass ich überhaupt etwas falsch gemacht hatte.

Was für ein seltsamer Tag. Und ich hatte das Gefühl, dass die Dinge noch seltsamer werden würden, wenn Lady Philippas Vorhersage eintreffen sollte.

Kapitel 4

Gerade hatte es sechs Uhr morgens geschlagen und ich joggte zum zwölften Mal am Haupteingang des Schlosses vorbei.

Meatball hüpfte neben mir her und freute sich, so früh draußen sein zu dürfen, um die faszinierenden Morgengerüche zu schnuppern und den Vögeln auf der Jagd nach einem leckeren Frühstück nachzustellen.

Ich hatte vergangene Nacht kaum geschlafen und stattdessen überlegt, wie ich auf Ben aufpassen konnte, ohne dass es merkwürdig aussah. Ich beschloss am Ende, dass eine ausgedehnte Joggingrunde angesagt war.

Joggen war nicht gerade meine Lieblingsbeschäftigung, wenn es darum ging, fit zu bleiben, aber es brachte mich aus dem Schloss heraus und ich konnte größere Strecken zurücklegen, während ich nach Ben Ausschau hielt.

Mir war aufgefallen, dass er jeden Morgen vor dem Frühstück spazieren ging, und ich wollte sichergehen, dass ich ihn nicht verpasste. Vielleicht würde er auf diesem Morgenspaziergang ein böses Ende finden.

Ich stützte mich mit den Händen auf meinen Knien ab und atmete tief durch. Noch viel länger konnte ich nicht draußen bleiben, sonst würde es komisch aussehen. Außerdem fühlten sich meine Beine wie Gelee an. Ich war fast eine Stunde lang am Haupteingang vorbeigejoggt. Ich konnte ihn doch nicht übersehen haben, oder?

Mein Blick fiel auf die Bäume in der näheren Umgebung. Was, wenn er schon tot war? Das Schloss hatte zahlreiche Ausgänge. Womöglich hatte er heute Morgen einen anderen Weg gewählt und ich hatte mich an der falschen Stelle herumgetrieben.

Ich ging auf die Bäume zu, blieb dann aber stehen. Der Wald war zu groß, um ihn allein zu durchsuchen. Rund um das Schlossgelände gab es Unmengen an Bäumen. Ich wollte noch zehn Minuten weiterjoggen, dann nach drinnen gehen und mich im privaten Speisesaal auf die Lauer legen, um zu sehen, ob Ben zum Frühstück herunterkam.

»Ich habe Ihnen doch schon gesagt, dass ich nicht interessiert bin.« Eine zierliche Rothaarige in einer schwarzen Latzhose und Stiefeln eilte aus der Tür. Ihr Haar war zu einem unordentlichen Dutt zusammengebunden und ihre Wangen leuchteten rosa.

»Sei doch nicht so, meine Hübsche. Was kann es schaden, ein bisschen Spaß zu haben?« Ein großer, stämmiger Mann mit dunklen Bartstoppeln am Kinn und Tattoos, die über den Kragen seines T-Shirts lugten, schlenderte mit einem selbstgefälligen Lächeln hinter ihr heraus. Er sah auf eine gewisse Weise gut aus, aber auch durch und durch nach Ärger.

Die Frau sah ihn über ihre Schulter an. »Lassen Sie mich bitte einfach in Ruhe.«

»Gestern hast du noch gelächelt und gekichert«, sagte der Mann. »Was ist jetzt anders?«

»Ich wollte nur freundlich sein. Das ist doch nicht schlimm. Ich dachte nicht, dass Sie einen falschen Eindruck bekommen würden.«

Ich joggte in einem sicheren Abstand hinter ihnen her. Das klang wie ein Streit unter Liebenden, also wollte ich mich nicht einmischen. Sie mussten mit der Geschichtstagung zu tun haben.

»Du brichst mir das Herz.« Der Mann griff nach dem Arm der Frau und zog sie zu sich heran. »Ein Kuss und eine Umarmung, das ist alles, was ich will. Keine Beziehung. Am Ende des Tages gehen wir beide getrennter Wege. Niemand sonst muss davon erfahren, wenn du dir Sorgen machst, dass dein Unschuldsgehabe in den Schmutz gezogen werden könnte.«

Die Frau keuchte und drückte ihre Hände gegen seine breite Brust. »Ich sagte nein. Gehen Sie weg.«

Der Mann zog sie näher heran und senkte den Kopf, als wollte er sie küssen.

Meatball stürmte zu ihnen und begann zu bellen, sprang um sie herum und knurrte. Er spürte immer, wenn es Ärger gab, und dieser Kerl strahlte Ärger aus, als würde er ihn wie ein berauschendes Parfüm tragen.

»Verschwinde.« Der Mann ließ die Frau los, während er Meatball wegscheuchte.

Ich joggte hinüber. »Ist alles in Ordnung? Ich hoffe, mein Hund belästigt Sie nicht. Er ist harmlos. Er ist nur immer aufgeregt, wenn er neue Leute trifft.«

Die grünen Augen des Mannes trafen auf meine und er schaute finster drein. »Er nervt mich. Verschwindet, ihr beiden.«

Die großen Augen der Frau begegneten meinen und sie schüttelte den Kopf. Sie brauchte meine Hilfe.

»Wir sind uns noch nicht begegnet. Ich bin Holly. Ich arbeite im Schloss.« Ich reichte der Frau die Hand und versuchte, sie beruhigend anzulächeln, in der Hoffnung, ihr damit zu vermitteln, dass ich nicht vorhatte, sie alleine zu lassen, während dieser Typ sie bedrängte.

Sie packte meine Hand und hielt sie fest. Ihr Lächeln zitterte. »Ich bin Penny Brentwood. Ich gehöre zu der Geschichtstagung.«

»Schön, Sie kennenzulernen, Penny.« Ich ließ ihre Hand los und richtete meine Aufmerksamkeit auf den Mann, der Ärger ausstrahlte. »Und Sie sind?«

»Dabei, von hier zu verschwinden.« Er warf Penny einen bösen Blick zu, bevor er sich umdrehte und zurück ins Schloss stürmte.

Penny stieß einen Seufzer der Erleichterung aus. »Vielen Dank für Ihre Hilfe.«

»Sie sollten sich bei Meatball bedanken«, sagte ich. »Er muss gespürt haben, dass es ein Problem gibt. Er ist ziemlich gut darin. Er ist sehr intuitiv, wenn es um Menschen geht. Ich nehme an, der Typ ist nicht Ihr Freund.«

»Nein, Gott sei Dank nicht. Das war Eddie. Er ist einer der Techniker, die bei der Geschichtstagung mithelfen, und richtet die Beleuchtungsanlagen und die Bühne ein. Er hat gleich am ersten Tag ein Auge auf mich geworfen und mich seitdem immer wieder belästigt.«

»Er ist nicht Ihr Typ?«, fragte ich.

Penny beugte sich hinunter und tätschelte Meatball am Kopf, der die Streicheleinheiten freudig annahm. »Meinen Typ habe ich bereits gefunden. Mein Freund Ben nimmt auch an der Geschichtskonferenz teil.«

»Ben Friel? Ich habe ihn gestern Abend bei dem Vortrag von Professor Stephen gesehen«, sagte ich. Das war die perfekte Gelegenheit, mehr über Ben herauszufinden. Wenn ich seine Gewohnheiten kannte, würde ich vielleicht sein vorzeitiges Ableben verhindern können.

Sie lächelte zu mir hoch. »Das ist richtig. Er hat so hart bei dieser Konferenz mitgearbeitet.«

»Es war eine fantastische Veranstaltung. Ich habe es nicht geschafft, alle Vorträge zu besuchen, aber die, die ich gehört habe, waren faszinierend.«

»Gut zu wissen.« Penny streichelte Meatball ein letztes Mal und stand auf. »Der Stress hat Ben nachts wachgehalten. Er ist so schreckhaft. Ich habe ihn ermutigt, rauszugehen und einen langen Spaziergang zu machen, bevor der Tag losgeht. Ich glaube, das hilft ihm, aber sicher bin ich mir nicht.«

»Wie haben Sie sich kennengelernt?«, fragte ich.

»An der Universität«, sagte sie. »Ich promoviere im zweiten Jahr in Geschichte. Ben ist in seinem letzten Jahr und war in den letzten sechs Monaten der Assistent von Professor Stephen.«

»Ich bewundere die Arbeit von Professor Stephen«, sagte ich. »Ich habe auch Geschichte an der Universität studiert und habe ihn schon einige Male bei Vorträgen gehört.«

Penny nickte. »Er ist ein kluger Mann, umso mehr, seit er Ben als seinen Assistenten ausgewählt hat. Sagen Sie niemandem, dass ich das gesagt habe, aber ich glaube, Ben ist sogar noch klüger als Professor Stephen. Er hat sich bereits einen Namen gemacht und drei Arbeiten in akademischen Fachzeitschriften veröffentlicht. Ich bin so stolz auf ihn.«

»Haben Sie Eddies ungebetene Zuwendung Ben gegenüber erwähnt?«, fragte ich. Vielleicht würde Eddie Ben nachstellen, weil er dessen Frau wollte.

»Nein. Und normalerweise komme ich mit Männern gut zurecht«, sagte sie. »Es ist nur so, dass Eddie extrem hartnäckig ist. Er hat mich schon ein Dutzend Mal um ein Date gebeten. Als ich sagte, dass ich kein Interesse habe, schlug er vor, dass wir uns einfach miteinander vergnügen sollten. Das ist nicht mein Ding.«

»Manche Männer wollen nicht akzeptieren, dass nicht alle Frauen auf sie stehen.«

»Da haben Sie Recht. Aber ich würde Ben nie mit so etwas Trivialem belasten.« Penny zuckte mit den Schultern. »Außerdem ist er eher ein Debattierer als ein Kämpfer. Ich kann mir nicht vorstellen, dass er sich auf eine körperliche Auseinandersetzung einlässt, und ich würde nicht wollen, dass er um mich kämpft.«

»Ich bin sicher, er würde dafür sorgen wollen, dass Sie nicht in Gefahr sind«, sagte ich. »Wenn Eddie Sie bedroht, können wir mit dem Sicherheitsdienst des Schlosses sprechen. Sie können ihn entfernen lassen.«

»Nein! Dadurch würde sich Ben nur noch mehr stressen. Leider ist Eddie sehr gut in seinem Job. Wenn er gehen muss, fehlt ein Techniker.« Sie schüttelte den Kopf. »Danke, aber ich komme schon zurecht. Und heute ist der letzte Tag. Wir haben nur noch den Schießwettbewerb und dann reisen wir wieder ab. Und Eddie wird sowieso die meiste Zeit des Tages damit beschäftigt sein, die Takelage und die Ausrüstung zu demontieren. Das sollte ihn lange genug ablenken, um seine Hände von mir und seine Gedanken bei der Arbeit zu lassen.«

»Wenn Sie sich sicher sind«, sagte ich.

Sie nickte, doch ihr Lächeln wirkte angestrengt. »Bin ich.«

»Sie haben erwähnt, dass Ben in letzter Zeit gestresst war«, sagte ich. »Ist es nur wegen dieser Tagung oder gibt es noch etwas anderes, das ihn bedrückt?«

»Ich, ähm, ich bin mir nicht sicher, was Sie meinen«, sagte Penny.

»Ich war früher immer angespannt, wenn ich Aufgaben zu erledigen hatte«, sagte ich. »Könnte es das sein, was ihn beunruhigt?«

»Oh! Möglicherweise. Er ist immer mit seiner Arbeit beschäftigt. Er arbeitet an einer Abhandlung über einen kürzlich gemachten archäologischen Fund. Dieser könnte das akademische Denken revolutionieren, was die Baumethoden in der frühen Tudorzeit betrifft. Er ist begeistert davon, aber ich weiß, dass er es als anstrengend empfindet. Akademiker können ein spießiger Haufen sein und verändern sich nur langsam. Dieser neue Fund wird einige Leute aus der Fassung bringen.«

Ich ging näher heran, denn meine innere Geschichtsfanatikerin war interessiert. »Was für ein Fund?«

Sie biss sich auf die Unterlippe und schüttelte den Kopf. »Ich kenne nur die Grundzüge. Ben plant ein Buch über die Ausgrabung und das hält ihn wahnsinnig auf Trab. Wir können nicht so viel Zeit miteinander verbringen, wie ich es gerne hätte. Trotzdem sollte ich mich nicht beschweren. Wir tun das, was wir lieben.«

»Helfen Sie ihm bei seinen Recherchen?«

»Nein, wir haben uns auf verschiedene historische Epochen spezialisiert. Wenn wir beide mit unserem Studium fertig sind, hoffe ich, dass wir in der gleichen Stadt Arbeit finden.«

»Sie möchten beide weiterhin im akademischen Bereich tätig sein?«

»Das hoffe ich. Ben findet garantiert eine Stelle, aber ich könnte Schwierigkeiten haben, etwas Passendes zu finden. Ich hoffe, dass ich Geschichte unterrichten kann, wenn ich keinen Platz an einer Universität bekomme, um Vorlesungen zu halten.«

»Das klingt, als hätten Sie große Pläne.«

»Die hab ich. Und Ben, nun ja, er konzentriert sich stets auf seine Recherchen und die Vergangenheit.« Sie lächelte schief. »Natürlich muss ich mich in einen Streber verlieben.«

»Ich hole mir ein Exemplar von Bens Buch, wenn es herauskommt«, sagte ich.

»Das werde ich ihm ausrichten. Er wird begeistert sein.« Ihr Lächeln verblasste. »Achtung! Trottel-Alarm.«

Ich drehte mich um und entdeckte einen großen, schlanken Mann mit nach hinten gegelten dunklen Haaren, der auf uns zukam. Er sah ungefähr so alt aus wie Penny und trug eine in die Jahre gekommene Lederjacke und eine Jeans. »Kennen Sie den?«

»Leider.« Sie seufzte und schüttelte den Kopf. »Marcel will der Indiana Jones der Geschichtsforschung sein. Er hat sogar denselben Hut wie der Schauspieler in den Filmen.«

Er blieb stehen und nickte uns zu. »Guten Morgen, Penny. Und Sie, Sie kenne ich nicht.« Sein Blick blieb auf mir haften.

»Ich bin Holly Holmes«, sagte ich. »Ich habe gerade mit Penny über Bens Arbeit gesprochen.«

»Marcel Miles.« Seine Oberlippe verzog sich leicht. »Gibst du schon wieder mit deinem tollen Freund an, Penny? Sie sollten wissen, dass die letzte wissenschaftliche Arbeit, die er veröffentlicht hat, einen Fehler enthielt. Das habe ich dem Historischen Rat gemeldet.«

»Nein, das stimmt nicht«, sagte Penny. »Das behauptest du ständig, aber Ben überprüft seine Quellen dreifach. Alles war in Ordnung. Du bist nur sauer, weil sein Artikel ausgewählt wurde und nicht deiner.«

Marcel zog die Schultern zurück und streckte sein Kinn vor. »Tatsächlich hatte ich mehrere Anfragen für meinen Artikel. Bis Ende des Jahres wird er von Fachleuten geprüft und veröffentlicht. Und er wird keinen einzigen Fehler enthalten.«

»Viel Glück dabei«, sagte Penny.

»Ich brauche kein Glück. Meine Forschung spricht für sich selbst«, sagte Marcel. »Wo ist eigentlich Ben?«

»Er ist heute Morgen früh aufgebrochen«, sagte Penny. »Er musste ein Paket abholen und wollte dann einen Spaziergang durch das Dorf machen.«

Ich stöhnte innerlich auf. Der frühe Start in den Tag war umsonst gewesen. Ich hatte Ben verpasst. Und er war nicht in Lebensgefahr, sondern machte einen lustigen Spaziergang durch Audley St. Mary und genoss die Geschichte des Dorfes.

»Ich muss mit ihm über den Finanzierungsvorschlag sprechen«, sagte Marcel. »Wann wird er zurück sein?«

»Ich bin seine Freundin, nicht seine Aufpasserin«, sagte Penny. »Aber ich erwarte ihn pünktlich zum Frühstück zurück. Allerdings weißt du ja, wie er ist. Er lässt sich schnell ablenken. Es könnte bis Mittag dauern, bis er wieder auftaucht.«

»Er kommt besser nicht zu spät zum Schießwettbewerb«, sagte Marcel. »Ich habe einen ausgezeichneten nachgebauten Langbogen, mit dem ich ihn schlagen will.«

»Ich freue mich schon auf den Wettbewerb«, sagte ich. »Werden Sie alle dort sein?«

Marcels Blick wanderte über mich. »Sie schießen?«

»Nein, aber ich hätte nichts dagegen, anderen dabei zuzusehen, wie sie es versuchen. In der Halbzeit bringe ich ein paar Erfrischungen vorbei.«

»Sie arbeiten im Schloss?«, fragte Marcel.

»Genau. In der Küche. Meine Spezialität ist die Zubereitung der Desserts für das Café und die Familie.«

Er trat einen Schritt zurück. »Sie sind eine Sandwich-Macherin?«

Meine Finger verkrampften sich und mein Lächeln wurde starr. »Nein, ich habe eine Ausbildung in der Herstellung hochwertiger Desserts.«

»Haben Sie den fantastischen Lebkuchen gebacken, der am ersten Abend, als wir hier waren, serviert wurde?«, fragte Penny.

Ich lächelte sie an und nickte. »Ich habe ein Originalrezept aus der Tudorzeit verwendet. Die Familie Audley hat eine Bibliothek voller unglaublicher Texte, darunter auch einige Kochbücher in Erstausgaben, die Hunderte Jahre alt sind. Darin zu blättern macht total viel Spaß. Ich liebe es, die Rezepte darin auszuprobieren.«

»Die Familie Audley lässt Sie ihre Bibliothek benutzen?« Der Unglaube in Marcels Stimme war deutlich zu hören.

»Sei doch nicht so ein Snob«, sagte Penny. »Dieser Lebkuchen war außergewöhnlich. Normalerweise finde ich moderne Desserts zu süß, aber dieses war perfekt. Der Ingwer hat mir fast den Kopf weggeblasen.«

»Genau so soll er auch schmecken«, sagte ich.

»Können Sie mir vielleicht das Rezept geben? Ich würde ihn gerne für Ben machen. Er hat an diesem Abend die Desserts verpasst«, sagte Penny.

»Natürlich«, sagte ich. »Und ich bin froh, dass er Ihnen geschmeckt hat. Heute beim Wettbewerb gibt es noch mehr.«

Marcel schnaubte. »Ich bin sicher, Ihre Desserts schmecken nicht wie die aus der Tudorzeit. Das ist nur eine unausgegorene Vermutung.«

»Marcel, sei nicht so unhöflich. Und wenn du keine Zeitmaschine hast, mit der du in diese Zeit zurückreisen und die Desserts probieren kannst, kannst du diese Aussage auch nicht belegen«, sagte Penny.

»Sie auch nicht.« Er reckte sein Kinn wieder vor und machte ein mürrisches Gesicht.

Penny tauschte einen Blick mit mir. »Ich weiß nur, dass die Desserts, die Holly gemacht hat, unglaublich waren.«

Ich lächelte Marcel süffisant an. »Danke. Ich weiß das zu schätzen.«

Penny zwinkerte mir zu. »Jederzeit.«

»Wenn Sie nur über Rezepte plaudern, kann ich nicht bleiben«, sagte Marcel. »Ich habe eine exklusive Einladung zu einem Frühstück mit Professor Stephen und Evelyn erhalten. Ich kann die beiden nicht warten lassen. Wenn du deinen nutzlosen Freund siehst, sag ihm, dass ich ihn suche.« Marcel warf mir nicht einmal einen Blick zu, als er sich umdrehte und wegging.

Penny schüttelte den Kopf. »Marcel ist ein Albtraum. Er ist so eifersüchtig auf Ben.«

»Hilft Marcel auch bei der Tagung?«, fragte ich.

»Ja, er ist ebenfalls ein Assistent von Professor Stephen«, sagte sie. »Er stellt jedes Jahr zwei Assistenten ein, weil er so viel Arbeit hat. Ben ist seine Nummer Eins. Er bekommt immer die besten Aufträge. Marcel muss die Reste nehmen und die langweilige Arbeit machen. Deshalb hasst er Ben. Eigentlich ist er wegen so gut wie allem sauer.«

Das war ein interessantes Motiv für einen Mord. Wenn Ben sterben würde, könnte Marcel in seine Fußstapfen treten und der erste Assistent von Professor Stephen werden. Ich speicherte diese Information im Geiste ab.

»Ich sollte Sie nicht länger aufhalten«, sagte ich. »Viel Spaß beim Schießwettbewerb heute.«

»Danke, den werde ich haben. Hoffentlich sehe ich Sie dort. Und ich werde auf jeden Fall Ihre Desserts probieren.« Penny legte ihre Hand auf meinen Arm. »Ignorieren Sie bitte, was Marcel über die Desserts gesagt hat. Der Mann ernährt sich von Instantnudeln und Take-out. Er würde gutes Essen nicht einmal erkennen, wenn es in seinem Mund gelandet wäre.«

Ich lachte, bevor ich mich verabschiedete und mit Meatball zurück in meine Wohnung ging. Ich brauchte eine Dusche, bevor ich mit der Arbeit loslegte.

Zwar hatte ich jetzt ein paar interessante Informationen über Ben, konnte aber nichts mit ihnen anfangen. Noch nicht. Soweit ich wusste, war Ben immer noch quicklebendig. Das Rätsel, wer Ben Friel womöglich töten wollte, war noch nicht gelöst.

Kapitel 5

»Beeilen Sie sich, Holly.« Chefkoch Heston starrte mich an, als ich das letzte Tablett mit Leckereien auf den Wagen für den Schießwettbewerb stapelte.

Ich grummelte vor mich hin. Eigentlich wollte ich früh zum Wettbewerb gehen, um die Teilnehmer zu sehen, aber der Industriemixer war kaputt gegangen und eine Küchenhilfe hatte sich so sehr in den Daumen geschnitten, dass sie ins Krankenhaus gemusst hatte. So musste der Rest den Rückstand aufholen und das Essen für die hungrigen Besucher im Café zubereiten.

»Ich komme mit dir mit, Holly.« Louise hüpfte herbei und zwinkerte mir zu. »Du hast gesagt, du brauchst Hilfe, nicht wahr?«

»Nein, Sie bleiben hier«, sagte Koch Heston. »Es gibt zwei Kessel mit Suppe, die im Auge behalten werden müssen, und ein Dutzend Brote, die in zwanzig Minuten aus dem Ofen müssen.«

»Aber ... aber ... Holly hat gesagt, dass ich mit ihr mitgehen kann«, sagte Louise.

»Wer ist der Chef in dieser Küche?«, schnauzte Chef Heston.

»Sie, Chef.« Louise ließ den Kopf hängen.

»Das heißt, Sie befolgen meine Anweisungen, nicht die von Miss Holmes«, sagte er. »Und jetzt beeilen Sie sich. Sie beide. Louise, Sie sind für die Suppe und das Brot zuständig. Holly, bringen Sie die Desserts zur

Schützengesellschaft und beeilen Sie sich dabei. Nicht lange dort bleiben.«

»Als ob ich das tun würde«, sagte ich.

Er winkte mir mit einem Spachtel zu. »Raus. Jetzt.«

Ich zuckte entschuldigend mit den Schultern, als ich an Louise vorbeieilte. Zwei zusätzliche Hände wären nett gewesen, aber ich wusste, warum sie mit mir mitkommen wollte. Es hatte rein gar nichts mit dem Essen zu tun und alles damit, dass sie dort mit Campbell flirten konnte.

Ein leiser Pfiff von mir, sobald ich draußen war, ließ Meatball aus seinem Zwinger stürmen. Er hüpfte um den Wagen herum und tänzelte auf seinen Hinterbeinen.

»Ich weiß, es ist aufregend. Wir bekommen heute einen extra Spaziergang. Willst du den Schießwettbewerb sehen?«

»Wuff, wuff!« Er wackelte mit dem ganzen Körper, bevor er mit erhobenem Schwanz und aufgestellten Ohren vor mir herrannte.

Ich schob den Wagen den Weg entlang und achtete darauf, jede Senke zu vermeiden, als ich auf die Wiese in Richtung Schießstand ging.

Der Schießstand befand sich nicht weit vom Schloss entfernt auf einer Lichtung im Wald.

Ich grinste und wurde schneller, als ich Stimmen hörte, auf die ich mich zubewegte. Vielleicht hatte ich ja doch noch die Gelegenheit, die Teilnehmer zu sehen.

»Holly, warte!«

Ich drehte mich um und lächelte, als Rupert auf mich zujoggte. In einer Hand hielt er einen Langbogen.

»Ich dachte, du bist schon beim Wettbewerb«, sagte ich.

»Ich musste für ein paar Minuten zurück zum Schloss. Ich bin froh, dich zu sehen und all das leckere Essen. Die ganze Bewegung regt den Appetit an.« Er strich sich sein blondes Haar aus der Stirn.

»All das wurde nach authentischen Anweisungen aus einem alten Rezeptbuch hergestellt, das ich in deiner Bibliothek gefunden habe.«

»Das sieht lecker aus. Komm, ich helfe dir mit dem Wagen.«

»Das musst du nicht tun«, sagte ich. »Du hast ja deinen Bogen.«

»Nimm du ihn, ich werde schieben.« Er hielt mir den Bogen hin.

Ich holte tief Luft, als ich ihn betrachtete. »Er ist wunderschön.« Das Holz war zu einem dunklen, glänzenden Braun poliert worden.

Er grinste. »Nicht wahr? Ich habe ihn von einem Mann anfertigen lassen, der mit mittelalterlichen Designtechniken arbeitet. Du hältst ein Stück lebendige Geschichte in den Händen.«

Ich streichelte mit meinen Fingern über das polierte Holz. »Da sind Gravuren drauf.«

»Das ist das Familienmotto«, sagte er. »Ich habe auch einen für Alice anfertigen lassen.«

»Oh, stimmt ja. Alice wird schießen.« Mein Lächeln wurde schwächer. Ob sie immer noch wütend auf mich war?

»Sie sollte nicht hier sein«, sagte er. »Wir folgen den mittelalterlichen Turnierregeln. Das heißt, Frauen sind nicht erlaubt. Typisch Alice, sie hört nicht auf ein Wort, das ich sage. Wir haben ihr alle gesagt, dass sie nicht mitmachen darf, aber sie ist trotzdem dabei.« Rupert schob den Wagen langsam vor sich her. »Das Peinliche ist, dass sie uns alle schlägt. Wären wir wirklich in der Tudorzeit, wäre sie auf dem Scheiterhaufen verbrannt worden, weil sie so gut schießen kann. Jeder hätte geglaubt, dass sie schwarze Magie benutzt. Frauen sollten nicht so gut mit dem Langbogen umgehen können.«

»Das freut mich für sie. Ich bin froh, dass es ihr gut geht.« Vielleicht hatte Alice mir inzwischen verziehen, vor allem, wenn sie gut gelaunt war, weil sie diesen Wettbewerb gewann.

»Ist alles in Ordnung?«, fragte Rupert. »Haben du und Alice euch gestritten? Ich habe vorhin deinen Namen erwähnt und sie ist genauso still geworden wie du gerade.«

»Nein, alles ist bestens«, sagte ich. »Ich freue mich schon auf das Schießen.«

»Wenn wir dort sind, sollte ich an der Reihe sein«, sagte er. »Ich bin auf dem dritten Platz. Ich hoffe, dass ich wenigstens Zweiter werde.«

»Ich bin sicher, du wirst gut abschneiden«, sagte ich. »Wie läuft es bei den anderen?«

»Nicht schlecht. Professor Stephen ist allerdings ein ziemlicher Wichtigtuer. Er behauptet ständig, er hätte dreißig Jahre Erfahrung im Schießen mit alten Waffen, aber er hat nicht ein einziges Mal ins Schwarze getroffen. Sein Kollege Johann ist furchtbar.« Rupert lehnte sich näher heran. »Und er nimmt ständig heimlich Schlucke aus einem Flachmann in seiner Tasche. Er denkt, dass es niemand bemerkt, aber da er so schlecht zielt, ist es schwer zu übersehen, dass etwas mit ihm nicht stimmt. Ich glaube nicht, dass er die letzten fünf Mal, die er geschossen hat, das Ziel getroffen hat. Alle anderen sind halbwegs gute Schützen.«

Meatball stürmte zwischen den Bäumen hervor, bellte, als er uns sah, und raste wieder davon.

Wir gingen zwischen den Bäumen hindurch und einen flachen Weg entlang, der sich zu der Lichtung verbreiterte, die für den Schießwettbewerb genutzt wurde.

Campbell und Drayton waren auf einer Seite. In der Ferne standen vier große runde Zielscheiben auf einem kleinen Wall aus Schlamm und Sandsäcken.

»Das war mein Glückspfeil, der über das letzte Ziel hinausgeschossen ist«, sagte Johann.

»Es geht nicht um Glück. Es geht darum, richtig zu zielen.« Ben stand neben ihm und lächelte amüsiert, als er Johann zuhörte. Penny war ebenfalls bei ihnen und sah sich auf dem Gelände um. Sie schien sich ein wenig zu langweilen.

Marcel stand neben Professor Stephen und einer Frau, die ich nicht erkannte, aber so wie sie neben ihm stand, vermutete ich stark, dass sie seine Frau war.

Alice stand vor den Zielscheiben mit einem Pfeil auf der Sehne. Ihre Aufmerksamkeit galt dem Schießstand.

Mir stockte der Atem und ich blieb stehen, als sie den Pfeil fliegen ließ. Er segelte durch die Luft und schlug in der Mitte der Zielscheibe ein.

Ich klatschte, bevor ich mich zurückhalten konnte. »Gut gemacht, Prinzessin Alice. Das war großartig.«

Alice senkte ihren Bogen und drehte sich um. Unsere Blicke trafen sich kurz, bevor sie wegschaute.

Mein Lächeln verblasste. Es schien, als müsste ich noch einiges tun, um ihre Freundschaft zurückzugewinnen. Ich runzelte die Stirn und konzentrierte mich darauf, das Essen anzurichten. Vielleicht sollte ich mich nicht so sehr um unsere Freundschaft bemühen. Alice war die, die eifersüchtig war. Sie musste darüber hinwegkommen. Ich hatte sie nicht ersetzt, nur weil ich eine andere Freundin hatte. Es war unfair, von mir zu erwarten, dass ich sie als Freundin hatte und sonst niemanden.

Meatball hüpfte auf die Lichtung und trottete zu mir hinüber. Er hob eine Pfote und bettelte niedlich um ein Leckerli.

Ich vergewisserte mich, dass niemand zusah, holte ein Gebäckstück, fütterte ihn damit und steckte den Rest ein.

Rupert stibitzte ein Stück Lebkuchen. »Deine Punkte zählen trotzdem nicht, Alice. Egal, wie oft du ins Schwarze triffst.«

»Sie zählen auf jeden Fall.« Alice marschierte zu ihm herüber und funkelte ihn an. »Die Zeiten haben sich geändert. Auch Frauen können schießen. Und wie ich gerade beweise, viel besser als alle anderen hier.«

»Wir halten uns immer noch an die mittelalterlichen Regeln für einen Langbogenwettbewerb«, sagte Rupert.

Sie schlug ihm mit einem Pfeilschaft auf den Hinterkopf. »Das sind die revidierten Regeln. Meinst du nicht auch, Holly?«

Ich zog die Augenbrauen hoch. Jetzt redete sie mit mir? »Ich weiß nicht genug über das Bogenschießen, um das sinnvoll zu kommentieren.«

Alice schürzte die Lippen, bevor sie sich dem Essen zuwandte. »Ist das Mandelkuchen?«

»Ja«, sagte ich. »Warum probierst du nicht einen?«

Ihre Hand zögerte einen Moment in der Luft, bevor sie sich ein Küchlein schnappte und hineinbiss. »Köstlich.«

»Entschuldigt mich einen Moment, meine Damen. Ich muss mit Professor Stephen sprechen.« Rupert schlenderte davon.

Ich konzentrierte mich darauf, die ohnehin schon übersichtlichen Tabletts mit dem Essen neu anzuordnen. »Macht dir der Wettbewerb Spaß?«

»Es läuft gut«, sagte Alice mit einem Mund voll Kuchen. »Aber die Jungs sind so nervig und behaupten ständig, dass meine Punkte nicht zählen.«

»Du bist eine tolle Schützin«, sagte ich. »Ich würde mich wahrscheinlich aus Versehen erschießen, wenn ich mit dem Langbogen schießen würde.«

»Nein, würdest du nicht. Das ist alles eine Frage der Technik«, sagte sie.

»Das musst du mir irgendwann mal zeigen.« Ich hob meinen Kopf und erwiderte ihren Blick. »Besonders jetzt, da du wieder mit mir sprichst. Bist du immer noch böse auf mich?«

Ihre Augen verengten sich, als sie ihren Kuchen zu Ende aß. »Ich weiß nicht, wovon du redest.«

»Gestern, als ich Lady Philippa geholfen habe, warst du gemein zu mir.«

»Ich ... Nun, das war vielleicht ein Missverständnis.« Sie scharrte mit einem Fuß durch das Laub.

»Wer von uns beiden hat etwas falsch verstanden? Und was haben wir falsch verstanden?«

Sie schnaufte laut aus. »Ich habe gesehen, dass du mit deiner Freundin aus der Küche unterwegs warst. Und ... ich wurde eifersüchtig.« Sie schnappte sich einen weiteren Kuchen und stopfte ihn sich in den Mund.

Ich berührte ihren Arm. »Alice, ich kann mit vielen Leuten befreundet sein. Das heißt aber nicht, dass ich dich weniger mag.«

Sie winkte mit einer Hand in der Luft herum, während sie kaute. »Das weiß ich. Aber seit du hier bist, bin ich glücklicher. Ich kann es nicht erklären. In deiner Nähe kann ich ich selbst sein, und du hältst mich nicht für dumm oder nutzlos.«

»Jeder, der dir sagt, dass du eines von beidem bist, ist es nicht wert, dass du dich mit ihm abgibst. Egal, wie viele schöne Titel oder Herrenhäuser sie besitzen«, sagte ich. »Alice, du bist brillant. Ich schätze es, dich als Freundin zu haben.«

Sie schlang ihre Arme um mich, sodass ich quietschen musste, weil sie mich so fest drückte. »Du bist meine beste Freundin«, flüsterte sie mir ins Ohr. Ihr Atem roch nach süßen Mandeln und Zucker.

Ich lachte und drückte sie auch. »Und wenn es dir nichts ausmacht, an zweiter Stelle nach Meatball zu kommen, bist du auch meine beste Freundin.«

»Damit kann ich umgehen. Meatball ist hinreißend.« Sie trat einen Schritt zurück und grinste mich an, bevor sie Meatball einen kleinen Klaps gab. »Ich wollte nicht kleinlich sein und dir ein schlechtes Gewissen machen. Du kannst andere Freunde haben, solange du daran denkst, dass ich die beste Freundin bin, die du je haben wirst. Na ja, die beste Freundin ohne Fell und Schweif, die du je haben wirst.«

»Das werde ich nie vergessen«, sagte ich.

»Und ich verspreche, dass ich es wiedergutmachen werde«, sagte sie.

»Das ist nicht nötig. Ich bin nur erleichtert, dass wir wieder miteinander reden. Es war ein komisches Gefühl, als du mich ignoriert hast.«

»Ich möchte das wiedergutmachen. Und ich weiß genau, wie ich das anstellen kann.« Sie grinste mich an. »Du wirst es lieben.«

Ich biss mir auf die Unterlippe. Manchmal waren die Überraschungen von Alice etwas exzentrisch, aber ich wollte ihr Friedensangebot nicht ablehnen. »Ich freue mich schon darauf. Wie geht es Lady Philippa? Sie hatte gestern einen Schock, als sie diese Vision hatte.«

»Als ich am späten Abend nach ihr sah, schien es ihr besser zu gehen«, sagte Alice. »Sie trank eine heiße Schokolade und sprach mit der Wand, als ob jemand bei ihr im Zimmer wäre.«

Ich schaute zu Ben hinüber, der sich immer noch mit Johann unterhielt. »Hat sie noch etwas über ihre Vorhersage gesagt? Sie sagte, dass Ben in der Nähe von Bäumen sterben würde, und wir sind damit umgeben.

»Hier wird das nicht passieren«, sagte sie. »Wir haben Sicherheitskräfte vor Ort. Jeder wird sehen, ob jemand rausläuft und Ben erschießt.«

»Hat Lady Philippa dir gesagt, dass man ihn mit einer Schusswaffe töten würde?«

»Nein, sie ist nie sehr hilfreich, wenn es um ihre seltsamen kleinen Visionen geht«, sagte Alice. »Aber es geht ihm gut, seit wir hier sind. Er ist auch kein schlechter Schütze.«

»Noch fünf Minuten, dann beginnt die nächste Runde«, rief Rupert. »Bevor wir beginnen, bedient euch bitte an den köstlichen Leckereien, die unsere Küche zubereitet hat. Sie wurden nach authentischen mittelalterlichen Rezepten zubereitet. Ich kann euch versichern, dass sie wunderbar sind.« Er sah zu mir herüber und lächelte.

In den nächsten Minuten war ich damit beschäftigt, die Kuchen an die hungrigen Teilnehmer zu verteilen.

Ich war überrascht, als ich sah, wie Eddie mit einer Handvoll Pfeile aus den Bäumen huschte und sie ablegte, bevor er wieder im Wald verschwand.

»Was macht der denn hier?«, fragte ich Alice und nickte in die Richtung von Eddie.

»Wir brauchten jemanden, der zwischen den Runden unsere Pfeile holt«, sagte Alice. »Der Typ hat uns gehört, als wir uns vor dem Schloss unterhalten haben, und hat sich freiwillig gemeldet, um zu helfen.«

»Das ist überraschend nett von ihm«, sagte ich und ließ meinen Blick zu Penny wandern.

Alice zog eine Augenbraue hoch. »Du kennst ihn?«

»Nicht wirklich. Ich habe ihn heute Morgen gesehen, wie er Penny belästigt hat, die Freundin von Ben. Er hat kein Nein akzeptiert und nicht aufgegeben, bis Meatball ihn verjagt hat.«

»Bis jetzt hat er sich gut benommen«, sagte Alice. »Aber jetzt, wo du es erwähnst, hängt er auch bei Penny herum, wenn er nichts zu tun hat. Ich hoffe, er macht ihr keine Probleme. Ich kann ihn wegschicken und einen der Jungs die harte Arbeit der Pfeiljagd machen lassen. Es sei denn, du willst den Job.«

»Auf keinen Fall! Ich habe keine Lust, im Dreck nach euren Pfeilen zu suchen.« Ich schüttelte den Kopf. »Behalte ihn einfach im Auge. Sorg dafür, dass er kein Problem für Penny ist. Ich will nicht, dass sie sich von ihm bedroht fühlt.«

»Solange ich hier bin, kommt er nicht in ihre Nähe«, sagte Alice. »Wenn er sie belästigt, hetze ich Campbell auf ihn. Nein! Ich werde auf ihn schießen.«

Ich lachte. »Vielleicht solltest du nicht auf jemanden schießen. Selbst eine Prinzessin kann dafür Ärger bekommen.«

»Es wäre ein harmloser Schuss. Vielleicht durch die Wade oder den Oberarm. Irgendwohin, wo er nicht sofort verblutet.«

Ich erschauderte. Manchmal hatte Alice einen wirklich düsteren Humor.

»Wenn alle bereit sind, glaube ich, dass Professor Stephen als Nächstes an der Reihe ist«, sagte Rupert.

Die Teilnehmerinnen und Teilnehmer sammelten ihre Langbögen und Pfeile ein und Professor Stephen schritt auf die Markierung zu.

»Er ist nicht besonders gut«, flüsterte Alice. »Er überspannt seine Bogensehne. Wenn er nicht aufpasst, reißt sie und er muss aus dem Wettbewerb ausscheiden. Man darf nur eine Waffe pro Runde verwenden.«

Professor Stephen spannte die Sehne, richtete den Pfeil aus und ließ ihn fliegen. Es war ein solider Versuch und er landete knapp außerhalb der Mitte der Zielscheibe.

»Ist das seine Frau?«, fragte ich, als die schlanke Blondine mittleren Alters, mit der ich ihn gesehen hatte, klatschte.

»Genau. Evelyn Maguire. Sie begleitet ihn, wenn er seine Vorträge hält. Ich glaube, sie hat mit den privaten Veranstaltungen zu tun, die er ausrichtet. Sie ist nett. Sehr freundlich. Allerdings weiß sie nicht viel über Geschichte. Und sie schießt nicht.«

»Ich wette, dass du dieses Mal nicht ins Schwarze triffst«, sagte Johann zu Professor Stephen. »Du liegst fünf Punkte hinter Alice. Also brauchst du eine hohe Punktzahl.«

»Ihre Punkte zählen nicht.« Professor Stephen drehte sich nicht um, als er seinen nächsten Pfeil anlegte. »Nichts für ungut, Prinzessin.«

»Und ob sie zählen«, murmelte Alice. »Und ich bin beleidigt. Selbst wenn sie mich nicht zur Siegerin erklären, werden wir die Wahrheit erfahren. Das feiern wir später mit einer dieser leckeren Kirschsahnetörtchen, die ich in der Küche gesehen habe.«

Ich lächelte sie an. »Auf jeden Fall. Du wirst all diese Angeber schlagen.«

Professor Stephen richtete seinen nächsten Schuss aus. Er hob seinen Arm und zielte entlang des Pfeilschafts.

»Siehst du, was ich mit seiner schlechten Technik meine?«, flüsterte Alice.

Das tat ich nicht, nicht wirklich, aber ich nickte zustimmend und freute mich, beim Wettbewerb zusehen zu können.

Professor Stephen stieß ein Grunzen aus und ließ seinen Langbogen fallen. Seine Hand wanderte auf seinen Rücken und er beugte sich nach vorn.

»Darling, was ist los?« Evelyn eilte herbei und hielt ihn am Arm fest.

»Aargh! Mein verdammter Rücken. Ich glaube, ich habe mir gerade einen Muskel gezerrt.« Er zog eine Grimasse, als er versuchte, sich aufzurichten. Dann schüttelte er den Kopf und blieb zusammengekrümmt stehen. »Ich kann mich nicht bewegen.«

»Das kommt von seiner schlechten Technik«, sagte Alice zu mir. »Wenn man einen schwachen Rumpf hat und nicht richtig steht, verletzt man sich. Wenn man dazu noch den Bogen überspannt, ist das vorprogrammiert.«

»Wir sollten nachsehen, ob es ihm gut geht.«

Wir gingen hinüber und schlossen uns dem Rest der Gruppe an, die Professor Stephen und Evelyn umringte.

»Du wirst aussteigen müssen, alter Junge.« Johann klang erfreut über diese Aussicht.

»Natürlich werde ich aussteigen. In diesem Zustand kann ich kaum schießen«, sagte Professor Stephen mit zusammengebissenen Zähnen.

»Du gibst also auf?« Johann schaute sich mit einem breiten Grinsen in der Gruppe um. Seine Wangen glühten und ich bezweifelte, dass das an der Bewegung lag, die er während des Wettkampfs bekommen hatte.

»Auch wenn ich aufgeben muss, wirst du trotzdem keinen Platz in der Siegerreihe bekommen«, sagte Professor Stephen. »Deine letzten Schüsse haben das

Ziel nicht getroffen. Es wird Zeit, dass du deine Augen untersuchen lässt.«

Johann kicherte. »Ich habe perfekte Augen.«

»Das Problem ist nicht sein Sehvermögen«, flüsterte Alice mir ins Ohr. »Er hat zwei Flachmänner geleert, und die waren nicht mit Apfelsaft gefüllt, jedenfalls nicht dem Geruch seines Atems nach zu urteilen.«

»Kann ich Ihnen etwas bringen, Professor Stephen?« Marcel schob sich an Ben vorbei und stellte sich neben ihn. »Schmerzmittel? Oder eine heiße Kompresse für Ihren Rücken?«

»Nein, ich muss mich nur ausruhen«, sagte Professor Stephen. »Evelyn, hilf mir zurück ins Schloss. Ich muss mich hinlegen.«

»Natürlich.« Sie sah zu Rupert hinüber. »Gibt es von hier aus eine Abkürzung zum Schloss? Ein langer Spaziergang ist nicht gut für seinen Rücken.«

»Ja. Gehen Sie direkt am Schießstand vorbei. Der Weg ist zwar ein bisschen zugewachsen, aber er ist auch zehn Minuten kürzer. Wenn Sie um die Ecke kommen, sehen Sie das Schloss vor sich.«

»Danke«, sagte sie. »Komm schon, Liebling. Bringen wir dich ins Bett.«

»Mehr Glück beim nächsten Mal«, sagte Johann. Er wandte sich an Marcel. »Wo ist der Typ mit unseren Pfeilen? Ich bin mit dem Schießen dran und mein Glückspfeil ist nicht in dem Stapel da drüben.«

»Ich habe ihn nicht gesehen«, sagte Marcel.

»Ich hole ihn besser mal. Komm und hilf mir suchen, Marcel.«

Marcel runzelte die Stirn und richtete seine Aufmerksamkeit auf Professor Stephen. »Sind Sie sicher, dass ich Ihnen nicht helfen kann?«

Professor Stephen winkte ab. »Gehen Sie mit Johann mit. Er braucht alle Hilfe, die er kriegen kann, um den Pfeil zu finden.«

»Sehr wohl.« Marcel runzelte die Stirn, offensichtlich nicht glücklich darüber, dass er weggeschickt wurde.

»Können wir das Ganze für ein paar Minuten unterbrechen?« Johann sah zu Rupert hinüber.

»Ja, können wir«, sagte Rupert. »Wir können sowieso erst schießen, wenn Professor Stephen und Evelyn den Schießstand verlassen haben. Jeder bekommt fünf Minuten Zeit.«

Johann und Marcel machten sich auf den Weg in die Bäume, um den Pfeil zu suchen, während ich zurück zum Essenswagen ging und mit Alice und Rupert zusah, wie Professor Stephen mit seiner Frau davonhumpelte.

»Ich wette, er ist enttäuscht, dass er im Wettbewerb nicht mehr weitermachen kann«, sagte ich.

Alice verzog die Lippen. »Vielleicht hat er seine Verletzung nur vorgetäuscht.«

»Alice, das ist nicht nett, was du da sagst«, sagte Rupert. »Warum sollte er das tun?«

»Er war am Verlieren«, sagte sie. »Professor Stephen war verzweifelt und gab vor, sich den Rücken verletzt zu haben, um nicht von einer Frau besiegt werden zu müssen. Stellt euch die Schande vor, wenn das passiert wäre.« Sie kicherte und zwinkerte mir zu.

»Ja, wir wissen alle, wie toll du bist«, sagte Rupert. »Aber du könntest etwas nachsichtiger mit unserem Gast-Experten sein. Es wird seinem Ruf nicht gut tun, wenn er weiß, dass er von dir geschlagen wurde.«

»Deshalb hat er seine Verletzung vorgetäuscht.« Alice grinste mich an. »Du stimmst mir doch zu, oder, Holly?«

»Ich, ähm ... Er schien große Schmerzen zu haben. Das kann man nur schwer vortäuschen.«

Ben kam mit Penny an seiner Seite herüber. »Ich glaube, wir müssen uns bei Ihnen für das köstliche Essen bedanken.« Sein Lächeln war warm und er nickte mir zu.

»Es war mir ein Vergnügen«, sagte ich und bemerkte mehrere Flecken auf Bens Gesicht. Sie sahen wie blaue Flecken aus. »Hat Ihnen die Zeit hier gefallen?«

»Es war großartig«, sagte er. »Ich fand es toll, einen Blick hinter die Kulissen des Schlosses werfen zu können.«

Pennys Telefon klingelte und sie zog es aus ihrer Tasche. »Entschuldigt mich einen Moment. Ich muss da rangehen.« Sie entfernte sich von der Gruppe und verschwand in den Bäumen.

»Ihr Langbogen ist unglaublich, Prinzessin Alice«, sagte Ben.

»Rupert hat ihn speziell für mich anfertigen lassen«, sagte sie. »Ich habe noch drei weitere. Alle haben ein einzigartiges Design, aber den hier mag ich am liebsten. Es schießt absolut gerade.«

»Ein beeindruckendes Stück Handwerkskunst«, sagte Ben.

»Möchten Sie ihn ausprobieren?«

»Meinen Sie das ernst?« Bens Lächeln wurde breiter und sein Blick hungrig, als er ihren Bogen anstarrte.

»Natürlich. Kommen Sie, Sie können ein Gefühl dafür bekommen, während wir auf die Freigabe zum Schießen warten.« Sie führte Ben weg und reichte ihm ihren Langbogen.

Ich schaute zu Campbell und Drayton hinüber, die wie erstarrt dastanden. Nichts schien hier fehl am Platz zu sein. Vielleicht würde sich Lady Philippas Vorhersage über Bens Ableben heute nicht bewahrheiten. Alle waren entspannt und glücklich, während sie sich unterhielten und das Essen verzehrten.

Ich brachte einen Teller mit Leckereien zu Campbell und Drayton. »Möchtet ihr etwas davon probieren?«

Drayton nickte und entschied sich für einen Mandelkuchen. »Danke.«

Campbell rührte sich nicht.

»Möchtest du einen Kuchen, Campbell?« Ich wedelte mit dem Teller vor seiner Nase herum.

»Nein. Geh weg. Wir sind im Dienst.«

Ich nahm den Teller herunter. Das war einfach unhöflich. Ich wollte doch nur freundlich sein.

»Das Missverständnis mit Lady Philippa tut mir leid«, sagte Drayton.

»Kein Problem. Ich hoffe, du weißt jetzt, dass ich keine Bedrohung bin. Mir geht es nur ums Backen.«

Drayton warf einen Blick auf Campbell. »Ja. Man hat mir alles über dich erzählt.«

Meine Augen verengten sich, als ich Campbell anschaute. Ich konnte mir vorstellen, was er alles Unangenehmes über mich gesagt hatte.

»Ich habe gehört, dass du Probleme mit dem Lieferwagen hattest«, sagte Drayton. »Ist alles in Ordnung?«

»Fast. Er braucht neue Reifen«, sagte ich. »Obwohl Chef Heston nicht glücklich darüber war, konnte er mir kaum die Schuld für die platten Reifen geben, schon gar nicht für den Ersatzreifen. Damit hatte ich nichts zu tun.«

Campbell grunzte.

»Nicht wahr?« Ich schob ihm den Teller wieder unter die Nase. Er war heute schlecht gelaunt. »Bist du sicher, dass du keinen Kuchen willst?«

»Nimm dir schon einen, Boss«, sagte Drayton. »Einer kann nicht schaden. Sie sind köstlich.«

»Holly, du versperrst mir die Sicht«, sagte Campbell.

Ich drehte mich um und ging weg. Ich konnte nicht verstehen, was Louise an ihm fand. Er war viel zu mürrisch, um ein guter Freund zu sein.

Alice unterhielt sich noch immer mit Ben und zeigte ihm ihren Langbogen, während alle anderen darauf warteten, dass Johann und Marcel von ihrer Pfeiljagd zurückkamen.

Ich stellte den Teller ab und sah mir das restliche Essen an. So gerne ich auch wollte, ich konnte nicht hierbleiben, sonst würde Chefkoch Heston mich anschreien, weil ich nachlässig war. Aber ich wollte auch nicht von Ben weg, nicht, solange die Gefahr bestand, dass er verletzt werden könnte.

Alice kam herüber und hakte sich bei mir unter. »Macht das nicht Spaß?«

»Es ist toll«, sagte ich. »Wie lange geht der Wettbewerb noch?«

»Wir haben noch fünf Runden vor uns«, sagte sie. »Wir werden mindestens noch eine Stunde hier draußen sein.«

So lange konnte ich nicht bleiben. »Du hast nichts Verdächtiges in Bezug auf Ben gesehen? Er hatte keinen Streit mit jemandem? Und du hast niemanden gesehen, der gemein zu ihm war?«

»Nein! Holly, du machst dir umsonst Sorgen. Und Campbell ist hier, falls etwas passieren sollte.«

Meatball tauchte auf und raste über die Lichtung, wobei er ab und zu für ein Begrüßungsstreicheln stehen blieb. Er hüpfte zu Campbell hinüber und stellte sich schwanzwedelnd mit erhobener Pfote vor ihn.

Drayton wollte ihn streicheln, aber ein scharfes Wort von Campbell unterband das und er stellte sich wieder gerade hin.

Das war gemein. Campbell muss heute mit dem falschen Fuß aufgestanden sein. Alles, was Meatball wollte, war eine kleine Streicheleinheit und dass man ihm sagte, er sei ein guter Junge.

»Meatball, komm her.« Ich klopfte auf mein Knie und er hüpfte herüber.

Ich kniete mich hin, um ihm noch etwas Gebäck zu geben und ihn am Bauch zu streicheln.

Eine verschwommene Bewegung fiel mir auf, dicht gefolgt von einer weiteren. Ich drehte meinen Kopf, um zu sehen, was es war.

Ben jaulte auf, ließ den Langbogen fallen und taumelte nach hinten.

Ich stand auf und mein Herz schlug wie wild in meiner Brust. Gerade wollte ich zu Ben rennen, als Campbell wie eine Pistolenkugel an mir vorbeischoss.

Ich eilte ihm hinterher und meine Augen weiteten sich, als ich die Szene registrierte. Ben lag auf dem Rücken, die Arme ausgebreitet, und ein Pfeil ragte aus seiner Brust.

Kapitel 6

»Bleibt alle ruhig und in einer Gruppe«, befahl Campbell und suchte mit den Augen die Bäume ab.

Ich starrte auf Ben hinunter und fühlte mich benommen, als der Schock mich durchströmte. »Ist er ...«

Campbell sah hoch, während er an Bens Hals nach einem Puls tastete. »Er ist tot.«

Die Luft rauschte aus mir heraus. Ich fühlte mich schuldig, obwohl ich nichts mit seinem Tod zu tun hatte. Lady Philippa hatte das vorausgesagt und mir gesagt, ich sollte auf Ben aufpassen.

»Drayton, durchsuch den Wald. Da draußen ist ein Schütze. Der Pfeil kam aus dieser Richtung.« Campbell deutete hinter den Schießstand.

»Ich kümmere mich darum.« Drayton sprintete mit gezogener Waffe in den Wald.

Campbell stand auf und sprach in sein Funkgerät. »Alpha-Team zwei, wir haben einen Vorfall auf dem Schießplatz. Sechs Männer sollen in den Wald gehen. Vorsicht ist geboten. Der Täter ist mit einem Langbogen bewaffnet. Over.«

Ich konnte die andere Seite des Gesprächs nicht hören, aber egal, was sie sagten, Campbell nickte.

»Ruf die Polizei und lass einen Krankenwagen kommen«, sagte er. »Wir haben einen Toten vor Ort. Over.«

Alice und Rupert näherten sich der Leiche. Alice zuckte zusammen, als sie Ben auf dem Boden liegen sah. »Hast du gesehen, wer Ben erschossen hat?«

»Nein. Ich glaube, die Pfeile kamen aus dieser Richtung.« Ich zeigte auf den Wald. »Ich habe zwei Objekte aus den Bäumen fliegen sehen.«

»Da ist nur ein Pfeil«, sagte Campbell. »Prinzessin Alice und Lord Rupert, Sie müssen bei den anderen bleiben, bis Verstärkung eingetroffen ist. Hier draußen ist jeder ein potentielles Ziel. Der Angreifer könnte schon Ausschau nach seinem nächsten Opfer halten.«

»Warum sollte der Täter einen von uns erschießen wollen?«, fragte Alice.

Campbell drehte sich zu mir um. »Holly, stell dich vor Prinzessin Alice.«

»Moment mal, wir können Holly nicht als menschlichen Schutzschild benutzen.« Rupert packte mich am Arm und zog mich an seine Seite.

»Lord Rupert, Sie sind ...«

»Nein! Das ist inakzeptabel.« Rupert richtete sich zu seiner vollen Größe auf. Er war zwar immer noch kleiner als Campbell, aber es war beeindruckend anzusehen. »Holly muss auch geschützt werden.«

»Ganz recht«, sagte Alice. »Wenn jemand auf mich schießt, schieße ich sofort zurück. Und ich werde treffen.«

Campbell seufzte. »Bleiben Sie wenigstens zusammen. Allein sind Sie verwundbarer.« Er drehte sich um und suchte erneut die Bäume ab.

»Oma hat das vorausgesagt«, sagte Alice. »Sie hatte recht. Ich hätte auf sie hören sollen.«

»Ich auch«, sagte ich. »Vielleicht hätte ich Ben überreden können, nicht an dem Wettbewerb teilzunehmen.«

»Wovon reden Sie?«, fragte Campbell mit dem Rücken zu uns.

»Oma war gestern komisch drauf«, sagte Alice. »Sie sagte voraus, dass Ben sterben würde. Holly, du warst dabei. Erzähl Campbell, was passiert ist. Ich habe den Anfang ihrer Vision verpasst.«

Ich widerstand dem Drang, einen Schritt zurückzutreten, als Campbell mich anstarrte. »Es ist wahr. Ich habe Lady Philippa zu der letzten Abendvorlesung mitgenommen. Sie saß neben Ben. Am Anfang war alles in Ordnung, aber dann wurde sie blass und wir mussten gehen. Sie sagte, sie wüsste, dass Ben sterben würde.«

Campbell schüttelte den Kopf. »Wenn Lady Philippa nicht diejenige war, die den Pfeil geschossen hat, der Ben getötet hat, kann sie nicht gewusst haben, dass das passieren würde.«

»Das ist genau das, was sie vorausgesagt hat«, sagte Alice.

»Lady Philippa sagte sogar, dass Ben zwischen den Bäumen auf dem Gelände des Schlosses sterben würde«, sagte ich. Ich hatte keine Ahnung, wie Lady Philippa diese Dinge vorhersagen konnte, aber mir lief ein Schauer über den Rücken. Es war schon unheimlich, wie oft sie Recht hatte. Ich hatte mich immer für einen logischen Menschen gehalten, aber vielleicht musste ich in dieser Hinsicht aufgeschlossener sein.

»Wir müssen wissen, wo sich alle aufhalten«, sagte Campbell. »Wer fehlt hier?«

Ich sah mich in der kleinen Gruppe um, die noch da war. »Professor Stephen und seine Frau sind vor ein paar Minuten zum Schloss zurückgekehrt. Johann und Marcel sind im Wald und sammeln Pfeile ein. Penny telefoniert irgendwo und Eddie ist auch im Wald. Das sind doch alle, oder?«

Rupert nickte. »Das stimmt.«

»Die arme Penny«, sagte Alice. »Sie wird am Boden zerstört sein, wenn sie zurückkommt und Ben so sieht. Sie waren so ein süßes Paar.«

»Jemand muss sie suchen. Ihr sagen, was passiert ist.« Ich machte einen Schritt auf die Bäume zu, blieb aber stehen, als Campbell eine Hand hob und den Kopf schüttelte.

»Wir bleiben zusammen, bis die Verstärkung kommt«, sagte Campbell. »Wenn der Schütze noch da draußen ist, werden meine Männer ihn erwischen.«

»Oder sie«, sagte Alice. »Was, wenn Penny Ben getötet hat?«

»Warum sollte sie das tun?«, fragte ich.

»Ich weiß es nicht. Aber wie ich schon demonstriert habe, können Frauen genauso gut schießen wie Männer. Und man muss bei großen Entfernungen ein guter Schütze sein. Man muss die Drift und die Windströmungen berücksichtigen. Außerdem sind die Bäume ein natürliches Hindernis.«

»Du hast gesagt, dass sie nicht weiß, wie man mit dem Langbogen schießt«, sagte ich.

»Ich will damit nur sagen, dass du das schöne Geschlecht nicht so voreilig abtun sollst«, sagte Alice. »Wir können auch gefährlich sein.«

»Als ob ich das nicht wüsste«, murmelte Campbell. Seine Augen suchten ständig die umliegenden Bäume ab.

Ich tat dasselbe, denn meine Panik machte mich paranoid. Ich hatte Angst, dass jemand mit noch mehr Pfeilen auf uns schießen würde.

»Was ist hier los?« Johann trat aus den Bäumen hervor, dicht gefolgt von Marcel. »Ich habe einen der Sicherheitsleute im Wald herumrennen sehen. Er hat gesagt, wir sollen sofort hierher zurückkommen.«

»Hey! Ist das Ben, der da am Boden liegt?«, fragte Marcel. »Was ist mit ihm passiert?«

Campbell ging hinüber und holte sie zu der Gruppe. »Es hat einen Zwischenfall gegeben. Sie müssen beide erst einmal hier bleiben.«

»Einen Zwischenfall?« Marcels Mund blieb offen stehen und die Farbe wich aus seinem Gesicht. »Da steckt ein Pfeil in Bens Brust.«

»Jemand hat auf ihn geschossen«, sagte Alice. »Wo haben Sie beide sich versteckt?«

Johann fuhr sich mit der Hand über das Gesicht und starrte Ben an. »Im Wald. Ich kann es nicht glauben. Er ist ... tot?«

»Hat einer von Ihnen etwas gesehen?«, fragte ich zur gleichen Zeit wie Campbell.

Campbell schaute mich böse an und schüttelte den Kopf. Sein grimmiger Blick sagte mir, ich solle mich raushalten.

»Oh! Nein, ich habe nichts gesehen«, sagte Johann. »Ich meine, ich habe nicht gesehen, dass jemand auf Ben geschossen hat. Wie ... wie konnte das passieren?«

»Das gilt auch für mich«, sagte Marcel. »Sollten wir ihn nicht zudecken? Es kommt mir nicht richtig vor, den armen Kerl so auf dem Boden liegenzulassen.«

»Was haben Sie so lange im Wald gemacht?«, fragte Campbell.

»Die hier aufgesammelt.« Marcel hielt ein Dutzend Pfeile in die Höhe.

»Es hat eine Weile gedauert, bis ich meinen Glückspfeil gefunden habe«, sagte Johann. Sein angespannter Blick war auf Ben gerichtet. »Das muss ein Unfall gewesen sein. Hat sich Ben in den Schießstand verirrt, wo er nicht hätte sein sollen?«

»Nein«, sagte Alice. »Der Pfeil, der ihn getötet hat, kam aus den Bäumen hinter dem Schießstand. Jemand hat auf ihn gezielt.«

»Vielleicht war es ein Irrläufer.« Johann zupfte an seinem Kragen. »Der Wind kann die Pfeile zu weit tragen. Das passiert mir andauernd.«

Ich sah mich auf der Lichtung um. Ich war mir sicher, dass ich zwei Pfeile gesehen hatte, oder zumindest zwei sich schnell bewegende Flecken, Sekunden bevor Ben getroffen wurde. Vielleicht hatte jemand versucht, Ben zu treffen, und ihn verfehlt, sodass er noch einmal auf ihn schießen musste.

»Das muss ein Fehlschuss gewesen sein«, sagte Marcel. Sein Blick wanderte zu Alice, die den Langbogen aufhob, den sie Ben zum Ausprobieren gegeben hatte.

»Sehen Sie nicht mich so an. Ich habe nichts damit zu tun«, sagte sie. »Ich bin eine ausgezeichnete Schützin. Zehnmal besser als Sie beide. Außerdem war ich hier, bei Rupert und Holly, als Ben erwischt wurde. Und ich sage Ihnen, niemand von uns hat den Pfeil abgefeuert.«

Meatball fing an zu bellen, hüpfte herum und kläffte etwas an, das nicht weit von Bens Körper entfernt auf dem Boden lag.

»Was ist in ihn gefahren?«, sagte Campbell. »Halte ihn zurück, sonst stört er noch Beweise.«

Ich marschierte hinüber und fand Meatball, der an etwas im Boden zerrte. »Was hast du da?« Ich kniete mich hin und schob ein paar vertrocknete Blätter beiseite. Wenige Schritte von der Stelle entfernt, an der Ben gestanden hatte, bevor er erschossen wurde, steckte ein Pfeil im Boden.

Meatball biss in den Pfeilschaft und versuchte, ihn herauszuziehen.

»Nein, das tust du nicht.« Ich hob ihn hoch und ging einen Schritt zurück. »Das ist ein Beweis.«

»Was hast du da?« Campbell kam herüber.

»Ich habe dir gesagt, dass ich zwei Pfeile gesehen habe. Meatball hat gerade den zweiten entdeckt. Der Schütze hat Ben beim ersten Mal nicht getroffen.«

Campbell starrte den Pfeil an, dann grunzte er: »Geh weg und nimm deinen Hund mit. Es könnten Fingerabdrücke auf dem Pfeil sein. Das Einzige, was wir jetzt finden werden, ist Hundegesabber.«

»Du hättest auf mich hören und mich nach dem zweiten Pfeil suchen lassen sollen, dann wären alle Beweise sichergestellt gewesen.«

Campbell öffnete den Mund, aber dann nickte er und wandte sich ab.

Ich knuddelte Meatball, während er an meiner Wange leckte und sich anscheinend darüber freute, ein so wichtiges Beweisstück gefunden zu haben. »Du bist ein guter Junge. Gut, dass du den Beweis entdeckt hast, von dem Campbell nicht geglaubt hat, dass er existiert.«

»Das habe ich nicht gesagt«, sagte Campbell immer noch mit dem Rücken zu mir. »Ich habe mich darauf konzentriert, dass alle sicher sind.«

Ich war einen Moment lang still, als ich ihm bei der Arbeit zusah. Er markierte die Fundstelle, bevor er zurücktrat.

»Vielleicht kann ich helfen«, sagte ich. »Ich habe schon ein paar Vermutungen, wer Ben tot sehen wollte.«

»Behalte deine Vermutungen für dich«, sagte er. »Meine Männer werden den Schützen finden und ihn herbringen. Oder die Schützin.«

Ich hob eine Schulter, bevor ich mich umdrehte und zurück zu Rupert und Alice ging. Es überraschte mich nicht, dass Campbell mir sagte, ich solle mich raushalten. Das tat er immer, wenn ich meine Hilfe anbot.

»Was hast du gefunden?«, fragte Alice.

»Ein zweiter Pfeil steckt im Boden«, sagte ich.

»Das bedeutet, dass derjenige, der Ben töten wollte, mit dem ersten Schuss sein Ziel verfehlt hat«, sagte Rupert.

»Mit diesen Langbögen ist es schwierig, genau zu treffen, wenn man weit weg steht«, sagte Alice. »Oder vielleicht ist derjenige, der die Pfeile abgeschossen hat, kein guter Schütze. Das heißt, ich scheide als Verdächtige zu hundert Prozent aus.«

»Niemand glaubt, dass du etwas damit zu tun hast«, sagte Rupert. »Hör auf, dich so in den Vordergrund zu drängen.«

»Das tue ich nicht! Ich will nur klarstellen, dass ich unschuldig bin. Schließlich bin ich die beste Langbogenschützin hier«, sagte Alice und gab ihm einen nicht gerade sanften Stoß.

Das Geräusch von Schritten im Laub ließ mich aufblicken.

Eddie tauchte zwischen den Bäumen auf und hielt ein Dutzend Pfeile in seinen Armen. Er blieb stehen und schaute sich um. »Was ist los? Warum starrt mich jeder an?«

Campbell trat auf ihn zu und Eddie wich zurück. »Stehen bleiben!«

»Was?« Eddie bewegte sich weiter rückwärts. »Ich habe nichts gemacht.«

»Dann wird es Ihnen sicher nichts ausmachen, ein paar Fragen zu beantworten«, sagte Campbell.

Eddies Blick ging zu Ben und sein Mund klappte auf. Er ließ die Pfeile fallen, drehte sich um und rannte in den Wald.

»Drayton, ein Verdächtiger ist auf der Flucht«, sagte Campbell in sein Funkgerät. »Er bewegt sich in südöstlicher Richtung vom Schloss weg. Verfolgt ihn.«

Campbell blieb auf der Lichtung, die Hände zu Fäusten geballt. Ich merkte, dass er Eddie am liebsten selbst nachgejagt wäre, aber er wollte uns nicht ungeschützt lassen.

Alice packte meinen Arm und lehnte sich dicht an mich. »Wirst du in diesem Mordfall ermitteln?«

»Nein! Ich will Campbell in dieser Sache nicht in die Quere kommen. Er muss stinksauer sein, dass dieser Vorfall unter seiner Regie passiert ist.«

»Fühlst du dich nicht schuldig?«, fragte Alice.

»Warum bitte sollte ich mich schuldig fühlen?« Ich drehte mich um und starrte sie an.

»Wolltest du nicht Ben das Leben retten?«

»Alice! Natürlich nicht.«

Sie wickelte eine Locke um einen Finger. »Ich dachte, Oma hätte dich gebeten, auf ihn aufzupassen.«

Die Schultern hängen lassend seufzte ich. Ich fühlte mich wirklich schlecht. »Ich wusste nicht, dass das passieren würde. Selbst wenn ich gewusst hätte, dass Ben von einem Pfeil in die Brust getroffen werden würde, wie hätte ich es verhindern können? Ihn bitten, eine pfeilsichere Weste zu tragen? Ihn an sein Bett fesseln, damit er heute nicht mitmachen kann? Ich habe versucht, die Betroffenen zu warnen, wenn Lady Philippa eine Vorhersage über sie gemacht hat. Das geht nie gut aus.«

»Du kannst nichts dafür«, sagte Rupert. »Es ist einfach nur schreckliches Pech. Ben war zur falschen Zeit am falschen Ort.«

»Das war kein Unfall«, sagte Alice. »Zwei Pfeile wurden auf dieselbe Stelle abgefeuert. Ein Pfeil bedeutet Unachtsamkeit. Zwei sind Absicht.«

Ich nickte. »Du hast Recht. Wenn es ein einzelner Pfeil gewesen wäre, hätten wir es als Unfall einstufen können. Aber das war Absicht. Jemand wollte Bens Tod.«

Rupert schüttelte den Kopf. »Trotzdem hättest du das nicht verhindern können. Und wenn du es versucht hättest, wärst du selbst in Gefahr gewesen. Keiner von uns will, dass du verletzt wirst. Nicht wahr, Alice?«

»Auf keinen Fall«, sagte Alice. »Da ist es mir lieber, dass Ben tot ist.«

»Na danke auch«, sagte ich. »Ich wünschte allerdings, ich hätte das verhindern können. Ich kann nicht anders, als mich schlecht zu fühlen.«

»Auch wenn du es nicht verhindern konntest«, sagte Alice mit einem verschlagenen Blick, »kannst du es vielleicht wiedergutmachen, indem du den Mord aufklärst. Das würde alles wieder wettmachen.«

»Hör auf, Holly Schuldgefühle einzureden«, sagte Rupert. »Vielleicht will sie sich nicht mit so etwas Grausamem beschäftigen.«

Ich legte meinen Kopf in den Nacken und fühlte mich ein wenig unschlüssig. »Es kann nicht schaden, ein paar Fragen zu stellen. Das ist das Mindeste, was ich tun kann, um herauszufinden, was passiert ist, und um sicherzustellen, dass Bens Mörder bekommt, was er verdient.«

Alice klatschte in die Hände und wippte auf den Zehenspitzen. »Auf jeden Fall. Wie aufregend. Los, jagen wir einen Mörder.«

Kapitel 7

Meatball weckte mich auf, indem er auf das Fußende des Bettes hüpfte und leise bellte.

Ich drehte mich um und schaute auf den Wecker. Stöhnend zog ich mir die Decke über den Kopf. »Es ist gerade mal fünf Uhr. Du musst noch nicht nach draußen.«

Er bellte abermals, während er über das Bett huschte, die Decke herunterzog und mir über die Nase leckte.

Ich streichelte seinen Kopf, um ihn zu beruhigen und in der Hoffnung, wenigstens eine weitere Stunde Schlaf zu bekommen. Als ich mit meiner Hand über seinen Rücken fuhr, bemerkte ich, dass seine Nackenhaare aufgerichtet waren. Ich öffnete ein Auge. »Stimmt etwas nicht?«

Er sprang vom Bett und rannte aus dem Schlafzimmer.

Ich rollte mich auf den Rücken und meine Augen fielen gerade wieder zu, als ein dumpfer Schlag mich hochschrecken ließ.

Meatball bellte im Wohnzimmer.

Da war jemand an meiner Haustür. Ich runzelte die Stirn, als ich mich aufsetzte. Wer wollte mich zu einer so frühen Stunde aus dem Bett jagen?

Ich gähnte, während ich meinen Morgenmantel anzog und meine Füße in meine Hausschuhe steckte, bevor ich zur Haustür schlurfte. Ich spähte aus dem

Seitenfenster und meine Augen weiteten sich. Alice stand draußen.

Ich entriegelte die Tür und riss sie auf. »Ist alles in Ordnung?«

»Dir auch einen guten Morgen«, sagte sie.

»Du stehst doch sonst nie so früh auf. Ich dachte mir, dass etwas los sein muss.« Ich bedeutete ihr, in meine Wohnung zu kommen.

Meatball rannte mehrmals um sie herum und wedelte mit seinem Stummelschwanz.

Sie kam herein, mit einem Picknickkorb in der Ellenbeuge, und streichelte ihn. »Ich dachte, wir könnten dem Mörder einen Schritt voraus sein, wenn wir früh anfangen.«

Ich ließ meinen Kopf nach hinten fallen und stöhnte. »Du kannst keinem Mörder einen Schritt voraus sein. Campbell darf nicht erfahren, dass wir das hier machen, und er darf auf keinen Fall mitbekommen, dass du darin verwickelt bist. Er wird nicht erfreut sein, wenn ein Mitglied der Familie, die er beschützen soll, sich in eine Mordermittlung einmischt.«

Alice stellte den Picknickkorb auf den Tisch und drehte sich zu mir um. »Campbell macht sich umsonst Sorgen. Obwohl es süß ist, dass er auf mich aufpasst. Es zeigt, dass er sich sorgt.«

»Es zeigt auch, dass er genau das tut, wofür er bezahlt wird.« Ich fuhr mir mit den Händen über mein verwuscheltes Haar. »Was ist in dem Korb?«

»Unser Frühstück. Ich habe mich in die Küche geschlichen und eine Angestellte überredet, ihn mit köstlichen Leckereien zu füllen. Genau das, was wir brauchen, bevor wir uns in unser Abenteuer stürzen.«

»Alice, einen Mörder zu finden, ist kein Abenteuer. Es kann gefährlich sein, wie ich auf meine Kosten erfahren habe.« Ich warf einen Blick in den Korb. Mir lief das Wasser im Mund zusammen, als ich die Croissants, die Kirschkuchen und das Plundergebäck sah. Vielleicht konnte ich ihr verzeihen, dass sie mich so früh geweckt hatte.

»Es ist nicht meine Schuld, dass du dich in solche brenzligen Situationen bringst.« Sie zeigte auf den Wasserkocher. »Du machst den Tee, während ich das Essen rausstelle.«

»Ja, Eure Majestät.« Ich machte einen Scheinknicks, bevor ich die Teesachen hervorholte und eine große Kanne mit English Breakfast Tea aufbrühte.

»Du musst zugeben, dass das aufregend ist«, sagte sie. Ihr Lächeln verblasste, als sie meinen strengen Blick bemerkte. »Natürlich war Bens Tod traurig. Wir haben uns während des Schießwettbewerbs unterhalten. Er wirkte ganz nett. Ich kann mir nicht vorstellen, warum ihn jemand umbringen wollte.«

»Ein paar Kandidaten kommen mir in den Sinn.« Ich holte die Teller und das Besteck und deckte den Tisch.

»Ich wusste, dass du jemanden verdächtigst.« Alice ließ sich auf einem Stuhl nieder. »Glaubst du, dass Eddie etwas damit zu tun hat?«

Ich gesellte mich zu ihr und schenkte den Tee ein, bevor ich dafür sorgte, dass Meatball genug Futter in seinem Napf hatte und nicht zu sehr bettelte, während wir aßen. »Ich habe von Betsy gehört, die wiederum von einem Freund im Pub gehört hat, dass Drayton Eddie geschnappt hat«, sagte ich. Betsy Malone, die leitende Reinigungskraft des Schlosses, war eine hervorragende Quelle für Klatsch und Tratsch.

»Ja, das habe ich gestern am späten Abend auch gehört.« Alice reichte mir ein Croissant. »Campbell ist sehr darauf fixiert, dass Eddie der Mörder ist. Was denkst du?«

»Es war seltsam, wie er sich aus dem Staub gemacht hat«, sagte ich. »Das spricht nicht für seine Unschuld.«

»Ich habe gestern Abend ein Gespräch der Sicherheitsleute mitgehört«, sagte Alice. »Anscheinend hat Eddie eine kriminelle Vergangenheit.«

Ich verteilte Honig auf meinem Croissant. »Vielleicht ist er nicht geflohen, weil er Ben getötet hatte. Vielleicht hatte er Angst, dass die Polizei wegen seiner Vorstrafen das Schlimmste denkt.«

»Er ist noch nicht angeklagt worden.« Alice sprach mit dem Mund voller Gebäck. »Das habe ich auch mitbekommen.«

Ich legte den Kopf schief, als ich mir den Mord an Ben noch einmal in Erinnerung rief. »Ich bin mir nicht sicher, ob es Eddie war, der die Pfeile abgefeuert hat. Es passierte aber so schnell, dass es schwer zu sagen war, woher sie kamen. Ich vermute, dass sie von hinter dem Schießstand auf der rechten Seite abgeschossen wurden. Eddie kam links von den Zielscheiben aus dem Wald.«

»Er könnte nach dem Schuss weitergegangen sein. Langbogenpfeile sind langsamer als Recurve-Pfeile, wenn man sie schießt«, sagte Alice. »Sie sind langsamer, weil sie mehr Gewicht haben. Es dauert etwa eine Sekunde, bis ein Pfeil ein hundert Meter entferntes Ziel erreicht.«

Ich schüttelte den Kopf und grinste sie an. »Lass dir nie von jemandem sagen, dass du nur ein hübsches Ding bist.«

»Du findest mich hübsch?«

Ich schaute an die Decke. »Natürlich konzentrierst du dich genau darauf.«

Sie kicherte. »Gestern war es fast windstill. Die Bedingungen waren perfekt für einen präzisen Schuss, wenn der Schütze Erfahrung hat.«

»Und wir müssen davon ausgehen, dass der Täter wusste, was er tat, und dass er nicht nur Glück hatte«, sagte ich. »Ben stand rechts vom Schießstand. Die Pfeile kamen von rechts von ihm. Als Eddie auftauchte, war er ganz links am Schießstand.«

»Er könnte aus dieser Richtung hergekommen sein, damit es so aussieht, als sei er unschuldig«, sagte Alice. »Aber das ist eine ganz schöne Strecke.«

»Und er war nicht außer Atem, als er aus dem Wald kam«, sagte ich.

»Und dann ist da noch das Motiv«, sagte Alice. »Warum sollte Eddie Ben töten?«

»Wegen Penny«, sagte ich. »Eddie hat kein Geheimnis daraus gemacht, dass er an ihr interessiert ist.«

»Oh, stimmt. Das hattest du erwähnt«, sagte Alice. »Glaubst du, Eddie hat Ben getötet, weil er Penny ganz für sich allein haben will?«

Ich träufelte noch mehr Honig auf mein Croissant und biss hinein. »Das ist kein gutes Motiv. Ich hatte nicht den Eindruck, dass es ihm mit Penny so ernst war. Als ich ihn mit ihr reden hörte, schlug er ihr eine lockere Beziehung vor. Nur Spaß und Vergnügen, aber ohne Verantwortung, wenn du verstehst, was ich meine.«

»Und wie ich das verstehe«, sagte Alice. »Solchen Männern darf man nicht trauen. Wahrscheinlich wollen sie überall, wo sie hinkommen, Spaß haben und hinterlassen eine Reihe gebrochener Herzen. Es war richtig von Penny, sich von ihm fernzuhalten.«

»Ich könnte verstehen, dass er Ben etwas antun wollte, wenn er Penny schon lange nachgestellt hätte, aber nicht wegen einer kurzen Affäre.«

»Eddie war ziemlich cholerisch. Er mochte es nicht, dass Penny ihn abblitzen ließ, also übertrug er seine Wut auf Ben.«

»Es wäre sinnvoll, mit Eddie zu sprechen. Weißt du, ob Campbell Eddie auf die Polizeiwache gebracht hat?«

»Sie haben ihn verhört und dann gehen lassen«, sagte Alice. »Wahrscheinlich ist er wieder im Schloss und baut den Rest der Technik ab.«

»Wir sollten jetzt mit ihm reden«, sagte ich. »Bevor er abreist.«

»Das hat keine Eile«, sagte Alice. »Die Hälfte der Technik steht noch in der Bibliothek. Nach dem Mord wurde alles auf Eis gelegt. Und wir müssen erst einmal dieses Essen verputzen. Und du solltest duschen.«

Ich sah sie stirnrunzelnd an. »Ich hätte geduscht, wenn mich nicht jemand in aller Herrgottsfrühe geweckt hätte, um über einen Mord zu reden.«

Sie aß ihr Croissant auf und schnappte sich noch eines. »Der frühe Vogel fängt den Mörder. Außerdem müssen wir Campbell zuvorkommen.«

»Du bist immer so erpicht darauf, ihn zu übertreffen«, sagte ich.

»Du auch.«

»Nur weil mich seine selbstgefällige Alphamännchen-Art auf die Palme bringt. Ich zeige ihm gerne, dass er nicht der Einzige ist, der Rätsel lösen kann.«

Alice senkte ihren Blick auf ihren Teller und verzog den Mund. »Geht mir ähnlich.«

Ich kannte diesen Blick. »Alice, du kannst doch nicht ernsthaft in Campbell verliebt sein.«

»Von Liebe kann keine Rede sein«, sagte sie. »Aber ich bekomme weiche Knie, wenn er mich beschützt. Ich liebe es, wenn er in einer Situation das Kommando übernimmt. Das bringt das Beste in ihm zum Vorschein.«

»Wenn sein Bestes seine mürrische, ruppige Art ist und die Tatsache, dass er alle anschnauzt, die ihm in die Quere kommen«, sagte ich.

»Er schnauzt die Leute an, weil er sich Sorgen macht«, sagte sie.

»Hmm, ich glaube, da werden wir uns nicht einig.« Ich nahm ein Aprikosenplundergebäck, das voller Rosinen war und mit einer süßen Glasur glänzte. Er sah aus wie einer der Kuchen, den ich gestern in der Küche gemacht hatte. »Warum sind eigentlich alle so scharf auf Campbell?«

Ihre Augen wurden größer. »Wer mag ihn noch? Sag nicht, dass ich eine Rivalin habe.«

Ich traute mich nicht, Louises Namen in Gegenwart von Alice zu erwähnen. Sie hatte mir gerade erst verziehen, dass ich mit ihr befreundet war. »Wie du gesagt hast, finden manche Frauen sein Verhalten attraktiv. Und er ist alleinstehend, soweit ich weiß. Er zieht also Aufmerksamkeit auf sich.«

»Es sind seine Muskeln. Ich mag Männer, die auf sich achten.« Sie schürzte ihre Lippen und stach ihr Messer in ein Croissant. »Vielleicht sollte ich ihn um ein Date bitten. Die Sache offiziell machen. Das würde jede Rivalin ausbremsen. Niemand würde es wagen, einer Prinzessin den Freund zu stehlen.«

Meine Augenbrauen hoben sich langsam. »Wird deine Familie glücklich darüber sein, dass du mit einem Mitglied des Sicherheitsteams ausgehen willst?«

»Mummy und Daddy sind für drei Monate in Dubai«, sagte Alice. »Sie werden nicht erfahren, mit wem ich mich treffe.«

»Aber der Herzog und die Herzogin haben ein Auge auf alles«, sagte ich. »Sie sind deine Vormunde. Sie haben die Pflicht, deine Eltern zu informieren.«

»Und sie haben auch die Verantwortung, dass ich glücklich und zufrieden bin«, sagte sie. »Allerdings muss ich vorsichtig sein. Mit zwei gescheiterten Verlobungen im Gepäck möchte ich nicht als die Verrückte in der Familie dastehen.«

»Dafür ist es zu spät. Du bist definitiv die Verrückte«, sagte ich.

»Wahrscheinlich. Vor allem, weil meine beste Freundin eine Bedienstete in der Küche ist, deren Herrin ich bin.« Sie lachte und warf eine Weintraube nach mir.

»Ich bin immer gerne bereit zu dienen«, sagte ich. »Lass uns fertig frühstücken. Ich muss noch duschen, was längst überfällig ist. Dann machen wir uns auf den Weg zum Schloss und suchen Eddie.«

»Und verhören ihn«, sagte Alice.

»Und stellen ihm ein paar beiläufige Fragen, während wir versuchen, nicht von deinem Sicherheitsdienst bemerkt zu werden.«

»Du bist nicht lustig.«

»Ich bin sehr lustig. Ich habe nur nicht den Rückhalt der Familie, wenn das alles schiefgeht.«

»Du hast mich. Ich bin Schutz genug.« Alice warf ein Stück Croissant für Meatball hin. »Und du hast Mr Fluffball da unten. Er wird dich mit seinen kleinen Pfoten bis zum bitteren Ende verteidigen.«

Ich konnte nur zustimmend nicken, während ich noch mehr Plundergebäck aß. Ich hatte ein hervorragendes Team an meiner Seite.

Eine Stunde später waren wir alle satt und ich war angezogen und geduscht, als wir meine Wohnung verließen. Meatball trottete mit uns mit und freute sich auf einen frühen Spaziergang.

Unser Timing war perfekt. Der Arbeitstrupp kam gerade an, um den Rest der Technik im Schloss abzubauen. Vor uns lief eine Gruppe von sechs Männern. Die meisten von ihnen hielten sich an ihren Kaffeetassen fest und gähnten.

»Da ist Eddie«, sagte Alice. »Schnappen wir ihn uns, bevor er mit der Arbeit anfängt.«

»Was werden wir sagen, warum wir schon so früh in der Bibliothek sind?«, fragte ich.

»Ich lebe in diesem Schloss. Ich kann hingehen, wo ich will«, sagte Alice. »Es ist mein gutes Recht, die Arbeiter zu beobachten und darauf zu achten, dass sie keine der teuren Wandverkleidungen oder Vorhänge beschädigen. Wenn jemand fragt, warum ich hier bin, ist er ein Idiot.«

Ich grinste. »Das kannst du ihnen ruhig sagen.«

Wir gingen den Korridor entlang und in die Bibliothek. Eddie stand am Ende des Raumes bei der provisorischen Bühne. Er stellte seine Tasse ab und starrte auf das Baugerüst vor ihm.

»Ich bin so froh, Sie hier zu sehen«, sagte Alice, als sie hinüberging.

Er schaute in unsere Richtung und überlegte. »Sie sind doch diese Prinzessin, oder? Ich habe das große

Ölgemälde von Ihnen im Korridor gesehen. Und Sie waren beim Schießwettbewerb dabei.«

Sie machte einen kleinen Knicks. »Das stimmt. Ich bin Prinzessin Alice Audley.«

Eddie rieb sich die Bartstoppeln am Kinn. Sein Blick wanderte zu mir. »Dich kenne ich auch. Du und dein Hund habt mich neulich belästigt.«

»Nicht belästigt«, sagte ich. »Ich wollte nur sicherstellen, dass es keine Probleme gibt.«

Er zuckte halb mit den Schultern. »Wie auch immer. Ich muss mit meiner Arbeit weitermachen. Eigentlich sollte das hier schon gestern fertig sein, aber durch das Chaos im Wald sind wir in Verzug geraten. Die Sicherheitsleute hier sind verrückt, weil sie mich in diesen Albtraum hineingezogen haben.«

»Sie sind völlig zurechnungsfähig. Wir stellen sicher, dass sie sich psychologischen Untersuchungen unterziehen, bevor sie ihren Dienst im Schloss antreten«, sagte Alice.

»Hä?«, sagte Eddie.

»Warum sind Sie weggelaufen, als mein Sicherheitsdienst gestern mit Ihnen sprechen wollte?«, fragte Alice.

Ich biss mir auf die Unterlippe. Manchmal wusste Alice nicht, was Fingerspitzengefühl war.

Eddie holte tief Luft. »Solche Typen machen sich einen Spaß daraus, mir Ärger anzuhängen. Es gibt ihnen einen Kick. Für sie ist es ein Machttrip, wenn sie die Arbeiterklasse unterdrücken dürfen.«

»Schikanieren sie Sie wegen Ihrer Tattoos?«, fragte Alice. »Ich sehe ein paar auf Ihren Armen und am Hals. Sind Sie am ganzen Körper tätowiert?«

Er schnaubte ein Lachen heraus. »Sie sind nicht hilfreich. Wollen Sie einen Blick darauf werfen, Prinzessin?« Eddie grinste sie an.

»Oh! Nein, ich will Ihre Tattoos nicht sehen. Aber vielleicht hält die Polizei sie für Gangzeichen. Haben

Gangmitglieder nicht auch Tattoos auf ihrem Körper, um ihre Zugehörigkeit zu zeigen?«

Ich schaute sie an. Ich war mir nicht sicher, woher sie ihre Informationen hatte, aber es ergab Sinn.

»Möglich. Aber meine Tattoos haben nichts damit zu tun, dass ich in einer Gang bin«, sagte Eddie. »Ich lasse mich einfach gerne tätowieren. Die Polizei vermutet Dinge, genau wie Ihr Sicherheitsteam.«

»Dass Sie weggelaufen sind, war nicht der beste Weg, um Ihre Unschuld zu zeigen«, sagte ich.

»Das wurde mir bald klar«, sagte Eddie. »Der Kerl, der mich eingeholt hat, hat mir fast den Arm gebrochen, als er mich festhielt.«

»Sie verstehen, warum er es getan hat«, sagte Alice. »Jemand wurde getötet.«

»Man kann nicht ausschließen, dass es ein Unfall war«, sagte Eddie. »Warum das Schlimmste annehmen?«

»Zwei Pfeile wurden auf das Opfer abgefeuert«, sagte ich. »Einer wäre ein furchtbares Missgeschick gewesen. Zwei dagegen waren Absicht.«

Seine Augenbrauen hoben sich. »Jemand hatte es auf Ben abgesehen? Davon habe ich nichts gehört. Die Typen, die mich verhört haben, haben mir nichts gesagt. Sie nahmen mich mit aufs Revier und stellten mir alle möglichen Fragen über mein Verhältnis zu Ben und welches Problem ich mit ihm hatte. Ich habe ihnen immer wieder gesagt, dass ich es nicht getan habe. Ich kannte den Kerl nicht einmal.«

»Aber Sie kennen seine Freundin«, sagte ich. »Ich habe gesehen, wie Sie mit Penny gesprochen haben.«

Er drehte sich ganz zu mir um und verschränkte die Arme vor der Brust. »Ich kannte sie nicht wirklich, nicht so, dass es Spaß gemacht hätte.«

»Hat Ben mitbekommen, dass Sie sich an seine Freundin herangemacht haben?«, sagte ich.

»Und wenn schon? Der Typ war ein Streber. Er hätte nichts tun können, um mich aufzuhalten, wenn ich sie gewollt hätte.«

»Penny hat selbst genug getan, um Sie aufzuhalten«, sagte ich. »Und ich nehme an, als Sie mit der Polizei gesprochen haben, waren diese an Ihrer Verbindung zu Penny interessiert. Oder haben Sie ihnen das verheimlicht?«

Er grunzte. »Warum es ihnen sagen? Es hat nichts bedeutet. Als würde ich jemanden töten, um an sein Mädchen zu kommen. Das ist zu viel harte Arbeit. Es gibt noch viele andere Mädchen, die zur Auswahl stehen.«

»Es ist ein Mordmotiv«, sagte ich. Zwar kein besonders gutes, aber ich war bereit, Eddie einen kleinen Schubs zu geben, um zu sehen, ob er jähzornig war.

»Sie sind genauso schlimm wie die Sicherheitsleute, die hier herumlungern und nur darauf warten, mit dem Finger auf mich zu zeigen und das Schlimmste zu denken«, sagte Eddie.

»Wissen Sie, wie man mit einem Langbogen schießt?«, fragte Alice.

Eddie steckte seine Hände in die Gesäßtaschen seiner Jeans und wippte auf seinen Fersen. »Und wenn schon?«

Mit dieser Antwort hatte ich nicht gerechnet. »Sie können wirklich damit schießen?«

Sein Blick wurde finster und er ließ die Hände neben sich fallen. »Es sind nicht nur die Schönen, die Spaß an alten Waffen haben. Ich habe als Kind gelernt, wie man schießt. Aber einen Bogen hatte ich schon seit Jahren nicht mehr in der Hand.«

»Wo haben Sie das gelernt?«, fragte ich.

Er grinste. »Ob Sie es glauben oder nicht, ich war ein Pfadfinder. Wir haben eine Woche lang im Freien verbracht. Ich konnte gut mit einem Bogen umgehen. Der Leiter des Zentrums war ein Geschichtsfanatiker und hatte eine Menge Repliken, die wir benutzen durften. Das hat Spaß gemacht. Jetzt schieße ich nicht mehr.«

»Vielleicht benutzen Sie lieber Ihre Fäuste als einen Bogen.« Ich deutete mit einem Nicken auf Eddies Hände. »Woher haben Sie diese Schnitte und blauen Flecken?«

Er hob seine Hände und betrachtete sie. »Körperliche Arbeit. Das gehört zum Job.«

Er log. Die Schwellungen an seinen Knöcheln deuteten darauf hin, dass er mit seinen Fäusten auf etwas eingeschlagen hatte. Konnten diese blauen Flecken von dem Schlag stammen, den er Ben verpasst hatte? Ich hatte kurz vor dessen Ermordung rote Flecken seinem Gesicht bemerkt.

Eddie warf einen Blick über unsere Köpfe hinweg. »Ich muss jetzt anfangen zu arbeiten. Mein Chef ist da drüben.«

So leicht wollte ich ihn nicht davonkommen lassen. »Ben hat Ihnen gesagt, dass Sie sich von Penny fernhalten sollen, und Sie waren nicht glücklich darüber. Haben Sie mit ihm geredet und die Situation ist eskaliert?«

Eddie schüttelte den Kopf. »Ich bin mit euch beiden fertig.«

Meatball knurrte Eddie an und seine Nackenhaare richteten sich auf.

Ich lege eine Hand auf Meatballs Kopf, um ihn zu beruhigen.

»Wenn Sie Holly nicht antworten, kann ich mich jederzeit an mein Sicherheitsteam wenden«, sagte Alice. »Sie sind verpflichtet, mir alles zu sagen, vor allem, wenn es um meine Sicherheit geht. Es wird ihnen nicht gefallen, wenn sie erfahren, dass Sie uns Schwierigkeiten gemacht haben.«

»Wenn Sie glauben, dass es in meiner Nähe nicht sicher ist, müssen Sie gehen, Prinzessin«, sagte Eddie. »Sie sind hier, um mich zu schikanieren. Die Jungs hier drin werden meine Geschichte bestätigen, wenn es brenzlig wird.«

»Sie haben sich nicht im Kampf mit Ben die Hände verletzt?«, fragte ich.

Eddie strich sich mit der Hand über sein kurz geschnittenes Haar. »Gut. Ich schätze, es wird sowieso herauskommen. Ben hat mit mir geredet. Er sagte mir, ich solle mich von Penny fernhalten. Sein Tonfall hat mir nicht gefallen, also habe ich dafür gesorgt, dass er es weiß.«

»Sie hatten einen Streit mit Ben, bevor er starb?«, fragte Alice.

»Ja, und der Idiot hat mich bei der Polizei verpfiffen«, sagte Eddie. »Mein Vorarbeiter war wütend. Er hat gedroht, mich zu feuern. Wenn ich nicht so gut in meinem Job wäre, hätte er das auch getan.«

»Deshalb interessieren sich die Polizei und der Sicherheitsdienst des Schlosses so sehr für Sie«, sagte ich. »Wussten sie von dem Kampf?«

»Natürlich«, sagte er. »Sie haben mich immer wieder danach gefragt. Aber ich habe Ben nicht umgebracht. Er hat mir gesagt, ich soll mich von seinem Mädchen fernhalten, und das hat mir nicht gefallen. Ich habe ihm eine Lektion in Sachen gutes Benehmen erteilt, aber das war alles. Er hat ein paar blaue Flecken bekommen und gelernt, sich nicht mit mir anzulegen. Aber deswegen bringe ich noch lange keinen anderen Mann um. Keine Frau ist das wert.«

»Sie waren während des Schießwettbewerbs lange Zeit im Wald«, sagte ich. »Es kann nicht so lange dauern, ein paar Pfeile zu suchen.«

Er seufzte. »So wie diese Idioten geschossen haben, schon.«

»Ich bin eine ausgezeichnete Schützin«, sagte Alice. »Ich verfehle nie das Ziel.«

»Dann sollten die Bullen vielleicht Sie verhören«, sagte Eddie. »Sie könnten Ben getötet haben.«

»Alice war bei mir«, sagte ich.

Er zuckte wieder mit den Schultern. »Wie auch immer. Sie waren ganz gut mit Ihrem Bogen, aber die meisten anderen waren lausig. Und hinter dem Schießstand ist alles zugewachsen. Ich habe eine Weile gebraucht, um alle Pfeile zu finden.«

»Hat jemand gesehen, wie Sie die Pfeile zum Zeitpunkt des Mordes eingesammelt haben?«, fragte ich.

Ein verschlagenes Lächeln huschte über sein Gesicht. »Sie sollten Penny fragen. Sie ist mit ihrem Telefon in den Wald gegangen, als ich danach gesucht habe. Diese Gelegenheit konnte ich mir nicht entgehen lassen. Ich habe es noch einmal bei ihr probiert. Als ihr Freund getötet wurde, habe ich gerade mit ihr geredet. Wie wäre das als Alibi?«

Ich warf Alice einen Blick zu und hob die Augenbrauen. Das ließe sich leicht überprüfen. Und obwohl Eddie anfangs eher ausweichend reagiert hatte, hatte er offen zugegeben, dass er Ben nicht mochte und sie sich gestritten hatten.

»Ich muss jetzt wirklich arbeiten«, sagte Eddie mit einem Hauch von Verzweiflung in seiner Stimme. »Mein Chef hat mich abgemahnt. Dieser Job ist nicht viel, aber er ist alles, was ich habe.«

»Wolltest du noch etwas fragen, Holly?«, fragte Alice.

»Nein, das ist alles für den Moment«, sagte ich.

Seine Augen musterten uns. »Seid ihr etwa so eine Art Cagney-und-Lacey-Verschnitt?«

»Wir sind eher wie Turner und Hooch«, sagte ich. »Sie ist Hooch.«

Verwirrung machte sich in Alice' Gesicht breit. »Ist das gut?«

Ich verbarg ein Lächeln und nickte Eddie zum Abschied zu. »Das ist hervorragend. Komm, verschwinden wir von hier.« Wir drehten uns um und verließen den Raum.

»Was hältst du von ihm?«, fragte Alice.

»Er steht auf der Liste der Verdächtigen, vor allem wenn sein Alibi nicht stimmt.«

»Das sehe ich genauso. Eddie hat eine dunkle Seite. Wie geht's weiter?«

»Ich muss zur Arbeit«, sagte ich. »Im Gegensatz zu dir besitze ich kein Schloss und kann den ganzen Tag herumschnorren. Wenn ich zu spät komme, werde ich nicht bezahlt und Chef Heston schreit mich an.«

Alice schlug mir mit dem Handrücken auf die Schulter. »Ich schnorre nie. Und ich habe in zwei Stunden Gesangsprobe. Vielleicht könnte ich so tun, als hätte ich Halsschmerzen. Oder wir könnten die Plätze tauschen. Ich bin viel lieber den ganzen Tag von leckerem Kuchen umgeben, als die bissigen Kommentare von Madame Damore zu ertragen, wenn ich einen falschen Ton treffe.«

»Ich singe zwar gerne, aber deine Lehrerin wird von meinem schiefen Gejaule nicht beeindruckt sein.«

»Wir müssen uns weiterhin mit diesem Mord beschäftigen. Im Gespräch mit Eddie sind wir schon weitergekommen.«

»Wir müssen irgendwie mit Penny sprechen«, sagte ich. »So können wir Eddies Alibi überprüfen. Wenn sie zusammen waren, als Ben getötet wurde, scheiden beide als Verdächtige aus.«

»Konzentrier du dich darauf, leckere Sachen in der Küche zu backen. Ich überlege mir währenddessen, wie wir mit Penny reden können.« Alice umarmte mich schnell und eilte dann davon.

Ich schüttelte den Kopf, als sie den Korridor entlanghüpfte. Nur Alice konnte so begeistert von einem Mord sein. »Komm schon, Meatball. Ich habe einen Kauknochen mit deinem Namen drauf und ich muss in die Küche, bevor wir zu spät dran sind.«

Kapitel 8

»Wenn ich Sie noch einmal daran erinnern muss, die Kuchen im Ofen im Auge zu behalten, kürze ich Ihnen wegen Ungehorsams das Gehalt.« Chef Heston hatte sich vor mir aufgebaut.

Ich richtete mich auf und warf einen Blick auf den Ofen. »Ich habe sie nicht vergessen. Sie brauchen noch fünf Minuten.«

»Die Sie nicht mitbekommen hätten, während Sie aus dem Fenster starren. Was ist los mit Ihnen? Sie sind schon so, seit Sie heute Morgen hergekommen sind.«

Er hatte mich auf frischer Tat ertappt, wie ich meine Pflichten vernachlässigte. In Gedanken war ich bei dem Mord an Ben. Bis jetzt hatte ich zwei Bleche mit Kuchen fast verbrennen lassen, weil ich abgelenkt war und darüber nachdachte, wer ihn getötet hatte.

»Nichts, Chef. Ich konzentriere mich auf meine Arbeit.«

»Dann tun Sie das auch. Schluss mit der Tagträumerei.« Er warf mir einen bösen Blick zu, bevor er davonmarschierte.

Ich schob den Mord an Ben beiseite und dachte nicht weiter darüber nach. Ich hatte noch einige Stunden Zeit, bevor ich mit der Arbeit aufhören konnte, und ich musste noch ein halbes Dutzend Dinge auf meiner To-do-Liste abhaken.

Die Tür zur Küche öffnete sich und Evelyn steckte ihren Kopf herein. »Darf ich reinkommen? Ich habe mich ein wenig verlaufen. Das Schloss ist so groß.«

Ich eilte hinüber und machte die Tür weiter auf. »Ja, natürlich. Brauchen Sie etwas?«

»Eigentlich suche ich nach etwas, das meinem Mann helfen könnte.«

»Macht ihm sein Rücken immer noch zu schaffen?«, fragte ich.

»Oh, natürlich. Ich dachte schon, dass Sie mir bekannt vorkommen.« Sie lächelte mich an. »Sie waren gestern bei dem Schießwettbewerb. Sie brachten diese köstlichen Kuchen mit.«

»Das stimmt. Ich bin Holly. Das ist mein Beruf. Ich habe gesehen, wie Professor Stephen sich den Rücken verletzt hat.«

»Es geht ihm immer noch schlecht, aber ich mache mir eher Gedanken über seinen Stresspegel als über seinen Rücken. In Anbetracht dessen, was mit Ben passiert ist, hat er letzte Nacht kaum geschlafen. Keiner von uns hat viel geschlafen.«

»Setzen Sie sich«, sagte ich. »Vielleicht hilft ihm ein Kräutertee. Kamille ist gut gegen Stress.«

»Vielen Dank. Das ist sehr nett von Ihnen. Kamillentee wäre perfekt.« Sie setzte sich an den Tisch und schaute sich das Treiben in der Küche an. »Sie müssen hier sehr beschäftigt sein. Ich habe Ihr Café an meinem ersten Tag hier besucht. Es ist sehr beliebt. Ich musste warten, bis ich einen Platz bekam.«

»Manchmal kommen wir mit den Bestellungen kaum hinterher«, sagte ich, während ich den Wasserkocher einschaltete. »Wir haben das ganze Jahr über Besucher im Schloss.«

»Ich weiß auch, warum«, sagte Evelyn. »Es ist so ein schöner Ort. Sie können sich glücklich schätzen, hier zu leben.«

Ich lächelte, als ich losen Kamillentee in eine Teekanne gab und heißes Wasser darüber goss. »Da kann ich nur zustimmen. Manchmal muss ich mich selbst zwicken. Möchten Sie auch eine Tasse von diesem Tee? Ihre Nerven liegen sicher auch blank nach dem, was passiert ist.«

»Da sage ich nicht nein«, sagte Evelyn. »Die ganze Situation ist sehr anstrengend.«

Ich reichte ihr eine Tasse und nahm ihr gegenüber Platz. »Kannten Sie Ben?«

»Nicht sehr gut, aber unsere Wege haben sich ab und an gekreuzt. Er war ein netter junger Mann. Sehr engagiert bei seiner Arbeit. Manchmal half er bei den von mir organisierten Benefizveranstaltungen.«

»Wofür sammeln Sie Spenden?«

»Die Forschung meines Mannes«, sagte sie. »Die Fördermittel sind nicht mehr das, was sie einmal waren, und Stephen hat große Pläne. Ich veranstalte jedes Jahr zwei oder drei Events, um Geldgeber anzulocken. Sie spenden, um seine Projekte zu finanzieren. Es macht mir Spaß. Es ist, als würde man eine große Party veranstalten, aber am Ende bekommt man von allen Geld geschenkt. Ben hat bei den Veranstaltungen mitgeholfen, wenn er Zeit hatte.«

»Das klingt interessant«, sagte ich. »Ich weiß eine Menge über die Arbeit von Professor Stephen. Ich habe Ihren Mann bei mehreren Vorträgen gehört, als ich an der Universität war.«

»Oh! Wie schön für Sie. Haben Sie immer noch Interesse an Geschichte?« Sie nahm einen Schluck von ihrem Kamillentee.

»Schon. Zwar habe ich das nicht als Berufswunsch verfolgt, aber hier im Schloss von lebender Geschichte umgeben zu sein, macht das mehr als wett.«

»Ich hatte nie etwas für eine schillernde Karriere übrig«, sagte Evelyn. »Ich unterstütze Stephen gerne, aber ich bin nicht aufs Karrieremachen aus. Die einfachen Dinge im Leben sind mir wichtiger.«

»Da bin ich ganz Ihrer Meinung. Ich arbeite auch lieber hinter den Kulissen, deshalb bin ich auch so gerne in der Küche.« Ich lächelte sie an und sie erwiderte mein Lächeln herzlich. »Ich habe alle Bücher Ihres Mannes gelesen. Mich beeindruckt immer wieder, wie er auf diese neuen Theorien kommt.«

Evelyn lehnte sich über den Tisch und schaute sich um. »Sagen Sie niemandem, dass ich das gesagt habe, aber ich habe nie eines seiner Bücher zu Ende gelesen. Ich bin sicher, dass das, was er schreibt, brillant ist, aber ich bin einfach nicht klug genug, um es zu verstehen. Ich glaube, er hat mich wegen meines Aussehens geheiratet, nicht wegen meines Intellekts.«

Ich grinste. »Ich bin mir sicher, dass das nicht stimmt.«

»Ich weiß, dass er mich auf seine Weise liebt, aber seine Karriere wird immer seine einzig wahre Liebe sein.«

»Und das macht Ihnen nichts aus?«

»Natürlich nicht. Ich bin glücklich, wenn er glücklich ist. Aber der arme Mann ist im Moment definitiv nicht glücklich. Er ist verletzt und er hat seinen besten Doktoranden verloren. Er hat Ben immer für seine harte Arbeit gelobt. Tatsächlich hatte er nie ein schlechtes Wort über ihn verloren. Ben ist ein echter Verlust für die historische Forschungsgemeinschaft.«

Ich nippte an meinem Tee. Evelyn schien sympathisch zu sein. Ich wollte ein paar vorsichtige Fragen riskieren, solange sie hier war.

»Haben Sie jemanden gesehen, der sich verdächtig verhalten hat, als Sie im Wald waren? Jemand, der auf der Lauer lag und Sie beunruhigt hat?«

»Sie meinen jemanden mit Pfeil und Bogen, der hinter Ben her war?«

Ich nickte. »Jeder Hinweis könnte hilfreich sein, um herauszufinden, wie das passiert ist.«

»Ich habe nichts gesehen«, sagte sie. »Stephen fühlte sich sehr unwohl und ich konzentrierte mich darauf, ihn in Bewegung zu halten, damit wir zurück zum Schloss kommen und er sich ausruhen konnte. Wir erfuhren erst später, was mit Ben geschehen war. Stephen lag schon eine halbe Stunde im Bett und döste vor sich hin, als uns ein Sicherheitsmitarbeiter des Schlosses informierte.«

Damit hatten beide ein Alibi. Und angesichts der Verletzung von Professor Stephen war es unmöglich, dass er einen Bogen abfeuern konnte, ohne dabei große Schmerzen zu haben.

»Kennen Sie jemanden, der ein Problem mit Ben hatte?«, fragte ich.

Ihre Stirn legte sich in Falten und sie presste die Lippen aufeinander. »Da fällt mir niemand ein. Ich habe gehört, dass die Polizei an einem der Bühnenarbeiter interessiert war. Er hat bei dem Schießwettbewerb geholfen.«

»Eddie. Aber ich glaube nicht, dass sie diese Spur weiterverfolgen.«

»Der Mörder könnte also noch da draußen sein?« Ihr Blick ging zum Fenster.

»Das ist durchaus möglich. Ich habe mich gefragt, ob Ben Feinde hatte oder ob es jemand auf ihn abgesehen hatte.«

»Meine Güte, Sie haben sich wirklich Gedanken darüber gemacht«, sagte Evelyn.

»Ich kann nicht aufhören, darüber nachzudenken.«

»Das kann ich auch nicht, glaube ich. Um ehrlich zu sein, habe ich es noch nicht ganz verarbeitet. Ich denke immer noch, dass Ben gleich energiegeladen durch die Tür hereinkommt.« Sie trank noch einen Schluck Tee. »In akademischen Kreisen gibt es immer wieder Rivalitäten wegen Klassifizierungen, Daten und Funden, aber die werden auf zivilisierte Art und Weise ausgetragen, meist bei einem Glas Wein. Man schießt sich nicht gegenseitig mit Pfeilen ab.«

»Das klingt wirklich zivilisiert.«

»Und ich kann mir nicht vorstellen, dass irgendjemand ein Problem mit Ben hatte. Er war ein freundlicher junger Mann. Immer höflich und angenehm. Seine Freundin tut mir so leid.«

»Ich habe Penny nicht mehr gesehen, seit es passiert ist. Wissen Sie, wie es ihr geht?«

»Ich habe sie auch nicht gesehen«, sagte Evelyn. »Ich glaube, sie ist noch in ihrem Zimmer. Die Nachricht hat sie schwer getroffen. Verständlicherweise.«

»Hatten sie nicht Beziehungsprobleme?«

Evelyns Augen weiteten sich. »Nein! Sie waren bezaubernd. Der Traum jeder jungen Liebe. Ich hoffe nur, dass sich das alles als ein schrecklicher Unfall herausstellt. Der Gedanke, dass Ben ermordet wurde, ist nicht gut.«

Das war ein netter Gedanke, wenn auch etwas naiv, wenn man die Beweise berücksichtigte. »Ich bringe Ihnen ein Tablett für den Tee. Möchten Sie einen Kuchen dazu?«

»Da sage ich nicht nein«, sagte Evelyn. »Haben Sie noch etwas von dem Mandelkuchen, den Sie gestern serviert haben? Der war lecker.«

»Natürlich.« Ich legte vier kleine Kuchen auf ein Teller und stellte alles auf ein Tablett.

»Vielen Dank. Ich weiß es zu schätzen, dass Sie sich die Zeit für mich nehmen. Ich kann sehen, wie beschäftigt Sie sind.«

»Das mache ich doch gerne«, sagte ich. »Ich hoffe, Professor Stephen geht es bald besser.«

»Wir hatten gehofft, morgen abreisen zu können, aber er kann immer noch nicht weit laufen, also sitzen wir vielleicht noch ein paar Tage hier fest. Nicht, dass ich mich beschweren würde. An einem so schönen Ort wie Audley St. Mary festzusitzen, ist kaum lästig.« Evelyn stand auf und nahm das Tablett entgegen. »Nochmals vielen Dank für den Tee.« Sie lächelte mir zu, bevor sie die Küche verließ.

Ich ging zurück zum Tisch und trommelte mit den Fingern auf das Holz. Wenn Eddie und Penny einander ein Alibi gaben und Professor Stephen und Evelyn zum Zeitpunkt von Bens Ermordung zusammen waren, konnte man fast alle Teilnehmer des Schießwettbewerbs ausschließen.

Mein Blick fiel auf den Ofen. Mein Herz setzte aus und schlug dann umso heftiger wieder in meiner Brust. Ich hatte nicht aufgepasst. Die Kuchen waren verbrannt.

Ich vergewisserte mich, dass Chef Heston nicht in der Nähe war, bevor ich mir einen Topflappen schnappte, die Ofentür aufriss und das Blech herauszog. Ich schnitt eine Grimasse, als ich die Kuchen auf den Tisch stellte. Die konnte ich den Touristen im Café auf keinen Fall servieren.

Ich schnappte mir eine Tüte, schob die angebrannten Kuchen hinein und verstaute sie außer Sichtweite in meinem Spind. Zwar waren die Kuchen nicht für den menschlichen Verzehr geeignet, aber ich kannte einen Schwarm Tauben, der regelmäßig auf dem Schlossgelände zu Gast war. Sie würden sie zu schätzen wissen. Und Meatball würde wahrscheinlich auch nicht nein zu einem verbrannten Kuchen sagen.

Ich eilte hin und her, rührte eine neue Ladung Kirsch- und Karamellkuchenteig an und schob das Blech zurück in den Ofen. Wenn ich Glück hatte, würde Chef Heston mein Missgeschick nicht einmal bemerken.

Mein Handy summte in meiner Tasche und ich nahm es heraus.

Notfall. Brauche dich so schnell wie möglich in meinem Zimmer. Küsschen, Alice.

Was hatte sie sich da wieder eingebrockt? Ich schrieb zurück: *Bin in fünfzehn Minuten da. Muss noch auf Kuchen aufpassen.*

Beeil dich! Und bring Kuchen mit.

Als die Kuchen fertig gebacken waren und zum Abkühlen auf einem Gitter lagen, ging ich zu Chefkoch Heston hinüber. »Wäre es in Ordnung, wenn ich jetzt meine fünfzehn Minuten Pause mache?«

Er blickte nicht einmal von dem Vanillebiskuit auf, den er gerade glasierte. »Ist noch etwas im Ofen?«

»Alles ist draußen. Die Kuchen müssen noch abkühlen, bevor ich sie dekorieren kann.«

»Gut. Machen Sie Pause.«

Ich zog meine Schürze aus, eilte aus der Küche und ging mit einem Teller Kirschsahnetörtchen in der Hand zu Alices Zimmer. Ich klopfte an ihre Tür und öffnete sie, als sie mich hineinbat.

Alice stand in der Mitte des Raumes. Sie breitete ihre Arme weit aus. »Überraschung!«

»Überraschung? Du hast geschrieben, es gibt einen Notfall. Hast du etwas über Bens Mord herausgefunden?« Ich schloss die Tür hinter mir und eilte zu ihr hinüber.

Alice winkte ab. »In dieser Notsituation geht es nicht um Ben. Es geht um dich.« Sie trat zur Seite und zeigte mit einer Geste auf zwei runde Hocker mit klobigen Beinen, die hinter ihr standen.

»Was ist das?« Die Stühle hatten gepolsterte Armlehnen und waren ziemlich niedrig.

»Ein Geschenk von mir für dich. Nun, einer davon gehört dir. Ich dachte, es wäre lustig, wenn jede von uns einen Stuhl hätte.«

»Ich, ähm, danke. Ich denke, jeder kann einen zusätzlichen Stuhl gebrauchen. Sie haben ein ungewöhnliches Design.«

»Setz dich. Das sind keine gewöhnlichen Stühle.« Alice kicherte, als sie sich auf ihren eigenen setzte.

Ich setzte die Törtchen ab und hockte mich auf den Hocker. »Sind das Massagestühle? Sie sind etwas zu niedrig, um lange darauf zu sitzen.«

»Nein, keine Massage. Jetzt halt dich gut fest.« Alice beugte sich vor. »Ich weiß nicht, wie schnell die Dinger sind.«

»Warte! Was meinst du?« Ich hielt mich an den Armen meines Hockers fest, der sich schnell im Kreis drehte.

Alice quietschte, als ihr Stuhl surrte und sich drehte. »Was denkst du?«

Ich ließ die Arme los und stellte sicher, dass ich wieder im Gleichgewicht war. »Er wirbelt mich im Kreis herum.«

»Genau das soll er ja auch«, sagte sie. »Das ist ein Hula-Stuhl. Du sitzt auf ihm und er macht die harte Arbeit für dich. So kannst du deine Bauchmuskeln und deinen Rumpf trainieren. Ich habe eine Anzeige für den Stuhl gesehen und wusste, dass er perfekt für dich wäre. Du liebst es, neue Fitnessgeräte auszuprobieren.«

»Ein Hula-Stuhl! Ich habe noch nie davon gehört. Wo hast du die denn aufgetrieben?« Der Stuhl schüttelte mich so stark, dass meine Zähne klapperten.

»Ich war lange auf und habe einen Homeshopping-Kanal gesehen. Sie verkaufen dort alle möglichen bizarren Dinge. Jedenfalls kam dann diese Frau und zeigte einem diese Stühle. In Sekundenschnelle war ich am Telefon und habe uns zwei bestellt. Ich konnte mir kein perfekteres Geschenk vorstellen. Man wird fit, indem man sich hinsetzt.«

Mir war nur noch flau im Magen, als der Stuhl mich von einer Seite zur anderen schob. »Funktionieren die wirklich?«

»Das werden wir in ein paar Wochen wissen. Ich würde gerne meinen kleinen Bauch loswerden.« Ihr Blick wanderte zu dem Teller, den ich auf ihr Bett gestellt hatte. »Gib mir mal eine von diesen Törtchen. Ich bin am Verhungern.«

Ich lachte und schüttelte den Kopf, bevor ich ihr ein Kirschsahnetörtchen reichte. »Danke für den Stuhl. Ich liebe ihn. Und wo ich schon mal hier bin, ich habe Neuigkeiten über Ben.«

»Erzähl mir alles.« Alice biss in das Törtchen und verfehlte fast ihren Mund, als ihr Stuhl ächzte und sich schneller drehte.

»Evelyn kam vorhin in die Küche und wir haben uns unterhalten. Sie scheint nett zu sein.«

»Ja, ich mag sie auch«, sagte Alice. »Es hat Spaß gemacht, beim Schießwettbewerb mit ihr Zeit zu verbringen.«

»Es ist mir gelungen, ein Alibi für Evelyn und Professor Stephen zu bekommen. Sie waren zusammen, als Ben getötet wurde. Sie wussten nicht, was passiert war, bis sie zum Schloss zurückkamen.«

»Wir können also ausschließen, dass sie etwas mit seinem Mord zu tun haben?«, fragte Alice.

»Ich glaube schon.«

»Das wundert mich nicht. Ich glaube sowieso nicht, dass Evelyn schießen kann. Professor Stephen schon, aber er ist nicht sonderlich gut. Er hätte wirklich Glück haben müssen, um Ben zu treffen.«

»Und außerdem ist er verletzt«, sagte ich.

Alice aß den Rest ihres Törtchens und hüpfte vom Hula-Stuhl. »Merke dir deine mörderischen Gedanken für einen Moment. Ich habe noch etwas anderes für dich.«

Ich versuchte, mich in meinem Sitz zu drehen, und fiel fast herunter. Schnell hielt ich mich an den Armlehnen fest. »Was hast du denn noch für mich?«

Sie öffnete ihren großen Kleiderschrank und holte einen wunderschönen, rosa schimmernden Meerjungfrauenschwanz heraus. »Was hältst du davon?«

»Alice! Der ist umwerfend. Ist der wirklich für mich?«

Sie nickte, kam herüber und hielt ihn mir vor die Nase. »Ohne dich hätte ich nie von der Meerjungfrauenschule erfahren. Und ich habe gesagt, dass ich uns welche besorgen werde. Ich habe eine Frau gefunden, die sich auf deren Herstellung spezialisiert hat. Für mich habe ich einen in Lila und Blau gekauft. Wir müssen sie im See ausprobieren, wenn es wärmer wird.«

Ich streichelte mit meiner Hand über die weichen, glitzernden Schuppen. Er sah handgefertigt aus und war nicht wie die billigen Meerjungfrauenschwänze, die ich im Internet gefunden hatte. »Der muss teuer gewesen sein. Ich finde ihn wirklich toll. Alice, das ist einfach zu viel. Du solltest mir nicht so etwas Extravagantes schenken.«

»Doch, das sollte ich. Der Hula-Stuhl und der Meerjungfrauenschwanz sind meine Art, es wiedergutzumachen. Ich war eine schlechte Freundin und das war falsch von mir. Ich will nicht, dass du mich nicht mehr magst.«

Ich hüpfte von dem vibrierenden Hocker und umarmte sie. »Ich werde dich immer mögen. Du musst mir keine Dinge kaufen, um meine Freundin zu sein.«

Sie erwiderte meine Umarmung. »Ich möchte dir Geschenke besorgen. Außerdem shoppe ich gerne. Und ich habe mir auch einen Meerjungfrauenschwanz und einen Hula-Stuhl gekauft, es war also nicht ganz uneigennützig. Ich kann ja wohl kaum allein eine Meerjungfrau sein, oder?«

Ich küsste sie auf die Wange und trat dann zurück, um meinen schönen Meerjungfrauenschwanz weiter zu bewundern. »Ich finde ihn einfach toll. Danke.«

»Ausgezeichnet.« Alice legte den Meerjungfrauenschwanz zurück in den Schrank. »Ich bewahre beide hier drin auf, bis wir Zeit haben, schwimmen zu gehen. Jetzt aber zurück zum Mord. Ich habe an etwas gearbeitet, das uns helfen wird, dieses Rätsel zu lösen.«

Meine Augen verengten sich. »Was hast du gemacht?«

Sie grinste und hüpfte aufgeregt auf und ab. »Alles ist vorbereitet. Du musst nur noch hingehen und mit der Verdächtigen sprechen.«

Ich wurde immer nervös, wenn Alice Pläne machte. »Wo auftauchen? Und mit wem reden?«

Sie klatschte in die Hände. »Ich habe Penny zum Nachmittagstee eingeladen, und du wirst ihn für uns servieren.«

Kapitel 9

Eine Stunde nach meinem Gespräch mit Alice rollte ich einen Wagen mit Köstlichkeiten für den Nachmittagstee aus der Küche.

Zugegeben, ihr Plan, allein mit Penny zu sprechen, war clever. Und mir machte es nichts aus, die Rolle der Bedienung zu spielen. Das bedeutete, dass ich das Gespräch mit anhören konnte. So konnte ich herausfinden, ob Penny irgendwelche Geheimnisse verbarg, die uns einen Hinweis darauf liefern konnten, was mit Ben passiert war.

Ich klopfte an die Tür des Kleinen Salons und wartete, bis Alice verkündete, dass ich eintreten durfte.

Im hinteren Teil des Raumes befand sich eine Nische mit einer reich bestickten Couch, von der aus man auf die gepflegten Gärten blicken konnte. Die Decke und die Wände waren mit römischen Motiven verziert, die nach italienischen Originalen gestaltet waren, und die Möbel passten goldberahmten Wandtafeln.

Alice und Penny saßen neben dem großen Fenster an einem kleinen Tisch mit goldenen Beinen.

»Ausgezeichnet. Der Tee ist da. Darauf habe ich mich schon den ganzen Tag gefreut«, sagte Alice.

»Ich habe keinen großen Appetit«, sagte Penny, deren zierliche Gesichtszüge von dunklen Augenringen gezeichnet waren.

»Ich bin sicher, dass diese Leckereien Sie begeistern werden«, sagte Alice. »Es ist gut, wenn man in einer schwierigen Zeit wie dieser nicht allein ist. Das ist genau das, was Sie jetzt brauchen. Du darfst servieren, Holly.«

Ich rollte den Wagen hinein und hielt am Tisch an.

Penny kaute auf ihrer Unterlippe, bevor sie nickte. »Sie haben Recht. Nach dem, was mit Ben passiert ist, war ich so fassungslos, dass ich mich versteckt habe. Dadurch habe ich mich nur noch schlechter gefühlt.«

»Sie sollten nicht allein sein.« Alice reichte ihr die Hand und tätschelte sie. »Als meine erste Verlobung scheiterte, blieb ich eine Woche lang im Bett, bemitleidete mich selbst und aß Schokolade.«

»Oh! Ich wusste nicht, dass Sie verlobt waren«, sagte Penny. »Ich verfolge die Society-Nachrichten und habe nie eine Meldung gesehen.«

»Möchten Sie beide einen Tee?« Ich stellte die Tassen und Teller ab und hielt die Teekanne in die Höhe, wobei ich Alice einen scharfen Blick zuwarf. Sie sollte eigentlich über Ben sprechen und nicht über ihr eigenes turbulentes Liebesleben.

»Ja, bitte.« Alice lächelte strahlend. »Ich war sogar schon zweimal verlobt. Beide Male ist es spektakulär gescheitert.«

Penny seufzte. »Ich nehme an, keiner Ihrer Verlobten ist gestorben?«

»Oh! Nein, nichts dergleichen«, sagte Alice. »Es war trotzdem eine schlimme Zeit. Sehr traurig, und es hat mir nicht gutgetan, mich vor den anderen Menschen zu verstecken.«

Ich unterdrückte ein Lächeln und schenkte den Tee ein. Alice hatte es nicht so mit Liebesbeziehungen. Sie bemühte sich, die Männer, die ihre Eltern für sie ausgesucht hatten, als geeignet zu erachten, aber solange sie Campbell hinterherlief, gab es für alle anderen nicht viel Hoffnung.

Alice hob ihre Tasse. »Meinem ersten Verlobten gehört der größte Teil des Landes in Hampshire.«

»Er muss sehr reich sein.« Penny nahm sich ein Stück Kirschkuchen von dem Teller, den ich ihr hingestellt hatte.

»Fast so reich wie ich«, sagte Alice. »Das Problem war, dass er mehr an seinen Diensthunden interessiert war als an einer Beziehung mit mir. Und er hat gelispelt. Ich habe versucht, diese Dinge zu akzeptieren und seine guten Seiten zu sehen, aber es hätte nie mit uns funktioniert.«

Ich räusperte mich dezent.

Alice ignorierte mich. »Und dann war da noch meine zweite Verlobung, der ich niemals hätte zustimmen dürfen. Er hatte ein schwaches Kinn, einen Bierbauch und Geheimratsecken. Meine Eltern hatten ihn wegen seiner Beziehungen ausgewählt. Ich sagte ihnen immer wieder, dass ich aus Liebe heiraten wollte, aber sie wollten nicht auf mich hören. Am Ende haben sie mich kleingekriegt und ich habe der Verlobung zugestimmt. Keiner von uns beiden war glücklich und nach ein paar katastrophalen Verabredungen wurde uns klar, dass es nicht funktionieren würde. Ich löste die Verlobung auf und bekam dann von meiner Familie zu hören, ich sei unentschlossen. Es war herzzerreißend.«

»Sie dürfen glücklich sein«, sagte Penny. »Sie sollten niemanden heiraten, den Sie nicht lieben.«

»Das sehe ich auch so. Aber ich habe immer noch keinen Mann gefunden, den ich heiraten möchte.« Alices Augen funkelten. »Obwohl es da jemanden gibt, an dem ich interessiert bin. Sein Name–«

»Möchten Sie einen Kirschkuchen, Prinzessin Alice?« Ich hielt ihr den Teller vor die Nase, bevor sie übermütig wurde und ihre Verliebtheit in Campbell preisgab.

»Oh! Ja, danke.« Sie nahm einen Kuchen, aß ein Stück und legte ihn dann stirnrunzelnd beiseite.

»Kann ich sonst noch etwas für Sie tun, Prinzessin Alice?« Ich konnte ihr nicht direkt sagen, dass sie Penny befragen sollte, aber ich würde etwas Drastisches tun müssen, wenn sie nicht endlich loslegte.

Sie sah zu mir auf und ihre Augen weiteten sich. »Ja! Schneiden Sie meinen Kuchen auf. Und er ist ein bisschen trocken. Tun Sie viel Sahne darauf. Sonst kann ich ihn nicht essen.«

»Natürlich.« Ich machte mich an die Arbeit und griff nach ihrem Kirschkuchen.

Alice nahm einen Schluck von ihrem Tee und rutschte auf ihrem Platz hin und her. »Penny, erzählen Sie mir alles über Ben. Es wird Ihnen guttun, über ihn zu sprechen. Wie lange waren Sie zusammen?«

Penny seufzte tief. »Zwei Jahre. Wir haben uns an der Universität kennengelernt. Ich hatte gerade meine Doktorarbeit in Geschichte begonnen und war gerade mal eine Woche dort, als ich ihn zum ersten Mal traf.«

»War es Liebe auf den ersten Blick?«, fragte Alice.

Penny senkte den Kopf. »Für mich schon. Ben brauchte ein wenig, um sich damit anzufreunden. Er widmete sich ganz seiner Forschung. Das war eines der vielen Dinge, die ich an ihm mochte. Er hatte eine solche Leidenschaft für seine Arbeit.«

»Das hat Ihre Beziehung nicht beeinträchtigt?«, sagte Alice.

Ich lächelte und nickte. Endlich kamen wir voran.

»Manchmal schon, aber ich wollte nur das Beste für Ben«, sagte Penny. »Allerdings hat er sich immer Sorgen um seine Forschung gemacht. In letzter Zeit sogar noch mehr. Ich dachte, es sei der Stress der Geschichtskonferenz, der ihm zu schaffen machte. Er musste so viele Leute managen, und Ben hatte das nie sonderlich gemocht. Er war introvertiert. Große Menschenansammmlungen überforderten ihn.«

Ich reichte Alice den Teller mit dem Gebäck. »Passt das, Prinzessin Alice?«

»Perfekt, danke«, sagte Alice. »Mir ist aufgefallen, dass die Servietten auf Ihrem Wagen nicht richtig gefaltet sind. Kümmern Sie sich darum, bevor Sie gehen.«

Ich nickte nur. »Natürlich.«

Alice lächelte Penny an. »Hat Ben sonst noch etwas beunruhigt?«

Penny schaute mich an, bevor sie fortfuhr. »Ben hat nicht gut geschlafen. Er schien auch nervös zu sein. Es war, als ob er damit rechnete, dass etwas Schlimmes passieren würde.«

»Glauben Sie, dass ihn jemand bedroht hat?« Alice lehnte sich leicht nach vorn. »Könnte er um seine Sicherheit besorgt gewesen sein?«

Die Farbe verschwand aus Pennys Wangen. »So etwas hat er mir gegenüber nicht erwähnt. Ich denke, es wäre möglich. Aber warum?«

»Könnte es Eddie gewesen sein?«, fragte Alice. »Der Sicherheitsdienst der Burg interessiert sich für ihn. Und er ist ein Krimineller. Ich weiß auch, dass er für Sie ein Problem war«, sagte Alice.

Penny blinzelte Tränen weg. »Eddie war ein großes Problem für mich, aber nicht nur für mich. Ben wollte nicht, dass ich es weiß, aber er wurde von Eddie gemobbt. Er hat versucht, ihn zu verjagen.«

»Damit er an Sie herankommt?«, fragte Alice.

»Ich glaube schon«, sagte Penny seufzend. »Ich war nicht an Eddie interessiert, aber der Mann hat meinen Wink mit dem Zaunpfahl nicht verstanden.«

»Ich habe gehört, dass Eddie Ben verprügelt haben soll, als er ihm sagte, er solle sich von Ihnen fernhalten«, sagte Alice.

Penny war einige Sekunden lang still. »Stimmt. Sie sind gut informiert.«

»Das hier ist mein Zuhause. Es ist wichtig, dass ich weiß, was hier los ist.«

Penny schüttelte den Kopf. »Ich wünschte, er hätte es Eddie nicht aufgesucht. Ich habe ihn nicht darum gebeten. Ben war kein Kämpfer, aber er sagte, er müsse meine Ehre verteidigen.«

»Das ist sehr süß«, sagte Alice. »Ich mag Männer, die für mich da sind, wenn ich sie brauche.«

»Das war es wohl«, sagte Penny, »aber ich kenne Männer wie Eddie. Er setzt seine Fäuste und Drohungen ein, um zu kriegen, was er will. Ben war überfordert und Eddie hat ihm das gezeigt.«

»Mein Sicherheitsdienst hat mir erzählt, dass Eddie Sie als Alibi für den Mord an Ben benutzt hat«, sagte Alice. »Stimmt das?«

Sie holte tief Luft, griff nach einer Serviette und tupfte sich die von Tränen feuchten Augen ab. »Ich habe ihn im Wald gesehen, kurz bevor Ben erschossen wurde. Dort war ich, weil ich einen Anruf von meiner besten Freundin entgegengenommen habe. Sie hatte Beziehungsprobleme und brauchte eine Schulter, an der sie sich ausweinen konnte. Also bin in den Wald gegangen, damit ich sie richtig hören konnte. Als ich Eddie sah, kam er sofort auf mich zu und versuchte, mit mir zu flirten. Ich war immer noch am Telefon, also habe ich ihm nicht besonders beachtet.«

»Hat er sich verdächtig verhalten?«, fragte Alice.

»Nicht, dass ich wüsste«, sagte Penny. »Aber ich war nicht lange bei ihm. Er kam rüber, blieb einen Moment und ging dann wieder, als ich ihn ignorierte.«

»Hatte er einen Langbogen dabei?«, fragte Alice.

Ich hob meine Augenbrauen und nickte erneut. Alice hatte langsam den Dreh raus, wie man Zeugen am besten befragte.

»Oh! Nein, nicht, dass ich wüsste. Aber er hatte jede Menge Pfeile dabei. Es wäre nicht schwer gewesen, einen Bogen in den überwucherten Büschen hinter dem Schießstand zu verstecken«, sagte Penny.

»Ich hoffe, Sie halten mich nicht für unverschämt, aber Eddie ist attraktiv«, sagte Alice. »Sind Sie sicher, dass Sie nicht ein klein wenig in Versuchung geraten sind, wenn jemand so heiß und gefährlich ist? Schließlich lieben wir alle die bösen Jungs.«

Penny rückte zurück und runzelte die Stirn. »Ich habe keinerlei Interesse an Eddie. Ben war der Einzige für mich. Er war vielleicht nicht groß oder muskulös, aber er war mein Seelenverwandter. Wir hatten geplant, den Rest unseres Lebens miteinander zu verbringen.« Sie ließ ihr Kinn auf die Brust sinken. »Jetzt weiß ich nicht, was ich ohne ihn tun soll.«

Alice schaute mich an. Besorgnis stand in ihre Augen geschrieben.

Penny hatte ein Alibi und es wäre für Campbell oder die Polizei ein Leichtes, ihre Telefonverbindungen zu überprüfen und herauszufinden, mit wem sie gesprochen hatte. Und die Tatsache, dass sie Eddie in diesem Teil des Waldes gesehen hatte, machte es auch unwahrscheinlich, dass er der Mörder war. Außerdem hatte er keine Waffe bei sich gehabt.

»Essen wir noch etwas mehr Kuchen«, sagte Alice. »Ich fühle mich immer besser, wenn ich Kuchen gegessen habe.«

Penny tupfte sich mit der Serviette die Nase ab. »Ich fühle mich wirklich besser, wenn ich mit Ihnen rede. Danke, dass Sie mich heute Nachmittag eingeladen haben. Das ist sehr aufmerksam von Ihnen.«

»Gern geschehen«, sagte Alice. »Holly, schneide bitte die Kruste von diesem Sandwich ab. Du weißt doch, dass ich keine Kruste mag.«

»Natürlich, Prinzessin Alice.« Ich war froh, dass sie mir eine Aufgabe gegeben hatte. Mir gingen langsam die Gründe aus, warum ich hier bleiben und dem Gespräch zuhören sollte.

Penny sah mich an und dann wieder zu Alice. »Sie lassen Ihr Personal viel für Sie tun.«

»Holly genießt es«, sagte Alice. »Sie mag es, wenn man sie auf Trab hält.«

»Ich stehe immer gerne zur Verfügung«, sagte ich so demütig wie nur möglich. Ich reichte das Sandwich ohne Kruste an Alice zurück.

Eine Bewegung am Fenster erregte meine Aufmerksamkeit. Ich drehte mich um und schluckte ein Keuchen hinunter. Campbell stand da draußen. Und seinem Gesichtsausdruck nach zu urteilen, war er nicht erfreut zu sehen, was Alice und ich im Schilde führten.

»Was für eine Art von Forschung hat Ben gemacht?«, fragte Alice, ohne die wütenden Blicke zu bemerken, die in den Raum geschossen wurden. »Seine Arbeit kann es doch nicht gewesen sein, die ihn in Schwierigkeiten gebracht hat, oder?«

»Ich glaube nicht, dass seine Forschungsarbeit etwas mit seinem Tod zu tun hat«, sagte Penny. »Ben war dabei, eine neue Abhandlung und möglicherweise ein Buch über seine neuesten Forschungen zu schreiben. Er war sehr aufgeregt. Um sein Projekt abschließen zu können, hatte er sich um ein großes Stipendium beworben. Er hatte eine so vielversprechende Zukunft. Jetzt nicht mehr.« Ein kleiner Schluchzer entkam ihren Lippen.

»Sie könnten seine Arbeit für ihn weiterführen«, sagte Alice. »Das wäre eine schöne Art, sich an Ben zu erinnern.«

»Ich bin nicht halb so klug, wie Ben es gewesen ist. Ich wäre nicht in der Lage, seinem Werk gerecht zu werden.« Sie schniefte und hob den Kopf. »Eddie muss etwas damit zu tun haben. Ich kann mir keinen anderen vorstellen, der Ben hätte töten wollen.«

»Ich bin sicher, wir werden bald herausfinden, was passiert ist«, sagte Alice. »Das Sicherheitsteam des Schlosses ist ausgezeichnet. Wir heuern nur die Besten an und sie arbeiten mit der örtlichen Polizei zusammen, um sicherzustellen, dass alles schnell abläuft. Wir werden herausfinden, wer das getan hat.«

»Ich hoffe das wirklich. Ben hat etwas Besseres als das hier verdient. Er war ein netter Kerl und das hätte ihm nicht passieren dürfen.« Sie stand auf und schob ihren Stuhl zurück. »Wenn Sie mich entschuldigen würden. Ich möchte jetzt etwas allein sein.«

»Natürlich.« Alice begleitete Penny zur Tür. »Wann immer Sie plaudern möchten, ich bin hier. Und bleiben Sie so lange im Schloss, wie Sie möchten. Sie sollten nicht abreisen, bevor Sie dazu bereit sind.«

»Danke. Das ist sehr nett von Ihnen«, sagte Penny. »Ich muss noch Bens Sachen sortieren, bevor ich abreise. Ich werde noch ein paar Tage hier bleiben.«

»Nehmen Sie sich so viel Zeit, wie Sie brauchen.« Alice verabschiedete sich von Penny, bevor sie die Tür hinter ihr schloss.

»Also, was denkst du?«, fragte ich.

Alice setzte sich wieder auf ihren Platz und presste die Lippen zusammen. »Ich glaube, du hast diese Kuchen definitiv nicht gebacken. Warum hast du die Kirschkuchen von jemand anderem zu meiner Teeparty mitgebracht?«

Ich stöhnte. »Nicht über das Essen. Was denkst du über Penny und ihr Alibi?«

Alice stupste den halb aufgegessenen Kirschkuchen auf ihrem Teller an, bevor sie ihn wegschob. »Oh, sie scheint nett zu sein. Und sie ist definitiv traurig darüber, dass Ben tot ist.« Sie deutete auf den Stuhl, den Penny frei gemacht hatte, und ich setzte mich darauf.

»Aber es gibt ein Motiv«, sagte ich. »Penny hat offen gesagt, dass Ben von seiner Arbeit besessen war. Könnte es sein, dass sie eifersüchtig war, weil er die Vergangenheit mehr liebte als ihre gemeinsame Zukunft?«

»Oh! Das habe ich gar nicht mitbekommen«, sagte Alice. »Ich glaube aber nicht, dass es Penny war, die auf ihn geschossen hat. Sie hat nicht an dem Schießwettbewerb teilgenommen. Ich weiß noch, dass sie sagte, sie wisse nicht, wie man mit dem Langbogen schießt. Ich habe ihr sogar angeboten, es ihr zu zeigen, für mehr Frauenpower im Wettkampf, aber sie sagte, sie wolle nur zuschauen. Und man nimmt nicht einfach einen Bogen in die Hand und schießt beim ersten Mal perfekt. Das ist unmöglich.«

»Penny könnte ihre Fähigkeiten verheimlichen«, sagte ich. »Und Eifersucht ist ein starkes Motiv für Mord.«

»Das glaube ich immer noch nicht«, sagte Alice. »Penny liebte Ben. Sie konnte sich eine lange und glückliche Zukunft mit ihm vorstellen. Warum sollte sie ihn umbringen, nur weil er von seinen Forschungen etwas besessen war? Viele Männer sind von ihrem Job besessen.«

»Und viele Frauen lassen sich von ihnen scheiden oder haben deswegen Mordgedanken«, sagte ich. »Einige lassen diesen Gedanken sogar Taten folgen.«

»Penny hat mit dem Finger auf Eddie gezeigt«, sagte Alice. »Sie kann ihn nicht leiden.«

»Das kann man Penny kaum verübeln, nachdem er sie belästigt und Ben verprügelt hat«, sagte ich. »Obwohl Eddies Alibi nicht wasserdicht ist. Penny war am Telefon, das kann also überprüft werden, aber da Eddie wegging, während sie mit ihrer Freundin sprach, könnte er den Pfeil geschossen haben, der Ben getötet hat.«

»Eddie hätte allerdings schnell sein müssen«, sagte Alice, »und treffsicher mit dem Bogen sein. Ich denke, wir können beide noch nicht ausschließen. Aber Penny scheint nicht der Typ dafür zu sein. Sie ist zu süß und sehr unglücklich darüber, dass sie ihren Freund verloren hat.«

»Eddie ist definitiv nicht süß, aber weder Penny noch Eddie scheinen verdächtig zu sein«, sagte ich. »Wir sollten sie erst einmal ganz unten auf der Liste stehen lassen.«

»Einverstanden. Aber wir sollten sie nicht abschreiben. Nicht bevor wir wissen, dass Pennys Anruf echt war.«

»Ich bin sicher, dass Campbell und sein Team daran arbeiten«, sagte ich.

Es klopfte an der Tür.

»Herein«, sagte Alice.

Campbell erschien in der Tür. Sein Gesichtsausdruck war neutral, obwohl ich ein zorniges Funkeln in seinen Augen erkannte. »Entschuldigen Sie die Unterbrechung. Kann ich Sie kurz sprechen, Miss Holmes?«

»Natürlich darfst du«, sagte Alice. »Sie ist ja gleich hier. Sprich so viel mit ihr, wie du willst.«

»Unter vier Augen, wenn es Ihnen nichts ausmacht, Prinzessin Alice«, sagte Campbell.

Ich schluckte und sprang auf. »Ich kann nicht lange. Ich habe in der Küche viel zu tun.«

»Danach sieht es aus«, sagte Campbell. »Ich werde dich nicht lange aufhalten. Wenn Sie uns entschuldigen würden, Prinzessin Alice.«

Sie schaute zu mir hoch und zuckte mit den Schultern. »Von mir aus. Ich muss noch den ganzen leckeren Kuchen essen, obwohl ich diese steinharten Kirschkuchen nicht anrühre. Wir sehen uns später, Holly.«

Ich nickte und folgte Campbell hinaus. Ich hatte das Gefühl, dass ich in großen Schwierigkeiten steckte.

Kapitel 10

»Wohin gehen wir?« Ich eilte hinter Campbell her, als er aus dem Haupteingang des Schlosses trat und die Kiesauffahrt entlangmarschierte, wobei die kleinen Steine unter seinen Füßen knirschten.

»Zum Tatort.« Er schaute nicht über die Schulter, sondern schwang die Arme an seinen Seiten, als er eilig weiterlief.

»Warum nimmst du mich mit dorthin?« Panik stieg in mir auf. Seit ich im Schloss angefangen hatte zu arbeiten, war ich ein Ärgernis in Campbells Leben. Er hatte die Mittel und die Möglichkeiten, mich zu erschießen und die Beweise zu vertuschen. Niemand würde meine Leiche je finden, wenn Campbell sie versteckte. Nun, Meatball vielleicht schon. Er würde mich überall finden.

Ich atmete tief durch und beruhigte mein rasendes Herz. Campbell konnte gemein sein, aber er hatte keine mörderischen Absichten gegen mich. Ich musste hoffen, dass das stimmte.

»Anscheinend kannst du dich wieder einmal nicht aus den Ermittlungen raushalten«, sagte er.

»Ich war dir nicht einmal im Weg«, sagte ich. »Ich habe kaum mit dir gesprochen, seit Ben erschossen wurde.«

»Stimmt. Stattdessen hast du mit den Verdächtigen gesprochen«, sagte er. »Ich habe gerade gesehen, wie du mit Penny geredet hast.«

»Damit hatte ich nichts zu tun«, sagte ich. »Prinzessin Alice hat sie zum Nachmittagstee eingeladen, damit sie sehen kann, wie es ihr geht. Immerhin hat Penny gerade ihren Freund unter tragischen Umständen verloren.«

»Natürlich war das alles, was du getan hast«, sagte er. »Warum hast du den Nachmittagstee serviert? Du backst doch sonst nur.«

»Prinzessin Alice hat darauf bestanden«, sagte ich. Ich ließ sie damit regelrecht im Stich, aber Alice konnte mit so ziemlich allem durchkommen. »Und man sagt nicht nein zu ihr, sonst droht sie damit, einen in den Kerker zu schicken.«

Er schwieg für einige Sekunden. »Hat Penny dir etwas Interessantes erzählt, das bei den Ermittlungen helfen könnte?«

»Wenn du etwas langsamer gehst, erzähle ich es dir vielleicht.« Ich schnappte nach Luft, als wir den Wald betraten und den Weg zum Schießstand einschlugen.

»Du hast gesagt, du hättest viel zu tun.« Campbell wurde schneller. »Ich dachte, wir müssen das schnell erledigen.«

Er war so ein Angeber. Er war nicht einmal außer Atem und ich joggte fast, um mit ihm Schritt halten zu können, und hatte ein brennendes Stechen in der Seite.

»Also, was hat Penny dir erzählt?«, fragte er erneut.

»Warum erzählst du mir vorher nicht, was sie dir gesagt hat?«, sagte ich. »Ich wette, du hast sie schon befragt.«

Er wurde langsamer, als wir auf die Lichtung kamen, wo der Schießstand aufgebaut war. »Alles in Ordnung mit ihr. Penny hat zum Zeitpunkt des Mordes mit einer Freundin telefoniert. Wir haben ihre Telefonverbindungen überprüft. Ich halte sie nicht für eine Verdächtige.«

»Was ist mit dem Motiv der Eifersucht?« Ich beugte mich vor und holte Luft, als Campbell umherging und seinen Blick auf die Bäume richtete.

Er drehte sich um, zog eine Augenbraue hoch und verschränkte die Arme vor der Brust. »Red weiter.«

Ich holte tief Luft und richtete mich auf. »Penny hat Ben wirklich geliebt. Sie hatte große Pläne für ihre gemeinsame Zukunft. Vielleicht hat es ihr nicht gefallen, dass seine Arbeit an erster Stelle stand. Jeder, mit dem ich über Ben gesprochen habe, sagte mir, dass er es weit bringen würde. Vielleicht hat er ihre Beziehung auf die lange Bank geschoben, um sich auf seine Karriere zu konzentrieren. Penny hat das vielleicht nicht gefallen.«

Er schüttelte den Kopf. »Sie hat ein Alibi. Und Eddie hat bestätigt, dass er sie am Telefon gesehen hat. Sie mochte vielleicht nicht, dass Ben ein Workaholic war, aber sie ist nicht die Mörderin.«

Ich nickte langsam. »Ich glaube, du hast recht, aber ich wollte mich absichern.«

»Ich bin froh, dass wir uns wenigstens auf etwas einigen können«, sagte er.

Ich schnaubte ein Lachen heraus. »Wunder gibt es immer wieder. Also, warum sind wir hier draußen?«

»Ich möchte dir den Tatort zeigen.«

Ich trat einen Schritt zurück. »Machst du Witze?«

»Ich mache keine Witze. Komm schon. Wir sind beide vielbeschäftigte Menschen.«

Ich war so schockiert, dass ich nichts sagte, während ich neben Campbell herstolperte. Er hatte mich noch nie in die Ermittlungen eingeweiht, jedenfalls nicht ohne ein paar hinterlistige Tricks von meiner Seite.

»Schauen wir uns die Szene an.« Er blieb in der Mitte der Lichtung stehen. »Penny und Eddie standen links vom Schießstand. Eddie sammelte die fehlgeschossenen Pfeile ein und Penny nahm den Anruf einer Freundin entgegen.«

»Richtig«, sagte ich.

»Du warst mit Prinzessin Alice und Lord Rupert hier. Ben stand rechts von dir und hat mit dem Langbogen von Prinzessin Alice herumgespielt.«

»Wieder richtig«, sagte ich. »Und du und Drayton wart hinter uns und habt alles beobachtet.«

»Genau«, sagte er.

»Dann waren da noch Marcel und Johann, die in den Wald gegangen waren, um Johanns Glückspfeil zu suchen.«

»Weißt du noch, wo sie ungefähr waren?«, fragte Campbell.

Ich kratzte mich am Kopf. All diese sich bewegenden Teile wurden langsam verwirrend. »Warte mal kurz.« Ich schnappte mir eine Handvoll Steine, wischte mit dem Fuß über den Boden, um einen freien Bereich zu schaffen, und kniete mich hin. »Diese beiden Steine stehen für Penny und Eddie.« Ich legte sie auf den Boden. »Diese drei Steine stehen für mich, Prinzessin Alice und Lord Rupert. Die Steine, die ich hinter uns lege, sind du und Drayton.«

»Bis jetzt bin ich einverstanden«, sagte er mit einem Grinsen im Gesicht.

»Dieser Stein ist Ben. Er war der Einzige, der alleine stand. Dann sind da noch Marcel und Johann. Sie sind in etwa in die gleiche Richtung gegangen wie Professor Stephen und seine Frau.«

»Die eine Abkürzung zurück zum Schloss nahmen, weil er sich den Rücken verletzt hatte«, sagte Campbell. Er schnappte sich zwei Steine aus meiner Hand und legte sie rechts neben den Schießstand.

»Wir müssen davon ausgehen, dass Marcel und Johann ungefähr hier waren.« Ich legte auch zwei Steine rechts neben den Schießstand. »Das sind doch alle, oder?«

»Wenn es keinen mysteriösen Schützen gibt, der sich eingeschlichen, den Pfeil geschossen hat, der Ben tötete, und dann verschwunden ist, sind alle da«, sagte Campbell.

»Warte! Es gibt noch einen.« Ich hob einen kleinen Stein auf und legte ihn neben die Bäume. »Meatball.«

Campbell lachte höhnisch. »Er ist ein sehr wichtiges Teil des Puzzles.«

»Er hat den zweiten Pfeil gefunden.«

»Du meinst, er hat auf wichtigen Beweisen herumgekaut und möglicherweise einen Tatort ruiniert.«

»Meatball ist ein wunderbarer Hund, aber er hat seine Grenzen. Er weiß nicht immer, was ein Hinweis und was ein Kauspielzeug ist.« Ich stand auf und betrachtete die Anordnung der Steine. »Wenn ich mir anschaue, wo alle stehen, glaube ich nicht, dass Penny oder Eddie verdächtig sind. Der Winkel, aus dem die Pfeile kamen, ist falsch. Und obwohl sich die Pfeile so schnell bewegten, dass ich sie nicht genau sehen konnte, kamen sie definitiv von der rechten Seite des Schießstandes.«

»Es ist möglich, dass Eddie sich schnell bewegen kann«, sagte Campbell.

»Er hat sicherlich versucht, mit Penny zusammenzukommen.«

»So habe ich das nicht gemeint. Ich weiß, dass er an Penny interessiert ist. Er könnte sich in Stellung gebracht haben, Ben getötet haben, dann zurückgegangen und an einem anderen Ort aufgetaucht sein, um uns von seiner Spur zu bringen.«

»Dazu müsste er olympisch schnell sein. Das ist eine ganz schöne Strecke, die man da zurücklegen muss. Außerdem suchen wir einen guten Bogenschützen.«

»Jemand, der so gut ist wie Prinzessin Alice«, sagte Campbell.

Ich sah zu ihm hinüber. »Ich muss dich noch einmal fragen: Warum sagst du mir das alles?«

Er stieß einen Atemzug aus. »Um zu verhindern, dass du umgebracht wirst. Du hast schon einmal deinen Hals riskiert, um einen Mord aufzuklären. Dieser Mörder kann tödliche Pfeile aus großer Entfernung verschießen. Das macht dich verwundbar.«

Ich schaute mich in den raschelnden Bäumen um und die Sorge kroch mir den Rücken hinauf wie ein riesiges

Spinnentier mit Reißzähnen. Seine Worte waren nicht gerade beruhigend, aber ich ließ mich nicht beirren. »Du versuchst, mich zu beschützen?«

»So sieht es aus. Du und die Familie.«

»Sind wir dann Freunde, wenn du auf mich aufpasst?«

»Wie wäre es, wenn es uns nicht zu Feinden macht?«

Ich gluckste. »Ich kann damit leben, nicht deine Feindin zu sein.«

»Es ist sicherer für dich, wenn du es nicht bist«, sagte er. »Komm hier entlang. Mal sehen, wie schnell man sein muss, um von der richtigen Stelle aus auf Ben zu schießen.«

Ich joggte hinter ihm her, bis wir am hinteren Teil des Schießplatzes ankamen. »Der Boden hier hinten macht es schwer, sich schnell zu bewegen. Hier gibt es jede Menge Stolperfallen.« Ich trat gegen einen verrottenden Baumstumpf.

Campbell nickte, als er sich umsah. »Fang an zu laufen.«

Ich starrte ihn an. »Du willst, dass ich laufe?«

»Lauf von hier zur anderen Seite des Schießstandes. Ich werde die Zeit messen, damit wir sehen, wie lange du brauchst.«

»Wir stellen Eddies Bewegungen nach?«

»Du bekommst ein Detektivabzeichen, weil du darauf gekommen bist.« Ein scharfes Lächeln huschte über sein Gesicht. »Wenn du an den Ermittlungen beteiligt sein willst, musst du anfangen zu laufen. Ermittlungen sind immer mit ein paar Prügeln verbunden.«

»Ich habe keine Laufsachen an.«

»Das ist noch besser«, sagte Campbell. »Eddie trug Jeans und Wanderschuhe.«

Mein Blick wurde schmaler. »Warum rennst du nicht?«

»Ich bin für das Zeitnehmen zuständig.« Er tippte auf seine Armbanduhr.

»Du kannst die Zeit messen und rennen«, sagte ich. »Außerdem bist du eher wie Eddie gebaut. Es ergibt mehr Sinn, wenn du läufst und ich die Zeit stoppe.«

Er grunzte. »Daraus wird nichts.«

Ich verschränkte meine Arme vor der Brust. »Ich werde laufen, wenn du auch läufst.«

Campbell zuckte mit den Schultern. »Ich bin immer für eine Herausforderung zu haben, auch wenn du keine große sein wirst.«

Ich biss die Zähne zusammen und drehte meinen Kopf hin und her. Ich wollte nicht, dass er mich besiegte. Wenn ich musste, konnte ich schnell rennen. Der selbstgefällige Gesichtsausdruck von Campbell motivierte mich besonders. »Auf geht's.«

»Drei, zwei, eins. Los!« Campbell schoss vor mir davon, aber ich war ihm dicht auf den Fersen, als wir an der Rückseite des Schießstandes vorbeirannten.

Ich hängte mich rein und pumpte mit den Armen, um die Lücke zu schließen. Wenn ich ihn dieses Rennen gewinnen ließe, würde ich das immer wieder vorgehalten bekommen.

Campbell war immer noch vor mir, als wir uns dem Ende des Schießstandes näherten.

Ich sprang über einen umgestürzten Baum und rannte weiter, während ich nach Luft rang und meine Oberschenkel brannten.

»Komm schon, Holly. Das kannst du doch besser.«

Ich holte tief Luft und ignorierte das Hämmern in meinem Kopf, während ich mich beeilte, ihn einzuholen.

Mein Fuß verfing sich in einer Wurzel und ich jaulte auf. Meine Arme fuchtelten vor mir herum. Ich knallte auf den Boden und stieß einen Schrei der Überraschung aus.

Bevor ich mich umdrehen konnte, war Campbell an meiner Seite. Er zog mich am hinteren Teil meiner Bluse hoch. »Alles in Ordnung?«

»Es geht mir gut«, brummte ich. »Ich habe gerade bewiesen, wie schwierig es ist, schnell zu laufen und sich dabei nicht zu verletzen.«

»Bist du verletzt?« Seine Augen musterten mich eingehend.

»Mein Fuß tut ein bisschen weh, wo ich die Wurzel erwischt habe, aber es ist nichts gebrochen.«

»Ich kam mit dem Gelände ganz gut zurecht.« Er trat einen Schritt zurück und grinste. »Und ich glaube, damit bin ich der Gewinner.«

»Du hast automatisch gewonnen.«

»Wir können noch einmal laufen. Ich werde dich jedes Mal schlagen.«

Ich sah ihn finster an. Sein selbstgefälliger Tonfall ärgerte mich. »Ja, es gibt niemanden auf dieser Welt, der so ist wie du.«

»Vergiss das bloß nicht.« Er schaute sich zwischen den Bäumen um. »Eddie ist nicht der Mörder. Man müsste schon ein Ironman sein, um an den richtigen Ort zu gelangen, Ben zu töten und die Tat zu verbergen. So gut ist er nicht.«

Ich nickte, als ich wieder zu Atem kam. »Wir nehmen also Eddie und Penny von den Ermittlungen aus?«

»Ja. Das ist genau das, was ich tue.« Er zupfte ein Blatt von meiner Bluse.

Ich funkelte ihn an. »Eddie ist immer noch kein netter Kerl. Er weiß nicht, wie man Frauen richtig behandelt. Und er hat Ben verprügelt.«

»In diesen Punkten widerspreche ich dir nicht. Der Mann ist ein Schläger und ein Rüpel. Er wurde wegen seines Verhaltens zur Rede gestellt. Er hat seine Lektion gelernt.«

»Das ist doch schon mal was«, sagte ich. »Aber wenn es nicht Eddie oder Penny waren, wer steht dann ganz oben auf deiner Liste der Verdächtigen?«

»Boss, bist du hier draußen?« Draytons Stimme drang zu uns herüber.

»Hier drüben.« Campbell ging hinüber, als Drayton an der Seite des Schießstandes auftauchte.

»Ich habe gesehen, dass du hierher gegangen bist«, sagte Drayton. »Wir haben eine neue Spur in dem Fall.«

Ich eilte hinüber und gesellte mich zu ihnen. »Was ist los? Hat jemand gestanden?«

Drayton schaute mich an und dann wieder Campbell. Überraschung stand in sein Gesicht geschrieben.

»Sag kein Wort«, sagte Campbell.

»Moment mal, ich erwarte eine Erklärung«, sagte ich. »Du hast mich gerade am Tatort herumgeführt. Du hast mir dieses Rätsel schmackhaft gemacht.«

»Dann iss etwas anderes«, sagte Campbell.

»Das kann ich nicht. Sag mir, welche Spur ihr habt«, sagte ich. »Ich habe mit einigen der Verdächtigen gesprochen. Ich könnte wichtige Informationen haben, die helfen könnten, den Fall zu lösen.«

»Die du mir mitgeteilt hättest, wenn du sie für wichtig gehalten hättest. Schließlich willst du diesen Mord so schnell wie möglich aufklären«, sagte Campbell. »Ich vertraue darauf, dass du mir keine wichtigen Informationen vorenthältst.«

»Das würde ich nie tun«, sagte ich. »Aber du solltest auch mir etwas mitteilen. Du weißt, dass ich euch helfen kann.«

»Ich möchte, dass du in Sicherheit bist«, sagte Campbell. »Ich habe dich hierher gebracht, um dir zu zeigen, wie riskant dieser Fall ist. Es gibt immer noch eine Menge Verdächtige. Wer sagt, dass sie nicht versuchen werden, dich davon abzuhalten, herumzuschnüffeln und ihre Identität zu enthüllen?«

»Wenn das stimmt, dann bist du auch in Gefahr«, sagte ich. »Du arbeitest daran, den Mörder zu entlarven.«

»Ich kann auf mich selbst aufpassen.«

»Ich auch.«

»Ja, ich habe gesehen, wie gut du in der Vergangenheit auf dich aufgepasst hast.«

Ich funkelte ihn an. »Wer ist dein Hauptverdächtiger? Ich kann ihm aus dem Weg gehen.«

Er schüttelte den Kopf. »Kein Herumschnüffeln mehr. Lass alle in Ruhe, auch mich.«

»Du glaubst doch nicht etwa, dass es Professor Stephen war?« Ich folgte Campbell und Drayton, als sie die Lichtung betraten. »Er ist verletzt und seine Frau war bei ihm, als Ben erschossen wurde. Ich halte keinen von ihnen für verdächtig.«

Drayton schüttelte den Kopf. »Es ist nicht ...«

»Ich habe dir gerade gesagt: Kein Wort«, sagte Campbell, womit er Drayton zum Schweigen brachte.

»Dann sind nur noch Marcel oder Johann übrig«, sagte ich. »Es muss einer von ihnen sein. Sie waren am richtigen Ort und wissen beide, wie man schießt. Welche Informationen habt ihr über sie? Hat einer von ihnen eine kriminelle Vergangenheit? Oder hatten sie vielleicht Ärger mit Ben?«

»Merk dir das.« Campbell hob einen Finger und drückte ihn an sein Ohr. »Sprecht weiter, Beta-Team. Over.«

Ich klopfte mit dem Fuß auf den Boden, während ich darauf wartete, dass das einseitige Gespräch beendet wurde.

»Ich bestätige. Wir gehen jetzt zurück zum Schloss. Over.«

»Ging es da um die Mordermittlung?«, fragte ich.

»Es reicht, Holly. Geh zurück in die Küche und vergiss das hier«, sagte Campbell. »Du hast zu viel herumgeschnüffelt.« Er drehte sich um, ging mit Drayton weg und ließ mich allein auf der Lichtung stehen.

Finster sah ich ihm hinterher. Es war so typisch für Campbell, mich so zu benutzen. Ich sollte meine Lektion gelernt haben, wenn es um ihn ging. Nur dann bezog er mich ein, wenn er etwas von mir wollte, und ließ mich dann fallen wie einen heißen Stein.

Aber ich war noch nicht fertig. Ich würde herausfinden, wer Ben getötet hatte, und ich würde es vor Campbell herausfinden. Das sollte ihm seinen selbstgefälligen Gesichtsausdruck austreiben.

Ein Ast knackte hinter mir. Ich erschrak und wirbelte herum. Ich eilte zurück zum Schießstand und spähte über die Kante, während mir Campbells warnende Worte im Kopf herumspukten.

Johann tauchte in der Ferne auf und sah etwas mitgenommen aus, als er zur Seite taumelte und sich gegen einen Baum lehnte.

Wollte er sich davonschleichen? Hatte er gesehen, wie wir am Tatort herumstocherten und sich vor uns versteckt? Oder hatte er beobachtet, was wir taten, und war besorgt, dass wir einen Hinweis gefunden hatten, der ihn mit Bens Mord in Verbindung brachte?

Ich warf einen Blick über die Schulter. Campbell und Drayton waren schon lange weg. Das hier musste ich allein machen. Ich musste herausfinden, was Johann vorhatte und ob es etwas damit zu tun hatte, was mit Ben passiert war.

Kapitel 11

Auf Zehenspitzen schlich ich hinter Johann her, als ich ihm durch die Bäume folgte. So wie er sich bewegte, hatte er wieder den Inhalt seines Flachmanns genossen.

Als ich näher kam, murmelte er vor sich hin. So wie er aussah, war ich zuversichtlich, dass ich ihn abhängen könnte, wenn das Gespräch eine falsche Wendung nehmen sollte. Eine Windböe konnte ihn schon umwerfen, so wackelig war er auf den Füßen.

»Johann, ist alles in Ordnung?« Ich wurde schneller und hob eine Hand.

Er wirbelte herum und verlor fast das Gleichgewicht. »Oh! Ich dachte, ich wäre hier draußen allein.« Sein Gesicht war von Müdigkeit gezeichnet und seine Krawatte hing schlaff um seinen Hals. Sein Anzug sah zerknittert aus, als ob er darin geschlafen hatte.

»Ich war spazieren. Ich hoffe, ich störe nicht in einem friedlichen Moment.« Ich wurde langsamer, als ich mich ihm näherte.

»Nein, ich mache nichts Besonderes.« Er blinzelte mich an. »Du warst bei dem Schießwettbewerb. Du bist die Dame mit den Kuchen.«

Ich hielt ihm die Hand hin. »Ja, genau. Ich bin Holly.«

Er schüttelte meine Hand, bevor er sich mit den Fingern durch sein ohnehin schon unordentliches Haar fuhr, sodass es ihm zu Berge stand. »Das heißt, du weißt alles über Ben.«

»Ja, das tue ich. Es tut mir leid. Hast du ihn gut gekannt?«

Er nickte. »Gut genug.«

»Hast du im Wald etwas gesehen, das der Polizei bei den Ermittlungen helfen könnte? Sie bemühen sich sehr, den Täter zu fassen.«

Johann schluckte und rieb sich die Brust. »Ich ... nein, ich habe nichts gesehen. Ich weiß gar nichts darüber.«

Diese Worte steckten voller versteckter Wahrheiten. »Bist du dir da sicher?«

Er zog seinen Flachmann heraus. Er schüttelte ihn, bevor er ihn ins Unterholz warf.

»Wenn du etwas weißt, fühlst du dich vielleicht besser, wenn du darüber sprichst. Du scheinst besorgt zu sein.«

Er schaute mich an, bevor er den Kopf hängen ließ. »Ich glaube, ich habe Ben getötet.«

Mir blieb der Mund offen stehen und mein Magen machte einen Purzelbaum. »Du gibst zu, Ben mit einem Pfeil erschossen zu haben?«

Er ließ die Schultern hängen und nickte.

»Warum hast du ihn getötet?« Meine Hand wanderte zu dem Handy in meiner Gesäßtasche.

»Ich weiß nicht mehr genau, was passiert ist. Ich hatte an diesem Tag ziemlich viel getrunken und meine Schüsse wurden immer abenteuerlicher. Ich befürchte, dass ich einen Fehlschuss hatte und Ben getroffen habe.«

»Es war ein Unfall?«

Er wischte sich mit einer Hand über das Gesicht. »Natürlich. Ich hatte kein Problem mit Ben. Ich wollte nicht, dass er stirbt. Und ... mein Glückspfeil fehlt. Ich habe schreckliche Angst, dass er in Bens Brust steckt.« Er sank langsam auf die Knie und verharrte dort, als würde er auf seine Hinrichtung warten.

Das klang immer weniger wie ein Geständnis und immer mehr wie das Geschwätz eines Betrunkenen.

»Erinnerst du dich, dass du an diesem Tag in Bens Richtung geschossen hast?«

Johann stieß einen leisen Seufzer aus. »Nein, aber ich erinnere mich, dass ich mit Marcel gescherzt und behauptet habe, ich könnte ein weit entferntes Ziel treffen. Möglicherweise habe ich es getan und kann mich einfach nicht daran erinnern, den Pfeil abgeschossen zu haben. Wäre das immer noch Mord? Ich wollte ihn nicht verletzen.«

»Gehen wir ein paar Schritte zurück.« Ich half ihm auf die Beine. »Hast du nicht nach deinem Glückspfeil gesucht, als du während des Wettkampfs in den Wald gegangen bist?«

Er blinzelte mich mit seinen rotgeränderten Augen an. »Das stimmt.«

»Hast du ihn gefunden und weiter benutzt?«

»Ähm, nun, ich erinnere mich nicht.« Er trat mit einem Fuß in den Dreck. »Nein, ich glaube nicht.«

»Und wie viele Glückspfeile hast du?«

»Nur diesen einen. Er ist mein treuer Begleiter und hat einen schönen roten Streifen auf einer Seite. Ich habe ihn selbst gemacht und er trifft immer sein Ziel. Zumindest, wenn ich nicht zu viel getrunken habe. Der ganze Nachmittag ist verschwommen, aber ich fühle mich so schuldig. Ich muss meinen Pfeil finden. Nur dann kann ich sicher sein, dass ich Ben nicht wehgetan habe.«

»Wie wäre es, wenn wir gemeinsam nach deinem Pfeil suchen? Wenn wir ihn finden, weißt du, dass du Ben nicht erschossen hast. Außerdem hätte die Polizei den Pfeil, der Ben getötet hat, sicher auf Beweise hin untersucht.«

Er legte die Stirn in Falten. »Ich denke schon. Das ergibt Sinn.«

»Und wenn es dein Pfeil gewesen wäre, hätten sie deine Fingerabdrücke oder DNA-Spuren darauf gefunden.«

Ein Hoffnungsschimmer huschte über sein Gesicht. »Ja! Das ist wahr.«

»Wenn sie dich also nicht verhaftet haben, dann hast du wahrscheinlich nichts mit Bens Tod zu tun.«

»Oh, wie schlau von dir. Ich war so in Panik, dass ich nicht mehr klar denken konnte. Wirst du mir wirklich helfen, den Pfeil zu finden, um zu beweisen, dass ich unschuldig bin?« Johann starrte mich mit tränennassen Augen an.

»Natürlich!« Und wenn ich das tat, konnte ich ihn von meiner Verdächtigenliste streichen.

»Ich gehe diesen Nachmittag immer wieder in meinem Kopf durch. Ich bin so ein Idiot. Ich bin nicht immer so, aber in letzter Zeit war es schwierig für mich.«

»Lass uns diese Schwierigkeit gemeinsam angehen. Zeig mir die Stellen, an denen du schon gesucht hast. So können wir sie ausschließen, bevor wir mit der Suche beginnen.« Ich klopfte ihm auf den Arm. »Wir werden deinen Glückspfeil finden, wenn er hier draußen ist.«

Nach zwanzig Minuten stolpern und im Kreis laufen hatten wir die Hälfte des Geländes hinter dem Schießstand abgesucht. Wir begannen einen langsamen Spaziergang über einen Flecken Erde, um nach seinem fehlenden Pfeil zu suchen.

»Ich bin froh, dass wir einander begegnet sind«, sagte er. »Die Unglücklichen haben kein anderes Elixier, nur die Hoffnung. Du warst heute mein Elixier.«

Ich legte meinen Kopf schief. »Das ist Shakespeare, nicht wahr?«

Er lächelte. »Das ist richtig. Du backst und schätzt die Klassiker?«

»Einige der Klassiker. Und ich dachte, das Zitat lautete eher: »Die Unglücklichen haben keine andere Medizin, nur die Hoffnung.«

»Ich glaube, du hast recht.« Johann nickte mir zu. »Du kennst dich in der Geschichte aus?«

»In manchen Epochen besser als in anderen. Shakespeare ist kein Spezialgebiet von mir, aber ich habe als Studentin einen Extrakurs über sein Leben und Werk belegt.« Wir liefen nebeneinander her. »Ich habe sogar Professor Stephen bei einer Vorlesung gehört, als ich Geschichte studiert habe.«

»Ah! Unser großer Professor Stephen. Ein gelehrter Mann. Wissen ist der Schlüssel zum Erfolg. Ich glaube, dieses Zitat ist richtig. Benjamin Franklin.«

Ich lächelte. »Für mich klang es gut.«

Er lachte und fuhr sich mit der Hand über das Gesicht. »Ich kann mich einfach nicht mehr konzentrieren. Mein Kopf ist so durcheinander, seit Ben getötet wurde. Was wie ein wunderbarer Tag begann, endete in einer Tragödie. Es war ein bisschen wie in einem Shakespeare-Stück.«

»Hat Ben dir auch bei der Forschung geholfen?«

»Nein, nichts dergleichen. Stephen beschützt die brillanten Köpfe, die er aus seinen Klassen auswählt, um ihm zu helfen. Er wählt immer die Besten und Klügsten aus, weil sie ihm helfen zu glänzen.« Er lehnte sich näher heran und stolperte dabei. »In Wahrheit war Stephen neidisch darauf, wie klug Ben war. Der junge Mann verstand neue Konzepte so schnell und war sehr engagiert bei der Sache.«

Meine Augenbrauen schossen in die Höhe. Professor Stephen war eifersüchtig auf Ben? »Wenn Ben so schlau wäre, wäre er doch sicher eine Bereicherung für Professor Stephen gewesen. Es gäbe für ihn keinen Grund, eifersüchtig zu sein.«

»Ah! Aber Ben war jung. Er konnte die ganze Nacht arbeiten, ohne unter den Folgen zu leiden. Wenn du das als Mann im fortgeschrittenen Alter versuchst, bekommst du es bald mit Schmerzen zu tun.« Er tätschelte seine Jackentasche und zuckte mit den Schultern.

»Du glaubst doch nicht, dass Professor Stephen so eifersüchtig auf Ben war, dass er ihn loswerden wollte?«

Johann blieb stehen und starrte mich an. »Das ist ein furchtbar verdrehter Gedanke. Obwohl wir beide aus den Wundern von Shakespeare wissen, dass Eifersucht ein starkes Motiv ist, um jemanden zu töten. Aber doch nicht Stephen. Aber ...«

»Aber was?«

»Nun, ich bin sicher, es ist nichts, aber Stephen hat gesagt, dass er von der akademischen Welt desillusioniert ist. Ich glaube, er verliert den Anschluss.«

»Ich bin mir nicht sicher, ob ich dir folgen kann.«

»Wenn man jung ist, macht es einem nichts aus, Risiken einzugehen und das Establishment herauszufordern«, sagt Johann. »Die Probleme entstehen, wenn du eine etablierte Persönlichkeit in der historischen Gemeinschaft bist. Du wirst ein Teil des Establishments und musst dich an dessen Regeln halten, wenn du deine Position behalten willst.«

»Und man muss sich damit auseinandersetzen, dass aufstrebende Studenten die eigene Arbeit hinterfragen und einen unter Druck setzen, aufzuhören?«, sagte ich.

»Ganz genau. Wir überschreiten nicht gerne die Grenzen dessen, was bereits akzeptiert ist. Das lässt uns wie Außenseiter aussehen und gefährdet unseren Ruf.« Er schüttelte den Kopf. »Wir wollen zurück in die Zeit, als wir noch sorglose Studenten waren, als wir nichts zu verlieren hatten, wenn wir eine ungeheuerliche Theorie aufstellten oder behaupteten, dass jemand falschlag, und dann über dessen Forschungsergebnisse herfielen. Weder Stephen noch ich würden das heute wagen, aus Angst, unsere Positionen zu verlieren. Es ist ein schwieriger Grat. Und ich spürte, dass Stephen von dieser Situation frustriert war.«

»Es muss schwer sein, in deinem Bereich eine gut bezahlte Stelle zu finden«, sagte ich. »Ich habe kurz überlegt, ob ich Archäologie studieren soll, aber die niedrige Bezahlung und die mangelnden Aufstiegsmöglichkeiten haben mir nicht gereicht.«

»Eine weise Entscheidung. Aber Geschichte ist nicht viel besser. Und du musst immer auf der Hut sein. Es gibt immer jemand Jüngeres, der sich für schlauer hält und darauf wartet, deine Stelle zu übernehmen.«

»Hat Professor Stephen geglaubt, dass Ben seine Stelle will?«

»Ben war sehr ehrgeizig, aber er hatte großen Respekt vor Stephen. Ich glaube, er war glücklich, als dessen Assistent zu arbeiten. Und er hätte eine Menge von ihm gelernt. Stephen ist zwar nicht mehr so schlau wie früher, aber er kennt sich immer noch aus.«

»Ich habe Professor Stephen immer für ein Genie gehalten. Seine Bücher sind unglaublich.«

»Er ist klug genug, um regelmäßig zu veröffentlichen, das ist immer ein vernünftiger Schritt. Und als sein Assistent war Ben am Ende seines Studiums ein Stellenangebot oder ein Lehrauftrag sicher. Es ist keine schlechte Sache, mit dem großen Stephen Maguire in Verbindung gebracht zu werden.«

Einen Moment lang gingen wir schweigend weiter. Könnte Professor Stephen etwas mit der Sache zu tun haben? Er war während des Wettkampfs verletzt worden und seine Frau war sein Alibi, aber irgendetwas ging mir nicht aus dem Kopf. Könnte es sein, dass Ben zu schlau für sein eigenes Wohl gewesen ist und deshalb umgebracht wurde?

»Hat die Polizei mit dir über die Tat gesprochen?«, fragte ich.

»Das haben sie. Die Polizei und einer der Sicherheitsleute vom Schloss haben mich nach dem Vorfall gemeinsam befragt.«

»Konntest du ihnen irgendwelche nützlichen Informationen geben? Hast du deinen fehlenden Glückspfeil erwähnt?«

Er schaute mich mit einem verschmitzten Blick an. »Du hast den Verstand einer Gelehrten, die versucht, ein Rätsel zu lösen. Es ist gut, eine natürliche Neugierde zu haben, wenn du dich für Geschichte interessierst. Sie hilft dabei, die Dunkelheit der Vergangenheit zu durchdringen und die Wahrheit zu erkennen.«

»Ich nehme das mal als Kompliment. Die meisten Leute sagen einfach, ich sei neugierig«, sagte ich.

Er lachte. »Daran ist nichts auszusetzen. Ich hatte der Polizei nicht viel zu erzählen und ich habe nichts über meinen Pfeil gesagt. Das war vielleicht feige, aber ich war mir nicht sicher, was ich an diesem Nachmittag getan hatte. Ich wollte mir keinen Ärger einhandeln, bevor ich mir nicht sicher war.«

Stimmte das oder wollte Johann fliehen, wenn der Pfeil nicht auftauchte?

»War jemand bei dir?«, fragte ich.

»Ja, Marcel hat mir bei der Suche nach dem Pfeil geholfen. Er hilft auch Stephen bei seiner Forschung. Ich bin allerdings kein großer Fan von Marcel. Er versucht immer, sich bei Stephen einzuschmeicheln. Versteh mich nicht falsch, er arbeitet hart, aber er ist nicht von Natur aus brillant. Er muss viele Überstunden machen und kommt trotzdem nicht immer hinterher.«

»Ihr wart die ganze Zeit zusammen?«

»Nicht die ganze Zeit. Marcel hat woanders gesucht, aber wir waren nur für kurze Zeit getrennt. Allerdings habe ich mich hingesetzt und für ein paar Minuten die Augen geschlossen. Frische Luft macht mich immer müde. Es waren aber wirklich nur fünf Minuten. Vielleicht zehn. Mehr nicht.«

Das machte ihn nicht gerade zu einem zuverlässigen Zeugen. Wenn er betrunken und schläfrig war, konnte es passieren, dass etwas an ihm vorbeiging, ohne dass er es bemerkte. Dazu gehörte auch der Mörder.

In Johanns Tasche klingelte ein Handy. Er blieb stehen und zog es heraus. Er starrte auf das Display, bevor er es wieder in die Tasche steckte, ohne dranzugehen.

»Es stört mich nicht, wenn du das Gespräch annehmen musst«, sagte ich.

»Nein, ich will nicht mit ihm reden.« Sein Telefon klingelte wieder. Er zog eine Grimasse, als er es ansah. »Ich weiß nicht, woher er diese Nummer hat. Besser, ich gehe ran, sonst lässt er mich nicht in Ruhe.« Er wanderte davon, als er den Anruf entgegennahm.

Während ich auf Johanns Rückkehr wartete, suchte ich weiter nach dem Pfeil. Ich spürte keine Böswilligkeit in ihm. Er machte sich ernsthaft Sorgen, dass er etwas Schreckliches getan haben könnte und zu betrunken gewesen war, um sich daran zu erinnern.

Ich hatte mit eigenen Augen gesehen, dass er beim Schießwettbewerb beschwipst gewesen war. Es schien unwahrscheinlich, dass er in der Lage gewesen wäre, den Pfeil, der Ben getötet hatte, genau zu schießen.

Ich wusste auch nicht, was sein Motiv sein sollte. Er sprach in den höchsten Tönen von Ben. Er schien ihn zu mögen. Und obwohl er nicht das sicherste Alibi hatte, war Marcel die meiste Zeit bei ihm gewesen. Es wäre für Johann fast unmöglich gewesen, den Pfeil zu schießen, die Waffe zu verstecken, dann zu Marcel zu gehen und so zu tun, als ob nichts passiert wäre.

Ich war zuversichtlich, dass ich Johann bei dieser Ermittlung nicht mehr berücksichtigen musste.

Ich schob meinen Fuß unter einen Busch und tastete herum. Ein langer Pfeil mit einem roten Streifen an der Seite rollte heraus. Ich grinste, als ich mich bückte und ihn aufhob.

Um Johann zu finden, eilte ich durch die Bäume, und wurde langsamer, als sein wütender Ton zu mir herüberdrang.

»Ich habe schon gesagt, dass du dein Geld bekommst, wenn ich es habe. Du weißt, in welcher Situation ich bin. Ich bin kein reicher Mann.«

Das klang nicht gut. Hatte Johann Schulden?

»Ich werde dir die Hälfte am Ende des Monats geben. Das ist das Beste, was ich machen kann. Meine Lebensumstände haben sich in letzter Zeit geändert.«

Ich drückte den Pfeil gegen meine Brust. Johann schien es schlecht zu gehen. Er trank nicht nur zu viel, sondern hatte auch Schulden.

»Ich kann nicht mehr als das machen. Man tut, was man tun muss. Aber ein toter Mann kann dir nichts zurückzahlen.«

Meine Augen weiteten sich. Es hörte sich so an, als hätte jemand gedroht, Johann wegen des Geldes, das er schuldete, umzubringen.

Seine Schritte kamen auf mich zu. Ich tat so, als würde ich ihn suchen, und wir stießen fast zusammen, als ich um den Baum herumging.

»Holly!« Er packte mich an den Schultern. »Ich wusste nicht, dass du so nahe bist.«

»Ich habe dich gesucht, weil ich deinen Pfeil gefunden habe.« Besagten hielt ich in die Höhe und zwang mir ein Lächeln aufs Gesicht.

Etwas von der Dunkelheit verschwand aus seinem Gesicht. Er nahm den Pfeil und strich mit den Fingern über das Holz. »Das beruhigt mich ungemein. Das ist der Beweis. Ich habe Ben nicht getötet.«

»Der Pfeil lag die ganze Zeit unter einem Busch. Du bist unschuldig.«

Er umarmte mich. Sein Atem roch nach Whiskey. »Ich danke dir so sehr. Du kannst dir nicht vorstellen, wie viel mir das bedeutet.«

Sanft löste ich mich aus seiner unbeholfenen Umarmung. »Gern geschehen. Wollen wir zurück zum Schloss gehen?«

»Das ist eine ausgezeichnete Idee. Dieser ganze Stress ist anstrengend. Ich muss mich erst mal hinlegen.« Er klopfte auf seine Tasche. »Und ich brauche einen Ersatz-Flachmann.«

Ich warf ihm einen Blick zu. »Ich hoffe, du denkst nicht, dass ich mich einmischen will, aber ich habe zufällig das Ende deines Telefongesprächs mitgehört. Ist alles in Ordnung?«

Er wedelte mit der Hand in der Luft herum. »Jetzt ist alles in Ordnung. Ich habe meinen Pfeil zurück. Das war nur eine kleine persönliche Angelegenheit, um die ich mich kümmern muss. Du musst dir darüber keine

Sorgen machen. Aber ich weiß deine Anteilnahme zu schätzen.«

Es hatte sich für mich nach mehr als nur einer Kleinigkeit angehört, aber ich beschloss, nicht weiter zu drängen.

Als wir durch den Wald zurückgingen, erzählte mir Johann von seiner Zeit als Student und all dem Spaß, den er gehabt hatte. Ich lächelte und nickte zu seinen Ausführungen, war aber mit meinen Gedanken ganz woanders.

Jetzt, wo Johann definitiv aus dem Rennen war, wandten sich meine Gedanken Professor Stephen zu. Ich war mir so sicher, dass er wegen seiner Verletzung nicht als Verdächtiger in Frage kam, aber wenn er Ben als ernsthafte Bedrohung für seine Karriere angesehen hatte, hatte er vielleicht etwas getan, um diese Bedrohung zu beseitigen. Wäre er trotz seiner Verletzung motiviert genug gewesen, Ben zu erschießen? War das mit seiner Rückenverletzung überhaupt möglich? Oder hatte Alice die ganze Zeit recht gehabt? Hatte Professor Stephen seine Verletzung vorgetäuscht, um nicht als Verdächtiger in Frage zu kommen?

Ich musste diesen Einfall überprüfen, bevor ich Professor Stephen von meiner Liste der Verdächtigen streichen konnte. Und dazu brauchte ich die Unterstützung von Alice und ihren fantastischen Schießkünsten.

Kapitel 12

»Komm schon, Meatball, wir haben nicht viel Zeit.« Früh am nächsten Morgen eilte ich den Kiesweg entlang.

Ich wollte mich mit Alice am Schießstand treffen, um die Theorie zu testen, dass Professor Stephen Ben erschossen haben könnte.

Meatballs Ohren stellten sich auf und sein Schwanz hob sich, bevor er zu den Bäumen rannte. Ein paar Augenblicke später hörte ich ein altbekanntes Kichern.

Alice trat aus den Bäumen hervor und hielt Meatball in ihren Armen, als wäre er ein riesiges pelziges Baby, dessen rosa Zunge aus dem Mund hing und dessen Schwanz wild wedelte.

»Danke, dass du so früh mitkommst«, sagte ich.

Alice stellte Meatball auf den Boden und tätschelte seinen Kopf. »Ich schlage nie eine Gelegenheit zum Schießen aus. Und wenn uns das hilft, herauszufinden, wer Ben getötet hat, umso besser. Ich kann später immer noch ein Nickerchen machen.«

Nach meinem Gespräch mit Johann hatte ich Alice erzählt, was ich herausgefunden hatte. Sie war mehr als bereit, mir zu helfen, meine Theorie zu testen.

»Ich habe mir gedacht, wir könnten Sandsäcke als Symbol für Ben verwenden.« Ich ging neben Alice zum Schießstand. »Wir stellen sie an der Stelle auf, an der er erschossen wurde. Dann gehst du hinter den Schießstand und schaust, ob du die Sandsäcke aus dieser Entfernung treffen kannst.«

»Das dürfte kein Problem sein. Du nennst mir ein Ziel und ich werde es treffen.« Sie verzog ihren Mund. »Ich kann nicht glauben, dass du denkst, Professor Stephen könnte etwas damit zu tun haben. Alle bewundern ihn, auch du.«

»Ich hatte ihn schon so gut wie ausgeschlossen. Aber das Gespräch mit Johann hat mich nachdenklich gemacht. Was wäre, wenn Professor Stephen sich durch Bens Cleverness bedroht gefühlt hatte? Ben war in seinem letzten Studienjahr, also hätte er sich für Stellen bewerben müssen. Vielleicht sah Professor Stephen ihn als zu große Bedrohung an und musste ihn aus dem Weg räumen.«

»Professor Stephen ist ein Geschichtsnerd, kein Mörder.«

»An Geschichte ist nichts Nerdiges«, sagte ich. »Es ist ein faszinierendes Thema. Und ich weiß, dass es dir auch Spaß macht. Du erzählst doch ständig von deinem Stammbaum.«

»Das liegt daran, dass meine Familie faszinierend ist«, sagte sie. »Neulich habe ich über einen Verwandten nachgeforscht, der bei der Erfindung der Brille geholfen hat.«

»Ich dachte, die ersten Brillen wurden in Florenz gemacht?«

»Ich habe auf der ganzen Welt Vorfahren. Und ich habe nicht gesagt, dass er sie erfunden hat, ich habe gesagt, dass er geholfen hat.« Sie schnaubte und schritt voran.

Ich zuckte mit den Schultern. »Na gut. Du hast sagenhaft talentierte Vorfahren.«

Sie grinste mich über ihre Schulter an. »Und wie. Was mich daran erinnert, dass dein Stammbaum schon lange überfällig ist. Wir werden ihn fertigstellen. Ich will alles über dich wissen. Schließlich bist du meine beste Freundin. Wir haben keine Geheimnisse voreinander.«

Ich warf ihr einen Blick zu, bevor ich wegschaute. Meine Familie hatte ein paar Geheimnisse, und die wollte ich nicht mit Alice teilen. Ich wollte nicht, dass sie wegen meiner etwas zwielichtigen Familie schlecht über mich dachte.

»Wir kommen schon noch dazu«, sagte ich. »Jetzt müssen wir erst einmal einen Mordfall aufklären. Fangen wir an. Ich will nicht, dass jemand sieht, was wir hier tun.«

»Mit jemand meinst du Campbell«, sagte Alice. »Keine Sorge, ich habe mich durch den Geheimgang aus meinem Zimmer geschlichen. Der Sicherheitsdienst glaubt, dass ich immer noch tief und fest in meinem Bett schlafe. Was für ein Spaß.«

»Dann müssen wir das unbedingt schnell erledigen. Wenn sie merken, dass du weg bist, werden sie einen Suchtrupp losschicken. Der wird direkt zu uns führen und wir kriegen Ärger.«

»Ich werde keinen Ärger bekommen«, sagte sie.

»Ich schon. Campbell hat gerne einen Grund, wütend auf mich zu sein.«

Sie grinste. »Dann sollten wir lieber aufpassen, dass wir nicht erwischt werden.«

Zehn Minuten später standen die menschengroßen Sandsäcke im Schießstand und Alice war hinten herum postiert worden. Wir mussten raten, wo der Schütze gestanden hatte, also machte sie ein paar Probeschüsse, um zu sehen, wo ihre Pfeile landeten. Sie war eine unglaubliche Schützin. Egal, wo sie stand, ihre Pfeile blieben in den Sandsäcken stecken.

»Geh weiter zurück«, rief ich. »Ich will sehen, wie weit der Schütze weg sein konnte, bevor er Ben verfehlt hätte.«

»Ich gehe drei Meter zurück.« Alices Stimme wehte zu mir herüber. »Bleib außerhalb meiner Reichweite. Das wird langsam schwierig.«

Ich stellte mich mit Meatball an den Rand des Schießstandes, um sicherzugehen, dass wir uns außerhalb der Gefahrenzone befanden. Ich musste nur ein paar Sekunden warten, bevor ein Pfeil durch die Luft schoss und den Sandsack streifte.

»Ich denke, das ist ungefähr die richtige Entfernung. Du hast ihn dieses Mal fast verfehlt«, sagte ich.

»Der Wind war schuld. Eine Böe wehte in dem Momemt, als ich meinen Pfeil fliegen ließ«, rief Alice.

Meatball rannte zu dem Sandsack und sprang in die Luft. Er schnappte sich den Pfeil und zog ihn heraus, bevor er sich auf den Boden fallen ließ und ihn schüttelte.

»Lass das. Alice wird nicht wollen, dass deine kleinen Zahnabdrücke in ihren teuren Pfeilen sind.« Ich hob ihn und die Pfeile auf und machte mich auf den Weg in den Wald, um Alice zu suchen.

»Wie weit warst du vom Ziel entfernt, als du den letzten Pfeil abgeschossen hast?«, fragte ich, als ich mich ihr näherte.

»33 Meter«, sagte sie. »Aus dieser Entfernung lässt sich kaum ein präziser Schuss abgeben, schon gar nicht mit einem traditionellen Langbogen. Sie sind von ihrer Konstruktion her nicht so genau wie moderne Bögen.«

»Und wie weit hast du die Sehne deines Bogens nach hinten gezogen? Wenn du einen verletzten Rückenmuskel hättest, würde es dann wehtun, deinen Bogen zu spannen?«

Sie zuckte zusammen. »Jeder, der eine Verletzung hat, würde große Schmerzen haben, wenn er diesen Schuss versuchen würde. Ich glaube nicht, dass die Person es schaffen würde. Hier, ich zeige es dir.« Sie legte einen Pfeil auf ihren Bogen und zog die Sehne zurück. »Schau, wie angespannt meine Schultermuskeln sind. Du musst sie so halten, sonst kannst du nicht richtig zielen.«

Ich setzte Meatball ab und konzentrierte mich auf Alices Technik. Sie hatte recht. Jemand mit einer Muskelverletzung hätte Schwierigkeiten, den Bogen so zu halten, wie sie es tat.

Alice ließ den Pfeil fliegen. »Wenn ich verletzt wäre, könnte ich mich nicht auf das Zielen konzentrieren, weil der Schmerz zu stark wäre.«

»Was wäre, wenn du das wirklich wolltest? Was wäre, wenn jemand versuchen würde, dir die Stelle zu stehlen, und das wäre die einzige Möglichkeit, die Person loszuwerden?«

Alice senkte den Bogen und schüttelte den Kopf. »Professor Stephen war bei seiner Frau. Er konnte kaum ohne Hilfe gehen, geschweige denn schießen. Er kann es nicht gewesen sein.«

Ich atmete heftig aus. »Das habe ich auch die ganze Zeit gedacht. Jetzt bin ich mir nicht mehr so sicher.«

»Es sei denn ... Evelyn deckt ihn«, sagte Alice. »Sie sind verheiratet. Vielleicht will sie nicht, dass er in Schwierigkeiten gerät. Menschen tun verrückte Dinge, um ihre Liebsten zu schützen. Ein falsches Alibi klingt gar nicht so abwegig.«

»Wir sollten noch einmal mit den beiden sprechen, ihre Wege und Professor Stephens Verletzung überprüfen. Und ich muss herausfinden, wie sehr er sich von Ben bedroht gefühlt hat.«

»Gute Idee. Wenn wir schon mal hier sind, haben wir noch Zeit für ein paar Schießübungen?«, fragte Alice. »Ich mache mich gerade warm und kann dir zeigen, wie man einen Pfeil schießt, wenn du willst. Das macht Spaß.«

Meatball bellte mehrere Male und stellte seine Ohren auf.

»Und Meatball hält das für eine gute Idee«, sagte Alice.

»Ich bin mir nicht sicher, ob er sich für das Schießen interessiert.« Seine Nase zeigte vom Schießstand weg. »Aber irgendetwas hat seine Aufmerksamkeit erregt.«

»In diesem Wald gibt es jede Menge Fasane«, sagte Alice. »Vielleicht hat er einen gewittert.«

Meatball hüpfte ein paar Mal auf seinen Pfoten, bevor er ein aufgeregtes Kläffen von sich gab und davonrannte.

»Meatball, halt!« Ich sah Alice an. »Wir fangen ihn besser ein. Er soll schließlich nicht die Wildtiere belästigen.«

»Gegen einen Fasan kommt er nicht an«, sagte Alice, als wir hinter Meatball herliefen. »Das sind große Vögel. Wenn sich ein paar auf ihn stürzen, hat er keine Chance.«

»Meatball ist vielleicht klein, aber er ist stark«, sagte ich. »Unterschätze niemals einen kleinen Hund, wenn er entschlossen ist, etwas zu tun.«

Weiteres Bellen erklang vor uns. Ich legte den Kopf schief. Das hörte sich nicht nach Meatball an. Als ich weiter lauschte, ertönte noch mehr Bellen, und mein Magen zog sich zusammen.

»Die Corgis der Herzogin sind wohl auf ihrem Morgenspaziergang.« Ich wurde schneller. Es ging nie gut aus, wenn Meatball auf die Corgis der Herzogin traf.

»Es ist noch ein bisschen früh für sie«, sagte Alice. »Oh, schau mal! Riesige Pilze. Rupert wird so neidisch sein, dass ich die gefunden habe. Das müssen die ersten in diesem Jahr sein. Ich mache ein Foto und schicke es ihm.«

»Hab du Spaß mit den Pilzen, ich suche Meatball.«

Das Bellen wurde lauter, als ich an einer Reihe großer Tannenbäume vorbeilief. Ich entdeckte Meatball in einem Zweikampf mit drei schnappenden Corgis. Ich schaute mich um, sah aber niemanden bei ihnen.

»Das reicht jetzt, Jungs«, sagte ich. »Meatball, bei Fuß.«

Er machte einen Schritt auf mich zu. Seine Nackenhaare richteten sich auf und ein Knurren drang aus seiner Brust.

Die drei Corgis bellten und stürmten auf ihn zu.

»Da sind sie ja.« Marcel joggte mit rosigen Wangen und zwei weiteren Corgis heran. »Die drei sind von der Leine geschlüpft. Ich suche sie schon ewig.«

»Hallo, Marcel. Gehen Sie mit den Hunden der Herzogin spazieren?« Ich richtete meine

Aufmerksamkeit auf Meatball und die Corgis, damit ich eingreifen konnte, falls es zu einem Kampf kam.

»Haben Sie damit ein Problem?« Marcel griff nach einem der freilaufenden Corgis.

»Nein, es ist nur so, dass sie einen Hundebetreuer haben, der sie ausführt, wenn die Herzogin beschäftigt ist. Ich bin überrascht, Sie mit ihnen zu sehen.«

»Ich habe die Herzogin gestern getroffen und ihr meine Hilfe angeboten. Sie war nur zu gerne bereit, mir ihre Hunde auszuleihen.« Marcel zog eine Grimasse, als er fast den Halt bei einer weiteren Leine verlor. »Ich wusste nicht, dass sie so anstrengend sein würden. Ich dachte, sie wären gut erzogen. Sie sind ein Albtraum.«

»Sie können ganz schön schwierig sein«, sagte ich. »Das kommt von ihrem königlichen Status.« Die Corgis liebten es, Meatball zu schikanieren, deshalb versuchte ich immer, die Tiere nicht zusammenzulassen.

Marcel versuchte, einen der Corgis an die Leine zu nehmen, aber der wich ihm aus und lief hinter Meatball her.

»Sie mögen den Hund nicht besonders«, sagte Marcel. »Ist das Ihrer?«

»Ja, das ist Meatball. Sie sind definitiv keine Freunde. Ich glaube, die Corgis mögen ihn nicht, weil er ein Mischling ist. Sie sind Snobs.«

Marcels Augenbrauen schossen nach oben. »Hunde denken nicht so. Sie sind nicht schlau genug.«

»Die sind es definitiv«, sagte ich. »Sie geben sich alle Mühe, gemein zu ihm zu sein.«

Meatball wirbelte herum, als einer der Corgis ihm zu nahe kam, und gab ein warnendes Knurren von sich.

»Kommt her, ihr alle«, sagte Marcel. »Nicht auf dem armen Mischling herumhacken.«

Ich runzelte die Stirn. Meatball war zwar ein Mischling, aber er war ein toller Mischling.

Marcel versuchte wieder, einen der Corgis zu packen, aber der tanzte mit einem selbstgefälligen Blick auf seinem pelzigen Gesicht davon. »Diese elenden Biester. Warum müssen sie so schwierig sein?«

»Haben Sie Hundeleckerlis mitgebracht?,« sagte ich. »Sie reagieren immer auf Futter.«

»Oh! Daran habe ich gar nicht gedacht. Sie haben nicht zufällig welche dabei?«

Ich hatte immer Leckerlis in meiner Jackentasche, wenn ich mit Meatball Gassi ging. Das war eine todsichere Methode, um ihn dazu zu bringen, auf Befehle zu hören. Na ja, meistens jedenfalls. »Probieren Sie die mal.« Ich reichte Marcel ein Dutzend Leckerlis.

Er wedelte damit vor den Nasen der Corgis herum. »Hier entlang, ihr kleinen Ungeheuer. Wir gehen zurück zum Schloss.«

Die bösen Absichten der Corgis galten weiterhin Meatball. Sie waren fest entschlossen, ein Kräftemessen auszutragen.

»Sie mögen Ihr Essen wohl nicht«, sagte er. »Ich werde sie mir schnappen. Sobald ich sie an der Leine habe, habe ich sie unter Kontrolle.«

Marcel kannte sich offensichtlich nicht so gut mit Hunden aus. Diese Corgis waren nie unter der Kontrolle von irgendjemandem, es sei denn, sie wollten es.

Ich schob Meatball ein Leckerli unter die Nase. Während er damit abgelenkt war, nahm ich ihn auf den Arm und brachte ihn so vor den bösen Blicken der Hunde, die ihn umkreisten, in Sicherheit.

Mein Timing war perfekt. Die Corgis bellten wütend, als ihr Rivale weggebracht wurde. Marcel stürzte sich auf einen Corgi und landete mit einem Grunzen auf seinen Knien, wobei er sein Ziel verfehlte.

Ein besonders plumper Corgi sprang an seinem Gesicht hoch, während ein weiterer auf seinem Rücken landete.

»Hilfe! Sie greifen mich an!«, schrie Marcel.

»Ich glaube nicht, dass sie Sie beißen wollen«, sagte ich, obwohl ich es ihnen durchaus zutraute. »Sie denken, Sie wollen mit ihnen spielen.«

Marcel fiel auf sein Gesicht, als sich zwei weitere Corgis in das raue Spiel einmischten.

»Was ist hier los?« Alice tauchte plötzlich auf und starrte auf Marcel hinunter.

»Prinzessin Alice! Ich wusste nicht, dass Sie auch hier draußen sind.« Marcel versuchte, aufzustehen, wurde aber von einem Corgi, der gegen seine Knie krachte, zu Boden geworfen.

Ich ging ein paar Schritte weg und stellte mich neben Alice, während die Corgis um Marcel herumliefen.

»Meinst du, wir sollten ihm helfen?«, flüsterte ich.

»In ein paar Minuten«, sagte sie. »Macht Spaß, dabei zuzusehen.«

»Du bist ein guter Junge«, sagte ich zu Meatball. »Du würdest nie so etwas Gemeines tun.«

Er leckte mir die Wange ab und ich gab ihm noch ein Leckerli.

»Du kümmerst dich um Meatball.« Ich übergab ihn an Alice. »Ich übernehme diesen wilden Haufen.« Ich ging hinüber, riss Marcel die Leinen aus der Hand und wich aus, um sie an den Corgis zu befestigen und sie langsam wieder in eine halbwegs vernünftige Ordnung zu bringen.

Marcel rollte sich weg und kam auf die Beine. Seine Kleidung war mit Schmutz und Blättern bedeckt. »Diese Tiere sind unkontrollierbar. Wie wird die Herzogin mit ihnen fertig?«

»Es sind ihre Babys.« Ich reichte ihm die Leinen. »Sie lässt sie ein bisschen wild herumlaufen. Sie benehmen sich besser, wenn sie in ihrer Nähe sind. Sie wissen, wer der Boss ist.«

»Ich hätte nie angeboten, auf sie aufzupassen, wenn ich gewusst hätte, dass sie so sein würden.« Er blickte stirnrunzelnd auf die kläffenden Corgis hinunter. »Ich schätze, ich sollte mich bei Ihnen bedanken.«

»Gern geschehen«, sagte ich.

Sein Blick wanderte zu Alice und seine Wangen erröteten. »Es ist schön, Sie wiederzusehen, Prinzessin.«

Sie lächelte, als sie Meatball streichelte. »Beruht auf Gegenseitigkeit. Obwohl ich nicht mit Ihnen sprechen sollte, da Sie versucht haben, mich aus dem Schießwettbewerb auszuschließen.«

Er zuckte zusammen. »Bitte nehmen Sie es nicht persönlich, aber ich glaube, Regeln sind dazu da, um befolgt zu werden. Frauen haben im Mittelalter nicht geschossen. Das soll nicht heißen, dass Sie nicht sehr gut mit Ihrem Langbogen waren. Haben Sie heute Morgen draußen geübt?« Sein Blick wanderte zu ihrem Bogen.

»So etwas in der Art«, sagte Alice. »Sie waren beim Wettbewerb auch kein schlechter Schütze.«

»Ich bin einer der Besten im Fachbereich Geschichte.« Marcel strich die Blätter von seinem Pullover und plusterte sich auf.

»Besser als Professor Stephen?«, fragte ich.

»Er ist ein guter Schütze, aber er wird langsam alt. Und wir haben alle gesehen, wie er sich verletzt hat.«

»Was ist mit Ben?«, fragte ich. »Hielten Sie ihn für einen guten Schützen?«

Marcels Blick verengte sich, als er von Alice zu mir zurückblickte. »Ben war in allem gut.«

»War es schwer, mit ihm Schritt zu halten?«, fragte ich. »Jeder, mit dem ich über Ben gesprochen habe, sagte mir, wie klug er war. Es muss lästig gewesen sein, mit jemandem zusammenarbeiten zu müssen, der so brillant war.«

Marcel zuckte mit den Schultern. »Nicht wirklich. Und ich habe einen IQ von 140, ich bin also genauso schlau. Sicher, es gab einen gewissen Konkurrenzkampf zwischen uns, aber der war eher freundschaftlicher Natur. So sind die Dinge nun einmal. Es gibt nie genug Geld für die Arbeit, die wir alle machen wollen. Wir müssen darum kämpfen, unsere Positionen zu behalten. Das haben wir verstanden.«

»Ich nehme an, die Polizei hat mit Ihnen über die Geschehnisse an jenem Tag gesprochen«, sagte ich.

»Und wenn schon?« Marcel hob sein Kinn. »Mir gefällt diese Unterstellung nicht.«

»Holly kann unterstellen, was sie will. Sie ist meine rechte Hand. Es wäre klug von Ihnen, ihre Fragen zu beantworten«, sagte Alice.

Er schnaufte laut, bevor er mit den Schultern zuckte. »Natürlich, Prinzessin. Ich gehe davon aus, dass die Polizei ohnehin mit Ihnen beiden gesprochen hat. Sie waren ja dabei. Sie wissen bereits, was passiert ist.«

»Holly hat den Pfeil, der Ben getroffen hat, tatsächlich gesehen«, sagte Alice.

Marcel schnitt eine Grimasse. »Das kann kein netter Anblick gewesen sein.«

»Ich nehme an, für Ben war es auch nicht gerade angenehm«, sagte ich. »Sie waren bei Johann, als das alles passierte. Stimmt das?«

Marcel kratzte sich am Hinterkopf. »Die meiste Zeit. Das habe ich der Polizei schon gesagt.«

»Ich würde es gerne direkt von Ihnen hören. Warum sagen Sie es uns nicht?« Das Lächeln von Alice war zuckersüß.

Er wackelte mit dem Kopf. »Wie Sie wünschen, Prinzessin. Ich bin von Johann weggegangen, als wir hinter dem Schießstand waren.«

»Hat er sich seltsam verhalten, als Sie bei ihm waren? Versuchte er, Sie loszuwerden?«, fragte ich.

»Nein, nichts dergleichen.« Er rückte die Leinen in seinen Händen zurecht. »Obwohl ich mir schon seit geraumer Zeit Sorgen um ihn mache. Wenn die Polizei immer noch nach einem Schuldigen sucht, sollte sie noch einmal mit Johann sprechen. Er hat sich an dem Tag wie ein Idiot verhalten. Er hatte getrunken und schoss seine Pfeile ab, ohne zu wissen, wo sie landen würden. Das war gefährlich. Ich habe ihm gesagt, er solle vorsichtiger sein, aber er hat nur gelacht. Er sagte, er habe nichts mehr zu befürchten. Das Schlimmste war ihm schon passiert.«

Das war nicht ganz die Version, wie Johann mir die Situation geschildert hatte. Es schien ihm peinlich zu sein, dass er Ben versehentlich erschossen haben könnte. »Haben Sie gesehen, wie er einen Pfeil auf Ben abgefeuert hat?«

»Nein, aber er könnte es getan haben, als ich nicht bei ihm gewesen bin«, sagte Marcel. »Der Mann hat ein ernstes Alkoholproblem. Es ist nur noch schlimmer geworden, seit seine Frau ihn verlassen hat. Sein Leben gerät aus den Fugen. Und er ist bis über beide Ohren verschuldet. Mit der Arbeit an der Universität verdient man kein Geld.«

»Nur weil er Geldprobleme hat, ist das kein Grund, Ben zu töten«, sagte ich.

»Ich habe nie gesagt, dass er ihn getötet hat«, sagte Marcel. »Aber er wusste nicht, was er an diesem Nachmittag tat. Er hatte schon drei große Brandys getrunken, bevor wir überhaupt nach draußen gingen, und ich weiß, dass er mindestens einen Flachmann in seiner Jacke hatte. Der Kerl tut mir leid. Er war einmal ein großartiger Dozent. Er hat sechs Bücher veröffentlicht. Jetzt ist er nur noch eine Lachnummer. Es ist nur eine Frage der Zeit, bis er gefeuert wird. Das heißt, wenn die Polizei ihn nicht verhaftet.«

»Man sollte niemanden beschuldigen, wenn man keine konkreten Beweise hat«, sagte Alice.

»Das tue ich nicht, aber es ist eine logische Schlussfolgerung«, sagte Marcel. »Johann war betrunken und hatte eine tödliche Waffe in Händen.«

»Haben Sie der Polizei von dieser Theorie erzählt?«, fragte ich.

»Ja, natürlich. Sie untersuchen das gerade«, sagte er. »Ich muss wirklich diese Corgis zurückbringen, bevor mich einer von ihnen beißt.«

Alice drückte Meatball mit einem Arm an sich und hob einen Finger. »Warten Sie, einen Moment. Bist du fertig, Holly?«

Marcel schaute mich böse an, blieb aber an Ort und Stelle.

»Ja, das war alles«, sagte ich und bemühte mich, meine Miene neutral zu halten. Es hatte Spaß gemacht, zu sehen, wie Marcel sich wand.

Er öffnete den Mund, als wollte er eine Frage stellen, dann nickte er Alice lediglich zu. »Es ist mir stets ein Vergnügen.« Er drehte sich um und ging weg. Die Corgis kläfften und zerrten an ihren Leinen, als sie wieder zwischen den Bäumen verschwanden.

»Ich kann ihn nicht leiden«, sagte Alice. »Marcel hat sehr schnell mit dem Finger auf Johann gezeigt und seine Probleme hervorgehoben. Johann tut mir leid. Er trinkt zu viel, seine Frau hat ihn verlassen und er hat Geldsorgen. Er will nicht, dass eine Anklage wegen Totschlags hinzukommt.«

»Johann steckt ziemlich in der Klemme«, sagte ich. »Und ich habe ein Gespräch belauscht, das darauf hindeutet, dass seine Geldprobleme echt sind. Aber ich glaube nicht, dass er Ben getötet hat. Marcel hat das bestätigt, indem er verraten hat, wie betrunken Johann an diesem Tag gewesen ist.«

»Natürlich! Man trinkt nicht beim Schießen. Wenn man auch nur ein bisschen beschwipst ist, beeinträchtigt das die Fernsicht.«

»Wo hast du das gelernt, Professor Alice?«

Sie stupste mich mit ihrer Hüfte an. »Ich erinnere mich an Dinge, die mich begeistern. Könnte Marcel der Schütze sein? Er nutzt Johanns Pech aus, um die Aufmerksamkeit von sich abzulenken. Er hat uns gerade das Bild eines verzweifelten, gebrochenen Mannes vermittelt, dem nichts Gutes widerfährt.«

»Marcel steht auf der Liste der Verdächtigen und rückt schnell nach oben.«

»Und er ist so verlogen. Ich wette, er ist nur mit den Corgis spazieren gegangen, um sich bei der Herzogin anzubiedern«, sagte Alice. »Ich konnte sehen, dass er die Hunde nicht mochte. Und in meiner Gegenwart war er ganz schön arrogant. So werden die Leute, wenn sie in der Gegenwart einer Prinzessin sind.«

»Du beeindruckst manche Leute mit deiner vornehmen Art und deinem schicken Schlossleben.«

Sie warf den Kopf zurück und lachte. »Habe ich dich jemals beeindruckt?«

»Oh, Prinzessin. Du beeindruckst mich jeden Tag.«

»Ha, ha. Was machen wir als Nächstes?« Sie drückte Meatball einen Kuss auf den Kopf.

»Wir behalten Marcel im Auge. Wenn seine Rivalität mit Ben nicht freundschaftlicher Natur war, dann hat er ein Motiv. Ich will auch mit Professor Stephen sprechen und sicherstellen, dass er sich bei dem Schießwettbewerb wirklich verletzt hat. Wenn ich mehr über seine Verletzung herausfinden kann und wie schwer sie war, sollte das ausreichen, um ihn auszuschließen.«

»Dann können wir uns daran machen, den Beweis zu finden, dass Marcel Ben getötet hat.«

Ich nickte. »Zuerst befragen wir Professor Stephen, dann kümmern wir uns um Marcel.«

Kapitel 13

Ich war in der Küche fleißig und hatte den größten Teil des Tages damit verbracht, Kirschcremetorten zu backen und zu füllen, Vanillekuchen zu rühren und zu glasieren und einen großen Brotberg zu kneten.

Ich sah auf, als sich die Küchentür öffnete. Betsy Malone kam mit rosa Wangen hereingestürmt.

»Hallo, Betsy«, sagte ich. »Dein Timing ist perfekt. Eine Ladung Zuckerplätzchen ist gerade am Abkühlen.«

Sie rieb ihre Hände und lächelte mich an. »Das ist genau das, was ich brauche. Ich hatte einen anstrengenden Tag. Zwei meiner Mitarbeiterinnen haben sich heute Morgen krankgemeldet, also bin ich für sie eingesprungen. Ich bin gerade erst mit dem Putzen fertig geworden. Normalerweise bin ich jetzt zu Hause, lege die Füße hoch und trinke einen großen Gin. Nur zu medizinischen Zwecken natürlich.« Betsy leitete ein Team von engagierten Reinigungskräften, das dafür sorgte, dass das Schloss tadellos in Schuss gehalten wurde.

»Setz dich. Ich hole dir eine Tasse Tee und ein paar Kekse. Meine Arme brauchen eine Pause von dem vielen Teigklopfen.« Ich machte das Brot fertig und stellte es zum Aufgehen in den Wärmeschrank. Ich kochte den Tee und legte ein paar Kekse auf einen Teller, dann setzte ich mich ihr gegenüber an den Küchentisch.

»Danke.« Sie nahm einen großen Schluck Tee. »Bin ich froh, dass du hier bist. Ich habe alles darüber gehört, was neulich beim Schießwettbewerb passiert ist.«

»Ich kann mir vorstellen, dass der Vorfall schon im ganzen Dorf bekannt ist«, sagte ich. Wahrscheinlich haben Betsy und ihre Freunde dabei geholfen. Auch wenn sie das Gegenteil behauptete: Betsy liebte guten Klatsch und Tratsch.

»Ich habe schon überall davon gehört«, sagte Betsy. »Hat die Polizei eine Ahnung, wer es getan hat?« Sie tunkte einen Keks in ihren Tee.

»Es gibt mehrere Verdächtige«, sagte ich. »Ich war sogar dabei, als es passiert ist, aber ich versuche, mich da rauszuhalten.«

Sie kicherte. »Natürlich machst du das. Es sieht dir nicht ähnlich, ein Rätsel lösen zu wollen.«

Ich grinste. »Ich mag es, wenn der Gerechtigkeit Genüge getan wird. Das kann nie schaden. Es ist nicht richtig, wenn Verbrechen ungesühnt bleiben.«

»Ich bin da ganz bei dir.« Betsy schaute sich um, bevor sie sich näher heranlehnte. »Ist der Pfeil wirklich direkt durch die Brust des unglücklichen Mannes gegangen?«

Ich schnitt eine Grimasse, als ich mir einen Keks nahm. »Ja, leider. Er ist sofort gestorben.«

»Wenigstens hat er nicht gelitten«, sagte Betsy. »Es gibt nichts Schlimmeres als einen qualvollen Tod. Aber das ist eine schreckliche Art zu sterben. Und da die Polizei anscheinend nicht weiterkommt, hast du eine Ahnung, wer ihn getötet hat?«

Ich neigte meinen Kopf von einer Seite zur anderen. »Ich habe ein oder zwei Ideen.«

Sie tätschelte meine Hand. »Ich wusste, dass du welche haben würdest. Erzähl mir alles darüber.«

»Ich habe keine Beweise für irgendetwas von alledem. Ich stelle nur Vermutungen an, was passiert sein könnte. Aber ich habe gehofft, heute mit Professor Stephen Maguire sprechen zu können. Ben war sein Assistent. Vielleicht hat er ein paar Ideen, wer ihn umbringen wollte.« Oder er hatte sogar selbst damit zu tun, aber das wollte ich Betsy nicht auf die Nase binden, sonst würde es morgen auf der Titelseite der Lokalzeitung stehen.

Ein Stirnrunzeln verzerrte ihr Gesicht. »Wenn du den vornehmen Typen meinst, der sich im Gästeflügel über seinen Rücken beschwert, dann solltest du dich von ihm fernhalten.«

»Wie kommst du darauf?«

»Ich war in seinem Zimmer und räumte das Badezimmer auf, das ein einziges Chaos war, überall schmutzige Handtücher. Er schrie mich an, ich solle verschwinden. Ich sagte ihm, dass ich nur meine Arbeit mache, aber er sagte, er müsse sich entspannen und wolle nicht von Leuten wie mir belästigt werden. Was könnte er damit gemeint haben? Ich bin immer diskret, wenn ich meine Arbeit mache. Ich bin für meine Diskretion bekannt.«

Ich verkniff mir ein Grinsen. »Das bist du wirklich. Niemand putzt ein Bad so wie du.«

»Sei nicht so frech.« Sie schlug mir auf den Handrücken. »Nachdem er so unhöflich gewesen war, hatte er die Frechheit, mir zu befehlen, zusätzliche Handtücher für den Termin mit der Masseurin mitzubringen. Sie kam in den Raum, gerade als ich gehen wollte.

»Er versucht wohl, seinen Rücken zu stabilisieren. Er hat sich beim Schießen verletzt.«

»Sein Rücken ist mir völlig egal. Es sind seine schlechten Manieren, an denen wir arbeiten müssen. Den wahren Charakter einer Person erkennst du immer daran, wie sie die Kellner und das Reinigungspersonal behandelt.«

Ich nickte. Wenn Professor Stephen seine Verletzung nur vortäuschte, zog er alle Register, um sie echt aussehen zu lassen.

»Es ist trotzdem lustig.« Betsy nahm noch einen Keks. »Ich habe die Masseurin kurz nach ihrer Ankunft gehen sehen. Sie sah sehr blass aus und hielt sich den Bauch.

Ich nehme an, sie wurde auch angeschrien und ist gegangen. Es würde ihm recht geschehen. Manieren kosten nichts.«

»Vielleicht sollte ich hochgehen und ihn besuchen. Sicherstellen, dass alles in Ordnung ist. Professor Stephen könnte wegen seiner Rückenverletzung schlecht gelaunt sein. Schmerzen können Menschen reizbar machen. Das könnte der Grund sein, warum er dich angeschnauzt hat.«

»Sei vorsichtig, junge Holly. Du willst doch nicht in Schwierigkeiten geraten, weil du in einer Mordermittlung herumstocherst.«

»Ich stochere nicht herum, ich suche nur nach einem Weg, nützliche Informationen zu bekommen, um einen Mörder davon abzuhalten, mit einem schrecklichen Verbrechen davonzukommen.«

»Das ist das Gleiche.« Sie aß noch einen Keks. »Stell dich nur darauf ein, dass du angeschrien wirst, wenn du zu ihm gehst.«

»Ich könnte versuchen, es ihm zu versüßen«, sagte ich. »Professor Stephen hat ein paar von den Lebkuchen gegessen, die ich für den Schießwettbewerb gemacht habe. Ich könnte welche mitnehmen, wenn ich nach ihm sehe.«

»Und das ist der einzige Grund, warum du mit ihm sprechen willst?« Betsy zog eine Augenbraue hoch. »Oder glaubst du, dass er etwas mit dem Mord zu tun haben könnte?«

»Ich will mich nur absichern«, sagte ich. »Ich habe keine Beweise dafür, dass Professor Stephen etwas damit zu tun hat.«

Betsys verschlagenem Gesichtsausdruck nach zu urteilen, glaubte sie mir nicht. »Hmmm. Einen Mordverdächtigen zu befragen, erscheint mir leichtsinnig. Wenn du glaubst, dass er gefährlich ist, könnte ich mitkommen. Ich könnte ihm meine Politur ins Gesicht spritzen, wenn er fies wird. Genau das wollte ich bereits tun, als er so unhöflich zu mir war.«

»Ich komme schon klar. Und du hattest einen anstrengenden Tag. Bleib hier und genieße die Kekse und den Tee.« Ich war schon auf den Beinen und legte etwas Lebkuchen auf einen Teller. »Ich gehe für fünf Minuten zu Professor Stephen. In welchem Raum ist er?«

»Das dritte Zimmer links im Gästeflügel. Lass nicht zu, dass er so unhöflich zu dir ist, wie er es zu mir war.«

»Danke, Betsy. Das werde ich nicht.« Ich vergewisserte mich, dass Chef Heston nicht in der Nähe war, damit er nicht sah, wie ich mich davonschlich, bevor ich aus der Küche eilte.

Ich ging die Treppe hinauf zum Schlafzimmer und klopfte an die Tür.

»Herein«, sagte Professor Stephen. Seine Stimme klang gedämpft.

Ich öffnete die Tür einen Zentimeter und hielt inne, nachdem ich fast den Teller mit den Lebkuchen fallen gelassen hätte.

»Das wurde aber auch Zeit«, sagte er. »Sie sagten mir, das andere Mädchen würde in einer Viertelstunde kommen.«

Ich schob die Tür weiter auf. Mir blieb der Mund offen stehen. Professor Stephen lag auf dem Bauch auf einem ausklappbaren Massagetisch und wurde nur von zwei großen weißen Handtüchern bedeckt.

»Kommen Sie herein. Ich brauche diese Massage dringend«, sagte er. »Und ich erwarte einen Rabatt, weil ich so lange warten musste.«

»Das ist ein Missver–«

»Und das andere Mädchen war hoffentlich nicht ansteckend. Sie hat zweimal geniest, bevor sie sich entschuldigt hat und gegangen ist.«

Mein Mund öffnete und schloss sich mehrere Male. »Ich, ähm ...«

»Hören Sie auf zu stottern und machen Sie Ihre Arbeit«, sagte Professor Stephen. »Ich habe Schmerzen. Fangen Sie an, mich zu massieren.«

Ich leckte mir über die Lippen, als ich den Lebkuchen abstellte und näher an den Tisch trat. »Professor Stephen, das ist ein bisschen ...«

»Wenn ich Ihnen noch einmal sagen muss, dass Sie Ihre Arbeit machen sollen, werde ich dafür sorgen, dass das hier die letzte Tätigkeit ist, der Sie nachgehen.«

Obwohl ich eigentlich keine Lust hatte, das Fleisch eines Mannes zu reiben, den ich kaum kannte, gab mir das die perfekte Gelegenheit, ihn auszufragen. Und wenn er fies wurde, konnte ich immer noch in seinen wunden Punkten herumstochern.

Ich warf einen Blick auf die geschlossene Tür. Das war ein Risiko. Die Ersatzmasseurin würde gleich kommen. Ich hatte nicht viel Zeit. Entweder schnappte ich mir die Ölflasche auf dem Tisch und stellte ein paar Fragen zu Bens Mord oder ich verschwand wieder.

Ich hob vorsichtig den oberen Teil des weißen Handtuchs an, das Professor Stephens Schultern bedeckte, und war dankbar, dass er keinen haarigen Rücken hatte. »Ich fange oben an und arbeite mich nach unten durch.«

»Meinetwegen. Beeilen Sie sich einfach«, sagte er.

Ich drückte Sandelholzöl auf meine Hände und begann mit einer zaghaften Massage seiner rechten Schulter.

»Viel mehr Druck«, sagte Professor Stephen. »Ich kann das kaum spüren.«

»Natürlich«, sagte ich und hoffte, dass er meine Stimme nicht erkennen würde. »Sie sagten, Sie haben Schmerzen. Wie wurden Sie verletzt?«

Er hob den Kopf, aber ich packte ihn im Nacken und hielt ihn fest, wobei ich darauf achtete, dass sein Gesicht in der Öffnung am oberen Ende des Massagetisches blieb. »Es ist besser, wenn Sie sich nicht bewegen.«

»Na gut. Ich schätze, Sie wissen, was Sie tun.« Sein Kopf sank zurück in das Loch. »Ich habe mir den Rücken verletzt, als ich geschossen habe.«

»Mit einer Pistole?«

»Nein, mit einem Langbogen. Das ist eine alte mittelalterliche Waffe, mit der Sie vielleicht nicht vertraut sind. Ich war in Führung, aber ich beschloss, ein letztes Mal ins Schwarze zu treffen, um mir den Sieg endgültig zu sichern.«

Ich schmunzelte und schüttelte den Kopf. Er hatte beim Wettbewerb definitiv nicht vorne gelegen. »Das klingt aufregend. Was ist passiert?«

»Ich war dabei, einen schwierigen Schuss zu platzieren. Ich konzentrierte mich auf das Ziel, als ich einen Muskel in meinem unteren Rücken spürte. Der Schmerz schoss meinen Rücken hinauf und dann mein Bein hinunter. Ich konnte den Wettkampf nicht fortsetzen. Können Sie den unteren Rücken massieren? Dort ist der Schmerz am schlimmsten.«

Ich legte ihm das Handtuch wieder über die Schulter und faltete es in der Mitte, um seinen unteren Rücken freizulegen.

»Haben Sie zum ersten Mal eine solche Rückenverletzung?«, fragte ich.

»Ich hatte in der Vergangenheit schon Probleme«, sagte er. »Aber nicht so schlimm wie heute. Bitte, massieren Sie weiter unten. Der Schmerz sitzt in meiner rechten Pobacke.«

Meine Finger erstarrten und ich presste meine Lippen aufeinander. Ich wollte ihm nicht den Hintern massieren. »Sie müssen ein unglaubliches Talent haben, wenn Sie einen Langbogen abfeuern können. Ist es schwer zu lernen, wie man damit schießt?«

»Sehr schwierig. Man muss stark sein. Wie Sie sehen können, habe ich einen ausgezeichneten Muskeltonus, also ist es kein Problem für mich.«

Ich brummte etwas, das hoffentlich wie Zustimmung klang. Er sah ein wenig schwabbelig aus.

»Ich bin Experte für eine Reihe alter Waffen«, sagte er. »Sie sind alle schwer zu erlernen. Man muss stundenlang üben, um sie zu beherrschen. Normalerweise gewinne ich die Wettbewerbe, an denen ich teilnehme.«

»Wie aufregend«, sagte ich. »Ich hoffe, Sie nehmen mir die Frage nicht übel, aber ich habe gehört, dass es kürzlich bei einem Schießwettbewerb eine Tragödie gegeben hat. Waren Sie auch dort?«

Er schwieg ein paar Sekunden lang. »Ich dachte mir, dass sich das herumsprechen würde. Ja, ich war bei diesem Wettbewerb. Es geschah auf dem Schlossgelände. Der Mann, der gestorben ist, war mein Assistent.«

»Mein Beileid«, sagte ich.

»Das weiß ich zu schätzen. Bitte, massieren Sie weiter unten.«

Ich fuhr mit meinen Fingern langsam seinen Rücken hinunter, wagte es aber nicht, seine Pobacken zu berühren. »Haben Sie gesehen, was passiert ist?«

»Nein, er wurde getötet, kurz nachdem ich verletzt wurde.«

»Und das Opfer hat mit Ihnen gearbeitet?«

»Das hat er.«

»Was für eine Art von Arbeit machen Sie?«

»Ich bin leitender Dozent für Geschichte am King's College.«

»Wow! Sie sind nicht nur erstaunlich im Umgang mit Waffen, sondern auch clever.«

Er gluckste. »Sie sind sehr freundlich. Und scharfsinnig für eine Masseurin.«

Meine Nasenflügel blähten sich auf, aber ich rieb ihn weiter. »Was ist mit dem Opfer? Konnte er schießen?«

»Ja, Ben konnte gut mit dem Langbogen umgehen. Und er war ein unglaublicher Student. Ich wähle als Mentor stets nur die intelligentesten Studenten aus. Ben hatte es weit gebracht. Ich bin mir nicht sicher, ob ich jemanden finden werde, der so gut ist wie er. Er ist ein echter Verlust für die akademische Welt.«

»Und ein Verlust für Sie, nehme ich an«, sagte ich. »Wenn Sie sein Mentor waren, müssen Sie ihn gut gekannt haben.«

»Ich achte immer darauf, dass es bei meinen Studenten professionelle Grenzen gibt. Es ist nicht gut, sie zu sehr an sich zu binden. Sie erwarten zu viel. Aber ich hatte ihn gern um mich. Gehen Sie mit Ihren Fingern tiefer.« Er gestikulierte auf seine Pobacke. »Direkt zum fleischigen Teil.«

Ich zog eine Grimasse und schob das Handtuch, das seinen Hintern bedeckte, ein paar Zentimeter zurück. Eine haarige, runde Pobacke kam zum Vorschein. Länger konnte ich mich nicht vor dieser abscheulichen Aufgabe drücken.

»Ah. Genau. Endlich sind Sie an der richtigen Stelle.«

Ich schaute überall hin, nur nicht auf den Hintern von Professor Stephen. Das war so seltsam. Ich hatte gesehen, wie dieser Mann eine sachkundige Vorlesung über das Tudor-Recht gehalten hatte, und nun bekam ich seinen nackten rosa Körper zu sehen.

»War Ben ein beliebter Student?«, fragte ich. »Ich nehme an, es wird viele Leute geben, die ihn vermissen werden.«

»Er war äußerst beliebt, aber jetzt, wo er weg ist, wird es weniger Spannungen in der Fakultät geben.«

»Oh! Hatte er mit jemandem Probleme?«

»Mehr Druck auf meine Pobacke.«

Ich drückte mit einem Daumen nach unten, und Professor Stephen zuckte zusammen. »Wie ist das?«

»Besser«, quietschte er. »Seien Sie vorsichtig. Sie sind genau an der richtigen Stelle.«

»Das muss sehr stressig für Sie gewesen sein, wenn es in Ihrem Bereich Probleme gab. Stress ist schlecht für die Muskeln. War es ein Problem mit einem anderen Dozenten?«

Er stieß einen Seufzer aus. »Nein, nichts dergleichen. Ich habe einen weiteren Assistenten und sie waren nicht gerade Freunde. Marcel hat Ben ständig drangsaliert. Es war mühsam, sie auseinanderzuhalten.«

»Warum konnten sie sich nicht leiden?«

»Ich, ähm, na ja, ich habe nie gefragt. Im Gegensatz zu Ihnen habe ich ihnen nicht viele Fragen über private Angelegenheiten gestellt.«

»Ich finde, dass meine Kunden gerne reden, wenn sie sich entspannen. Mit einer fremden Person zu sprechen, kann sehr beruhigend sein. Weil niemand über sie urteilt, verstehen Sie.«

»Hmm, das kann sein. Marcels Problem war höchstwahrscheinlich Eifersucht im Beruf. Und in letzter Zeit hatten sie es auf denselben Topf mit Fördergeldern abgesehen, sodass sich die Spannungen im Fachbereich noch verschärften. Ben war allerdings immer der bessere Student. Ich behalte Marcel in meiner Nähe, weil er so sehr darauf erpicht ist, zu gefallen. Ich mag es, jemanden zu haben, der mir immer zu Diensten ist.«

Das passte nicht zu dem, was Marcel mir erzählt hatte. Es hörte sich so an, als hätte Marcel es auf Ben abgesehen und ihm das Leben schwer gemacht.

Diese neuen Informationen lieferten Marcel ein großartiges Mordmotiv. Wenn er in Professor Stephens Augen die Nummer eins sein wollte und hinter Fördergeldern her war, die nur einer von ihnen bekommen konnte, wollte er Ben definitiv aus dem Weg räumen.

»Gibt es ein Problem? Sie haben aufgehört«, sagte Professor Stephen.

»Entschuldigung! Ich wollte nur meine Hände ausruhen.«

»Haben Sie Zeit für eine Ganzkörpermassage?«, fragte Professor Stephen.

Eine Ganzkörpermassage? Die Vorstellung ließ mir einen Schauer über den Rücken laufen. Ich legte das Handtuch über seine untere Hälfte und trat vom Tisch weg. »Nein, ich muss gehen. Ich habe noch einen anderen Kunden.«

»Ich zahle gerne mehr«, sagte Professor Stephen. »Warten Sie, ich drehe mich um, dann können Sie gleich anfangen. Ich habe eine ziemliche Verspannung in meiner Leistengegend.«

»Ich wünschte, ich könnte Ihnen helfen, aber ich muss woanders hin.« Ich wandte mich ab, als Professor Stephen sich auf die Seite kämpfte, damit er mein Gesicht nicht sehen konnte und ich seinen ... Ich wollte mir gar nicht vorstellen, was da zu sehen sein würde.

»Ich könnte etwas Hilfe gebrauchen. Wegen meiner Verletzung kann ich mich nur schwer drehen«, sagte Professor Stephen. »Oh, warten Sie einen Moment. Ich glaube, ich hab's.«

Ich riskierte gerade einen Blick, als das Handtuch, das Professor Stephens untere Hälfte bedeckte, abrutschte. Dann schnappte ich mir das Handtuch, schloss die Augen und warf es ihm an den Kopf. »Wenn Sie mich entschuldigen würden. Ich werde jetzt gehen.«

»Warten Sie! Sie sind noch nicht fertig.«

Ich rannte aus dem Zimmer und schloss die Tür hinter mir. Ich schüttelte den Kopf. Mein Herz pochte. Was hatte ich mir nur dabei gedacht, mich als Masseurin auszugeben? Wenn Professor Stephen einen Blick auf mein Gesicht geworfen hätte, hätte ich Ärger bekommen.

Ich lehnte meinen Kopf gegen die Tür. Wenigstens hatte ich ein paar interessante Dinge erfahren. Ben und Marcel waren keine Freunde gewesen. Marcel hatte mich angelogen.

Ich drehte mich um und knallte direkt in jemanden hinein. Meine öligen Hände landeten auf seiner Brust. Ich prallte mit einem erschrockenen Aufschrei zurück.

Campbell starrte mich an, bevor er auf sein ölverschmiertes Hemd schaute. »Kannst du mir erklären, was hier los ist?«

Ich verbarg meine Hände hinter meinem Rücken. »Das war nicht meine Schuld. Du schleichst dich immer an mich heran.«

»Ich schleiche nie.« Er zog eine Augenbraue hoch. »Was hast du in Professor Stephens Zimmer gemacht?

Und warum riechst du, als hättest du gerade eine Woche auf einem Hippie-Retreat verbracht?«

Ich warf einen Blick auf die geschlossene Tür zurück. »Ich bin mir nicht sicher, ob du mir glauben würdest, wenn ich es dir sage.«

Eine Frau in weißer Kleidung näherte sich uns. »Ist das das Zimmer von Professor Stephen Maguire?«

Ich nickte, während ich zur Seite trat, um ihr Platz zu machen. »Das stimmt.«

»Ich hoffe, er hat keine schlechte Laune. Meine Kollegin ist erkrankt und ich bin für sie eingesprungen. Ich bin so schnell gekommen, wie ich konnte.«

»Er wird sich sicher freuen, dass Sie hier sind. Er wartet schon auf Sie«, sagte ich.

»Danke.« Sie klopfte an die Tür, eilte hinein und schloss sie hinter sich.

Als ich mich umdrehte und einen Blick auf Campbell riskierte, grinste er.

»Ich bin gespannt auf deine Erklärung hierfür.«

Kapitel 14

Campbell hatte mich auf frischer Tat ertappt, als ich dort herumschnüffelte, wo ich es nicht sollte. Gut, wenn man schnüffelte, roch man nur das intensive Sandelholzöl, aber das war dasselbe.

»Komm schon, Holly, lass mich nicht im Ungewissen. Was machst du hier?«, sagte Campbell.

»Nichts Schlimmes.«

»Du bist aus Professor Stephens Zimmer geflüchtet, als würde man dich bei etwas erwischen, was du nicht tun solltest.«

Ich hob mein Kinn. »Ich musste mit ihm sprechen, weil ich mir nicht sicher war, ob er sich bei dem Schießwettbewerb wirklich verletzt hat.«

Campbell schnupperte an der Luft. »Der Geruch von Öl, ein schuldbewusster Gesichtsausdruck und eine Masseurin, die zu spät kommt. Hast du Professor Stephen massiert, um seine Rückenverletzung zu überprüfen?«

»Ähm, also, das war nicht das, was ich eigentlich vorhatte.«

Er prustete ein Lachen heraus. »Du hast dich für jemand anderen ausgegeben. Das ist eine Straftat.«

Meine Wangen wurden warm. »Ich hatte gute Absichten. Sie fingen mit Lebkuchen an und endeten in etwas Schrecklichem, das mit Öl und einer haarigen Pobacke zu tun hat und mir Albträume bereiten wird.«

Campbell packte mich am Arm und führte mich weg vom Zimmer und den Korridor entlang. »Red weiter.«

Es bestand keine Chance, dass ich irgendwie aus der Sache herauskam. »Ich dachte, ich könnte ihn dazu bringen, sich zu öffnen, wenn ich ihm etwas zu essen bringe. Als ich zu seinem Zimmer kam und hineinging, lag er nackt auf einem Massagetisch. Er dachte, ich sei die Ersatzmasseurin.«

»Und du hast dich entschieden, das nicht richtigzustellen?«

»Das wollte ich, aber er fing an, Befehle zu geben, also habe ich mitgespielt. Ich dachte mir, wenn er nett und entspannt ist, wird er mit mir reden.«

»Unfassbar. Und hat er geredet?«

»Wenn du weiter so gemein bist, erzähle ich dir nichts mehr.«

»Ich bin nicht gemein. Ganz im Gegenteil, ich halte gerade meine Wut im Zaum und versuche, dich nicht bei der Polizei wegen Irreführung anzuzeigen.«

»Das war keine Irreführung, es war ...«

»... eine Unruhestifterin sein. Red weiter.«

Ich stieß einen langen Seufzer aus. »Professor Stephen hat ein bisschen damit geprahlt, wie toll er mit dem Langbogen umgehen kann, aber er hat mir auch etwas Interessantes über Marcel erzählt.«

»Das wäre?«

»Marcel hat mich angelogen«, sagte ich.

»Über seinen Aufenthaltsort zur Zeit des Mordes?« Campbells Augen verengten sich. »Er war mit Johann Pfeile sammeln. Das haben beide in ihren Aussagen bestätigt.«

»Nein, nicht darüber. Haben sie dir auch gesagt, dass sie sich getrennt haben, als sie im Wald waren?«

Campbell schaute aus einem Fenster, an dem wir vorbeikamen, und verzog den Mund zu einer festen Linie.

»Hey, wenn ich dir etwas erzähle, dann musst du mir auch etwas erzählen«, sagte ich.

»Ich habe nicht gesagt, dass ich dir nichts erzählen würde.«

»Du bist nicht gerade gesprächig.«

»Du zuerst.«

Ich wollte das mit jemandem besprechen, auch wenn dieser Jemand mich als Störfaktor betrachtete. »Marcel hat darauf hingewiesen, dass sie bei der Suche nach den Pfeilen getrennter Wege gingen. Er machte auch deutlich, dass Johann während des Wettkampfs betrunken gewesen war. Er deutete an, dass Johann versehentlich auf Ben geschossen haben könnte.«

»Ich nehme an, dass, als du Johann befragt hast, was du natürlich schon getan hast, er das widerlegt hat?«

Es hatte keinen Sinn, meine Schnüffeleien vor Campbell zu verbergen. »Nicht so sehr. Er bestätigte, dass sie getrennter Wege gingen, aber nur für kurze Zeit. Johann war besorgt, dass er Ben versehentlich getötet haben könnte, aber das hat er nicht. Wir haben den Pfeil gefunden, von dem er dachte, dass er die Mordwaffe war. Er war so erleichtert. Eigentlich tut mir Johann ein bisschen leid. Der Typ ist ein Wrack.«

Campbell nickte, als wir den Korridor entlang und die Treppe hinuntergingen. »Johann hat ein Schuldenproblem. Wir haben uns seine Vorgeschichte angesehen. Er ist kurz davor, alles zu verlieren. Seine Frau hat ihn verlassen und das Haus und den größten Teil des Vermögens mitgenommen. Johann lebte in seinem Auto, bis es gepfändet wurde. Er ist ein verzweifelter Mann.«

»Verzweifelt genug, um Ben zu töten?«, fragte ich. »Ich habe keine Ahnung, was Johanns Motiv sein könnte. Vielleicht versucht Marcel, Johann für etwas zum Sündenbock zu machen, was er selbst getan hat.«

»Wir haben bei Johann bisher auch kein Motiv gefunden«, sagte Campbell.

»Du solltest noch einmal mit Marcel reden.«

»Danke für den Tipp.«

»Ich meine das Ernst. Er ist raffiniert. Als wir uns unterhielten, mochte ich ihn nicht. Und Prinzessin Alice tat es auch nicht.«

Campbell starrte mich an. »Du verwickelst die Prinzessin in deine Schnüffelei?«

»Nein.« Meine Stimme wurde eine Oktave höher. »Nur ein bisschen. Und nicht absichtlich. Sie war bei mir, als wir Marcel im Wald getroffen haben. Sie war zufällig dabei.«

»Was habt ihr im Wald gemacht? Hatte sie eine Begleitperson dabei?«

»Nein, denn wir sind nicht mehr im achtzehnten Jahrhundert und Frauen dürfen allein im Wald spazieren gehen.«

»Nicht, wenn ein pfeilschwingender Mörder frei herumläuft. Ich werde mit meinem Sicherheitsteam sprechen müssen. Prinzessin Alice ist angreifbar.«

»Sie ist auch eine gute Schützin, die jeden von euch mit dem Langbogen in den Schatten stellt.«

»Darum geht es nicht.«

»An deinem Sicherheitsdienst liegt es nicht«, sagte ich. »Du weißt, dass Prinzessin Alice erfinderisch sein kann, wenn sie etwas tun will.«

Campbell sog die Luft durch seine Zähne ein. »Sie hat den Geheimgang im Schloss benutzt, um rauszukommen, stimmt's?«

»Ich wurde zur Verschwiegenheit verpflichtet.«

Er grunzte und lief vor mir her.

Ich beeilte mich, um mit ihm Schritt zu halten. »Was wirst du wegen Marcel tun?«

»Du hast mir immer noch nicht gesagt, worüber er nicht die Wahrheit gesagt hat.«

»Oh! Seine Freundschaft mit Ben«, sagte ich. »Marcel behauptete, sie seien einfach nur befreundete Rivalen an der Universität. Professor Stephen hat mir gerade das Gegenteil erzählt. Marcel hat Ben nicht gut behandelt. Außerdem waren sie hinter denselben Fördergeldern her. Nur einer von ihnen würde sie bekommen.«

»Glaubst du, Marcel hat Ben wegen dieses Geldes getötet? Über wie viel reden wir?«

»Das weiß ich nicht, aber es ist eine Theorie, die mich interessiert. Und wenn es um eine große Summe geht, könnte es sich lohnen, dafür zu töten.«

»Kein Geldbetrag ist es wert, dafür zu töten.«

»Du weißt, was ich meine. Alle erzählen immer, was für ein Goldjunge Ben gewesen ist. Marcel muss es gehasst haben, immer nur an zweiter Stelle zu stehen. Er hätte endlich etwas dagegen tun können. Er sah seine Chance beim Schießwettbewerb und hat sie genutzt.«

»Das ist keine schlechte Theorie.«

»Gib's zu, das ist eine tolle Theorie.«

»Ich werde noch einmal mit Marcel sprechen«, sagte Campbell.

»Er sollte dein Hauptverdächtiger sein«, sagte ich. »Er hat ein Motiv, er hatte die Gelegenheit und er hatte die Mittel.«

»Das ist mir durchaus bewusst«, sagte Campbell. »Das heißt aber noch lange nicht, dass ich es gutheiße, wenn du hinter meinem Rücken Verdächtige verhörst.«

»Ich versuche nur zu helfen.«

»Obwohl ich dich davor gewarnt habe, weil ein Mörder frei herumläuft?« Er drehte sich um und sah mich an. »Was springt für dich dabei heraus?«

»Ein unglaubliches Gefühl der Befriedigung, wenn der Mörder gefasst wird«, sagte ich. Und vielleicht die Chance, Campbell zu schlagen und ihm zu zeigen, dass nicht nur harte Alphamännchen Verbrechen aufklären können.

»Das ist meine Aufgabe.«

»Sag nicht, dass du dich bedroht fühlst, wenn ich ein paar Fragen stelle.« Ich lächelte zu ihm hoch.

»Du bist wohl kaum eine Bedrohung«, sagte er.

»Dann wird es dir nichts ausmachen, wenn ich weiter ermittle«, sagte ich. »Wenn du dir so sicher bist, dass du den Mörder finden wirst, dann kann ich ruhig weiter neugierig sein.«

»Nur wenn du einen Pfeil in deiner Brust haben willst«, sagte Campbell.

»Wer auch immer Ben getötet hat, wird mir nichts tun. Dieser Mord fühlt sich persönlich an. Und wenn es Marcel war, dann hat er es getan, um einen Rivalen auszuschalten. Das hat etwas mit ihrer Arbeit an der Universität zu tun. Es geht um den Kampf um den Spitzenplatz.«

»Du hast alle anderen ausgeschlossen?«

»So ziemlich. Was ist mit dir?«

»Wir arbeiten noch daran. Was ist mit Professor Stephen? Meinst du, er könnte etwas damit zu tun haben?«, fragte Campbell.

»Ich nicht, aber etwas, das Prinzessin Alice gesagt hat, hat mich zum Nachdenken gebracht. Bei dem Schießwettbewerb fragte sie sich, ob er seine Verletzung nur vorgetäuscht hat, weil er nicht gewinnen würde, aber vielleicht hat er sie auch nur vorgetäuscht, um seinen Namen von der Liste der Verdächtigen zu bekommen.«

»Ich war dabei und habe gesehen, wie Professor Stephens Rücken versagte. Echter Schmerz war auf seinem Gesicht. Ich habe es bei meinem Team gesehen, wenn sie trainierten und ein Muskel riss. Es ist, als ob ein Feuer durch deinen Körper hindurchgeht.«

Ich zog eine Grimasse. »Dem stimme ich zu. Professor Stephen sah schlecht aus, als er sich verletzt hatte. Aber ich musste sicher sein, dass ich ihn aus meiner Ermittlung ausschließen kann.«

»Du machst keine Ermittlung«, sagte Campbell.

»Holly! Ich habe überall nach dir gesucht.« Rupert stürmte den Korridor entlang und kam vor uns zum Stehen.

»Lord Rupert.« Campbell nickte ihm zu.

Er erwiderte das Nicken. »Hast du den Nachmittag frei, Holly? Ich war gerade unten und habe gefragt, wo du bist. Keiner wusste es.«

Mein Herz setzte einen Schlag aus. Ich hatte mich so sehr auf Professor Stephen konzentriert, dass ich vergessen hatte, dass ich die Küche nur für fünf Minuten hätte verlassen sollen. »Nein, und ich muss zurück.«

»Ich komme mit«, sagte Rupert.

Ich warf Campbell einen Blick zu. »Sind wir hier fertig?«

»Für den Moment«, sagte er. »Sei einfach vorsichtig.«

»Das bin ich immer.« Ich lächelte Rupert an, als ich mich umdrehte. »Gehen wir.«

»Was meint Campbell, warum du vorsichtig sein musst?«, fragte er.

Ich warf einen Blick über meine Schulter. Campbell beobachtete mich immer noch. »Er denkt, ich wüsste nicht, wie ich auf mich aufpassen soll.«

»Geht es um den Mord?«

Ich nickte. »Ich bin nicht in Gefahr. Er ist nur übervorsichtig.«

»Gut so. Ich will nicht, dass dir etwas zustößt.«

»Die Wahrscheinlichkeit dafür ist gleich null. Die meisten Leute bemerken die Mitarbeiter des Schlosses nicht. Das hilft mir, wenn ich ermittle. Ich bin praktisch unsichtbar.«

»Für mich nicht.«

Mein Magen überschlug sich und meine Wangen wurden heiß. »Das ist sehr nett, dass du das sagst.«

Auch Ruperts Wangen färbten sich rot. »Alice hat mir erzählt, dass du herausfinden willst, was mit Ben passiert ist. Hast du schon etwas herausgefunden?«

»Ich arbeite noch daran.«

»Ich hoffe, du hast nicht zu viel zu tun und kannst uns heute Abend Gesellschaft leisten.«

»Heute Abend? Was ist der Anlass?«

»Spieleabend natürlich. Das ist deine einmalige Chance, von mir bedient zu werden.« Rupert grinste. »Es macht immer so viel Spaß, wenn wir uns um das Personal kümmern müssen.«

Ich schlug mir mit der Hand auf die Stirn. »Natürlich! Das hatte ich ganz vergessen.« Jede Woche trafen sich die Mitarbeiter zu einem Spieleabend. Wir packten die Karten und Brettspiele aus und alle machten mit. Einmal im Jahr bediente die Familie Audley dabei die Angestellten. Und das war für heute Abend geplant. Diese Tradition gab es schon seit Hunderten Jahren.

»Sag bitte, dass du da sein wirst«, sagte Rupert. »Ich bin sicher, du kannst dir einen Abend freinehmen, um dich zu amüsieren.«

»Ich werde auf jeden Fall dabei sein«, sagte ich.

Er verbeugte sich, bevor er die Tür zur Küche öffnete. »Dann freue ich mich darauf, Sie bedienen zu dürfen, Madam.«

***

»Ich bin so aufgeregt wegen heute Abend.« Louise ging neben mir her auf dem Weg zum Salon. Der Raum war normalerweise für Besucher nicht zugänglich, also hatten wir das Privileg, ihn für unseren Spieleabend nutzen zu dürfen.

»Ich auch. Die Familie zieht immer alle Register, wenn sie das Sagen hat.« Mit der Hand strich ich über das schicke rote Kleid, das ich trug. Alle Angestellten hatten sich für dieses besondere Ereignis herausgeputzt. Und ein weiterer Vorteil dieses Abends war, dass wir nicht kochen mussten. Die Herzogin bestellte immer ein üppiges Essen bei einem Cateringunternehmen.

Mason und Kace standen vor dem Salon, als wir näher kamen. Sie verbeugten sich tief, beide mit einem Lächeln im Gesicht.

»Willkommen zum Spieleabend, meine Damen«, sagte Mason. »Ich hoffe, Sie haben einen angenehmen Abend.«

»Den werden wir bestimmt haben«, sagte Louise. »Arbeitet Campbell heute Abend?«

»Er ist in der Nähe.« Mason öffnete die Tür.

Louise grinste mich an. »Das Kleid ist neu. Ich hatte gehofft, damit einen guten Eindruck auf ihn zu machen.«

»Du siehst wirklich wunderschön aus.« Louise trug ein cremefarbenes Kleid im Stil der 1960er mit einer hochgesteckten Taille und einer Schleife auf dem Rücken. Ihre Haare waren zu Locken frisiert und ihr Make-up bestand aus langen Wimpern und dickem Eyeliner.

Der Großteil des Personals war bereits da und es lag ein aufgeregtes Summen in der Luft, als ich die Leute begrüßte und mir die Spiele ansah, die vorbereitet worden waren.

Ich überlegte gerade, ob ich eine Runde Cluedo mitspielen oder mich für das altmodische Kartenspiel entscheiden sollte, als Alice auf mich zueilte.

»Ich habe etwas Besonderes für dich, das du heute Abend tragen kannst.« Sie drückte mir eine Schachtel in die Hand.

»Noch ein Geschenk?«

»Das ist nur eine Leihgabe.« Alice trug ein altmodisches schwarz-weißes Dienstmädchen-Outfit mit einer weißen Mütze und einer Rüschenschürze.

»Danke. Das wäre doch nicht nötig gewesen«, sagte ich. »Ich liebe dein Outfit. Ganz im Stil von Downton Abbey.«

»Gefällt es dir?« Sie drehte sich im Kreis. »Ich bin ein tolles Dienstmädchen.«

Ich lachte. »Und wie.« Ich zog den Deckel der Schachtel ab und mein Mund blieb offen stehen.

Alice klatschte ihre Hände zusammen. »Gefällt sie dir?«

»Das ist eine Tiara«, sagte ich. Die glitzernden Steine funkelten unter dem Kronleuchter.

»Ich dachte, die würdest du vielleicht heute Abend gerne tragen. Du kannst für diese Nacht die Prinzessin des Schlosses sein.« Alice hob sie aus der Schachtel und setzte sie mir auf den Kopf, bevor sie meine Haare darum wickelte.

»Sie ist schwer«, sagte ich.

»Ich bekomme immer Kopfschmerzen, wenn ich eine Tiara zu lange trage.«

»Die ist nicht echt, oder?« Ich hob eine Hand und berührte die kalten Steine.

Alice kicherte. »Ich gehe jetzt besser. Wir sind noch dabei, das Essen anzurichten. Rupert isst es immer wieder auf und ruiniert das Arrangement. Er ist so gefräßig.« Sie drehte sich um und eilte davon.

Ich sah mich im Raum um, meine Hand lag noch immer auf der Tiara. Ich musste mir einen Platz suchen, wenn ich irgendwo mitspielen wollte.

Mein Blick fiel auf die Tür, wo Campbell erschienen war. Er winkte mich mit einem Finger heran.

Ich eilte zu ihm. »Hast du irgendwelche nützlichen Informationen?«

»Worüber?«

»Du weißt genau, worüber.« Ich verzog die Lippen. »Hast du mit Marcel gesprochen?«

Er neigte seinen Kopf ein wenig zur Seite. »Ich mag deine Tiara.«

»Danke. Alice hat sie mir geliehen. Denkst du, dass das vielleicht etwas zu viel ist?«

»Das ist definitiv zu viel. Das Ding ist Millionen wert.«

Ich nahm die Tiara von meinem Kopf. »Ich habe sie gefragt, ob sie echt ist. Ich kann sie nicht die ganze Nacht tragen. Ich könnte sie beschädigen.«

»Ich werde ein Auge auf dich haben. Damit du nicht mit den Familienjuwelen abhaust.«

»Ich habe nicht vor, mit der Tiara der Prinzessin abzuhauen. Vielleicht solltest du sie nehmen.«

Er nahm sie mir aus der Hand und setzte sie mir wieder auf den Kopf. »Sie hat sie dir in guter Absicht geliehen. Prinzessin Alice wird beleidigt sein, wenn du sie nicht tragen willst.«

Campbell hatte nicht ganz unrecht. Alice konnte empfindlich sein. »Ich werde sie tragen, aber ich werde mich die ganze Nacht nicht entspannen können, bevor man sie nicht sicher von meinem Kopf genommen und wieder in die Schatulle gelegt hat.«

Chef Heston schlenderte herüber, mit einem großen Glas Rotwein in der Hand. »Es sieht so aus, als würden sich alle amüsieren. Amüsieren Sie sich auch, Holly?«

Ich nickte. Das war das einzige Mal, dass ich Chef Heston entspannt sah.

»Natürlich wird das Essen nicht so gut sein wie unseres.« Er lächelte mich an.

»Ich glaube, die Herzogin hat für heute Abend einen Caterer von Harrods gebucht«, sagte Campbell. »Ich musste vorhin ein Mitglied meines Teams losschicken, um ihn zu holen, da er sich verfahren hatte.«

»Pah! Harrods kann uns nicht das Wasser reichen«, sagte Chef Heston. »Oder, Holly? Wir sind die Besten in der Branche.«

»Ja, Chef«, sagte ich.

»Heute Abend dürfen Sie mich Quinton nennen«, sagte Chef Heston.

»Ich, ähm, danke, Chef.« Auf keinen Fall würde ich ihn mit Vornamen anreden. Seitdem ich hier zu arbeiten angefangen hatte, nannte ich ihn Chef. Was mich betraf, hatte er keinen Vornamen.

»Gut, ich gehe jetzt ein paar Runden Gin Rommé spielen«, sagte Chef Heston. »Einen schönen Abend noch.« Er schlenderte davon, lachte und plauderte mit den Leuten, an denen er vorbeiging.

»Welche Spiele wirst du heute Abend spielen, Holly?«, fragte Campbell.

Ich war mir ziemlich sicher, dass sich hinter diesen Worten eine doppelte Bedeutung verbarg. »Ich glaube, ich fange mit einem Brettspiel an.«

»Ich dachte, du wärst eher ein Krimi-Mädchen. Ist da in der Ecke nicht ein Cluedo aufgebaut?«

»Ich spiele gerne Cluedo, aber die anderen wollen nicht, dass ich mitspiele.«

»Weil du den Mord immer vor ihnen aufklärst?«

Ich zuckte mit den Schultern. »Das ist keine Absicht. Aber manchmal ist es so offensichtlich, wer es getan hat.«

»Natürlich denkst du das. Ich wünsche dir viel Spaß«, sagte er.

Ich sah mir die Tische noch einmal kurz an und entschied mich dann für Monopoly. Ich hatte mir gerade einen Stuhl geholt, als jemand am Fenster vorbeirannte. Draußen war es dunkel, deshalb konnte ich nicht sehen, wer es war, aber die Person bewegte sich schnell.

Ich sprang von meinem Stuhl auf und wollte einen Blick darauf werfen.

Die Tür zum Salon wurde aufgestoßen. Betsy Malone stand da, keuchend, mit rosa Wangen und wildem Haar.

Ich eilte an ihre Seite. »Betsy, was ist denn los?«

Sie legte eine Hand auf ihre bebende Brust. »Da draußen liegt eine Leiche. Jemand ist getötet worden.«

Kapitel 15

Nach ein paar Sekunden fassungsloser Stille brachen alle im Raum in Panik aus. Alle sprachen gleichzeitig, während sich eine Menschenmenge um Betsy versammelte, um herauszufinden, was los war.

»Lasst mich durch.« Campbell schob sich an den Leuten vorbei, bis er Betsy erreichte. »Sag mir, was du gesehen hast. Du hast gesagt, da ist eine Leiche?«

Betsy holte zitternd Luft. »Ich war gerade auf dem Weg zum Spieleabend. Weil ich spät dran war, habe ich mich beeilt. Ich sah einen Haufen Lumpen auf dem Rasen vor dem Haus. Fast wäre ich nicht stehen geblieben, um nachzusehen, weil ich den ganzen Spaß nicht verpassen wollte.«

»Lass dir ruhig Zeit«, sagte ich. Ich war besorgt, dass Betsy in Ohnmacht fallen könnte, wenn sie sich nicht unter Kontrolle hatte. Ihr Atem schoss in kleinen, erstickten Quieksern rein und raus.

Sie schaute mich an und nickte. »Ich hasse es, wenn das Gelände unordentlich aussieht. Es ist immer makellos. Ich eilte hin und dachte, es sei eine Plane oder ein Laken, das von einem Lieferwagen heruntergeweht worden war. Erst als ich näher kam, erkannte ich, dass es ein Mensch war.«

Um uns herum gab es mehrere Keuchlaute.

»Was glaubst du, warum diese Person getötet wurde?«, fragte Campbell.

»Weil ihr ein Pfeil im Rücken steckt«, sagte Betsy.

Alle im Raum keuchten wieder und das Gemurmel begann. Mehrere Leute bewegten sich in Richtung Tür.

»Ist die Leiche vor dem Haus?«, fragte Campbell.

Betsy nickte. »Auf halber Strecke entlang der Kiesauffahrt auf dem Rasen. Du kannst ihn nicht verfehlen. Er hat ein weißes Hemd an.«

»Alle bleiben hier«, sagte Campbell. Er schritt davon, während er bereits in sein Funkgerät sprach.

»Weißt du, wer es ist?« Ich führte Betsy zu einem Stuhl, damit sie sich setzten konnte.

Sie ergriff meine Hand und schüttelte ihren Kopf. »Nein. Er liegt mit dem Gesicht nach unten dort. Von hinten habe ich ihn nicht erkannt. Ich glaube nicht, dass es jemand aus der Familie ist, auch nicht vom Personal. Ich kenne jeden hier.«

»Louise, kannst du dich um Betsy kümmern?« Ich schaute zu Louise hinüber, die neben Sally stand. Beide sahen blass aus. »Ich muss mir das mal ansehen.«

»Natürlich«, sagte Louise. »Aber musst du die Leiche wirklich sehen? Ist das nicht ein bisschen ... gruselig?«

»Wir müssen herausfinden, wer es ist«, sagte ich. »Es könnte jemand sein, den wir kennen.«

»Mach dir keinen Ärger mit Campbell, indem du hier herumschnüffelst«, sagte Betsy. »Er hat allen gesagt, sie sollen hier bleiben.«

»Und sie hören nicht auf ihn.« Ich nickte in Richtung der Tür. Einige Leute schlichen bereits hinaus.

»Sei vorsichtig.« Betsy drückte meine Hand, bevor Louise und Sally übernahmen.

Ich eilte in den Korridor und wurde von Alice und Rupert empfangen.

»Stimmt das?«, sagte Alice. »Jemand anderes wurde von einem Pfeil getroffen?«

»Ja, aber ich weiß nicht, wer es ist«, sagte ich.

»Finden wir es heraus.« Alice ergriff meine Hand.

Rupert eilte neben uns her, als wir uns auf den Weg zum Haupteingang machten. Als wir draußen ankamen, waren Campbell und ein halbes Dutzend seines Sicherheitsteams auf dem Rasen um die Leiche versammelt.

Einige vom Personal lauerten in der Nähe und versuchten, einen Blick darauf zu erhaschen.

Ich wollte bei ihnen warten, aber Alice zerrte mich näher heran.

»Vielleicht sollten wir Campbell und seinem Team eine Chance geben, ihre Arbeit zu machen«, sagte ich.

»Das ist unser Haus. Ich muss wissen, wer auf meinem Vorgarten ermordet wurde«, sagte Alice, die nicht langsamer wurde, als sie sich der Leiche näherte. »Campbell, sag mir, was los ist.«

Seine Schultern hoben sich einige Zentimeter, als er sich umdrehte. »Prinzessin Alice, Lord Rupert. Ich muss darauf bestehen, dass Sie zum Schloss zurückkehren. Es gab einen weiteren Zwischenfall mit einem Bogen.«

»Das wissen wir«, sagte Alice. »Deshalb sind wir hier. Wer ist es?«

Ich schob mich an Campbell vorbei und warf einen Blick auf die Leiche. »Ist das Marcel?«

Campbells Augen wurden schmaler, bevor er nickte. »Das ist richtig.«

»Aber ... er ist unser Hauptverdächtiger im anderen Mordfall«, sagte ich.

»Jetzt nicht mehr«, sagte Campbell. »Bitte begeben Sie sich in die Sicherheit des Schlosses. Es könnte Beweise geben, die verunreinigt werden, weil alle hier draußen sind.«

»Eine gute Idee. Gehen wir zurück«, sagte Rupert.

»Das weiß ich zu schätzen, Lord Rupert«, sagte Campbell.

»So wie Marcel dort liegt, hat er den Pfeil vielleicht nicht kommen sehen«, sagte ich, den Blick auf die Leiche fixiert.

»Oder er ist vor demjenigen geflohen, der auf ihn geschossen hat«, sagte Alice. »Wie viele Pfeile hast du gefunden, Campbell?«

Campbell atmete tief ein und aus. »Bis jetzt nur der im Rücken des Opfers.«

»Was hat er hier draußen ganz allein gemacht?«, fragte ich.

»Das werden wir noch früh genug herausfinden«, sagte Campbell. »Aber nur, wenn man mich meinen Job machen lässt.«

Ich ging ein paar Schritte zurück, aber Alice bewegte sich keinen Millimeter und starrte die Leiche an.

»Wer auch immer ihn erschossen hat, muss ein ausgezeichneter Bogenschütze sein«, sagte sie. »Sehen Sie, der Pfeil steckt genau in seinem Rücken. Dieser Schuss war kein Zufallstreffer. Jemand, der mit einem Bogen umgehen kann, hat Marcel getötet.«

»Gut beobachtet, Prinzessin.« Campbell deutete auf das Schloss, bevor er mir einen verzweifelten Blick zuwarf.

Ich versuchte, Alice zum Gehen zu bewegen, aber sie konnte so stur sein wie Meatball, wenn er einen riesigen Stock fand, den er tragen wollte.

Alice hob eine Hand und lächelte. »Nur damit es alle wissen, ich war es nicht. Ich bin hier die beste Schützin, aber ich war mit Rupert in der Küche, um das Essen für den Spieleabend zu organisieren. Die Herzogin war auch da.«

»Danke, dass Sie uns ein Alibi liefern, Prinzessin Alice. Ich bin mir sicher, dass Sie nichts damit zu tun haben«, sagte Campbell.

»Was ist denn hier draußen los?« Johann, Penny und Evelyn erschienen am Rande des Rasens.

»Genau das versuchen wir gerade herauszufinden«, murmelte Campbell.

Ich blickte zu ihnen hinüber und trat näher an Campbell heran. »Das sind die potenziellen Verdächtigen für diesen Mord. Sie alle kannten Marcel. Vielleicht hatten sie etwas damit zu tun.«

Campbell winkte zwei seiner Männer zu sich, die herbeieilten. »Räumt diesen Bereich. Die Beweise am Tatort sind nutzlos, wenn wir nicht vorsichtig sind.«

»Was ist mit den Verdächtigen?« Ich gestikulierte in Richtung der Menge.

Er schüttelte den Kopf und wandte sich ab. Ich war schon wieder abgewiesen worden.

Campbells Team setzte sich in Bewegung und wir wurden mit allen anderen an den Rand des Rasens gedrängt, sehr zum Verdruss von Alice.

»Wir sollten genau dort sein«, sagte sie. »Wir können Campbell helfen, die Situation zu klären.«

»Er will nicht, dass wir uns einmischen. Das hat er deutlich gemacht.« Ich sah Campbell bei der Arbeit zu und wollte mich einmischen, wusste aber, dass man mich nur anschreien oder abwimmeln würde. »Das war eine gute Information mit dem Pfeil.«

Alice zuckte mit den Schultern. »Das war offensichtlich. Jeder, der das eine Ende eines Langbogens von dem anderen unterscheiden kann, hätte sehen können, dass der Schütze gut ist.«

»Der Abdruck nützt uns nichts mehr«, sagte Kace zu Campbell, als sie auf uns zukamen.

Ich eilte auf sie zu, Alice war direkt an meiner Seite. »Von welchem Abdruck redet ihr?«

Campbell warf Kace einen wütenden Blick zu, der eine Hand hob und sich dann zurückzog. »Tut mir leid, Boss.«

»Habt ihr etwas an der Leiche gefunden?«, fragte ich. »Einen Hinweis auf den Schützen?«

Campbell stieß einen Seufzer aus. »Ich nehme an, du wirst es sowieso herausfinden, da du ständig herumschnüffelst.«

»Ich schnüffle nicht ständig herum. Ich bin ...«

»Sei still, sonst erzähle ich dir gar nichts.«

Ich tat so, als ob ich meine Lippen mit einem Reißverschluss schließen würde, und Alice kicherte.

Campbell nickte. »Ich habe mir Marcel als Bens Mörder genau angesehen. Der Abdruck, auf den sich Kace bezog, gehört zu einem Teil eines Fingerabdrucks, der auf einem Pfeil im Wald gefunden wurde. Er hat zu Marcel gepasst.«

»Habt ihr ihn deswegen befragt?«

»Nein, und dazu habe ich jetzt auch keine Gelegenheit mehr. Dieser zweite Mord zeigt uns, dass unser Mörder immer noch da draußen ist. Der Abdruck ist wertlos.«

Ich tippte mit dem Finger gegen mein Kinn. »Es sei denn, Marcel hat Ben getötet, dann hat jemand Marcel getötet, um sich für das zu rächen, was passiert ist.« Ich sah Penny an. Eine trauernde Freundin war eine naheliegende Verdächtige, aber sie wusste nicht, wie man schießt.

»Hör sofort auf mit deinen Theorien«, sagte Campbell. »Wir haben hier eine gefährliche, instabile Person, die gut mit Pfeil und Bogen umgehen kann, auf freiem Fuß. Bis sie gefasst ist, muss jeder mit äußerster Vorsicht vorgehen. Das ist kein sicherer Ort mehr. Ich werde die Familie anweisen, das Schloss zu verlassen, bis die Sache geklärt ist.«

»Nein! Ich gehe nirgendwo hin«, sagte Alice. »Ich weigere mich, mich von einem Kriminellen aus meinem Haus vertreiben zu lassen.«

»Prinzessin Alice, es ist nur zu Ihrem Besten. Ich empfehle der Herzogin, dass Sie noch heute Abend abreisen sollen.«

»Und ich werde ihr empfehlen, dass ...«

»Wir sollten auf Campbell hören«, sagte Rupert, als er sich näherte. »Es ist seine Aufgabe, uns zu beschützen. Und er hat Recht. Jemand in dieser Menschenmenge könnte der Mörder sein.«

»Wenn jemand einen Pfeil auf mich schießt, schieße ich einen zurück«, sagte Alice. »Ich werde nicht gehen.«

»Holly, ein Wort unter vier Augen«, sagte Campbell.

Bevor ich antworten konnte, zerrte er mich außer Hörweite von Alice und Rupert.

»Bitte bring Prinzessin Alice zur Vernunft«, sagte er. »Sie hört auf dich. Ich kann nicht zulassen, dass ihr Leben in Gefahr gerät, weil sie stur ist. Sie ist angreifbar. Das gilt für die ganze Familie.«

»Du kennst doch Alice, sie bleibt stur, wenn sie mit etwas nicht einverstanden ist. Wenn du sie nicht überzeugen kannst, zu gehen, dann habe ich erst recht keine Chance.«

Er blickte in die Menge der Schaulustigen, bevor er seufzte. »Dann müssen wir den Mörder finden – und zwar schnell.«

Ich presste meine Lippen zusammen, um ein Lächeln zurückzuhalten. »Heißt das, du brauchst meine Hilfe?«

Er grunzte. »Wir brauchen alle Hände an Deck, um diesen Doppelmord aufzuklären.«

»Das war keine Antwort. Wenn du meinen Rat in diesem Fall brauchst, musst du mich nur fragen. Natürlich kann ich mich auch auf die Seite von Prinzessin Alice schlagen. Vielleicht gibt es hier keine Gefahr und wir sollten einfach bleiben.«

Er knurrte tief in seiner Brust. »Du forderst dein Glück heraus, Holmes.«

Ich hob meine Hände. »Ich habe mit allen gesprochen, die mit diesen Morden zu tun haben könnten. Die Verdächtigen sind mir genauso bekannt wie dir. Vielleicht können wir die Sache gemeinsam aufklären und dafür sorgen, dass die Familie in Sicherheit ist. Ich will auf keinen Fall, dass sie in Gefahr sind.«

»Wir sind alle in Gefahr, solange wir draußen sind«, sagte Campbell. »Soweit ich weiß, könnte der Schütze auf dem Schlossturm sein und einen weiteren Angriff vorbereiten.«

Ich schluckte und mein Blick schweifte zum Himmel. »Du lässt deine Jungs das überprüfen, oder?«

Er grinste süffisant. »Natürlich.«

»Wie wäre es dann, wenn wir alle nach drinnen schaffen? Dein Team macht seine Arbeit und ich spreche mit Prinzessin Alice. Ich werde sie zumindest dazu bringen, im Schloss zu bleiben, bis wir herausgefunden haben, was mit Marcel passiert ist.«

Er strich sich mit der Hand über das Gesicht. »Ich denke, das ist das Beste, was wir tun können.«

Ich schaute zu Johann, Penny und Evelyn hinüber. »Wir werden herausfinden, wer das getan hat. Das hängt alles mit der Geschichte zusammen, ich weiß es einfach. Mein Bauchgefühl liegt nie daneben.«

»Dein Bauchgefühl nützt mir nichts. Wir brauchen Beweise«, sagte Campbell.

»Dann lass mich dir helfen, welche zu finden.« Ich streckte meine Hand aus. »Partner?«

Er schaute finster drein, bevor er meine Hand kräftig schüttelte. »Einverstanden. Du kümmerst dich um die Prinzessin, ich kümmere mich um die Leiche.«

Ich grinste. »Es wird mir ein Vergnügen sein, Partner.«

Kapitel 16

Es war schwierig gewesen, aber ich hatte es geschafft, Alice und Rupert ohne Zwischenfälle zurück ins Schloss zu bringen. Und nach einem langen Gespräch mit ihr hatte sie zugestimmt, drinnen zu warten, bis der Mörder gefunden war.

Es war schon Mitternacht, als alle endlich ins Bett gingen. Auch ich. Aber ich hatte eine unruhige Nacht, in der ich über den Mord an Marcel nachdachte und darüber, wer wohl den Pfeil auf ihn geschossen hatte.

Ich drehte mich um und blinzelte mit müden Augen auf den Wecker neben meinem Bett. Es war noch nicht einmal sechs Uhr morgens und ich hatte das Gefühl, nur ein paar Stunden geschlafen zu haben. Ich gähnte und streckte mich.

Meatball hüpfte auf mein Bett mit einem quietschenden Spielzeug im Maul.

»Guten Morgen, mein Hübscher.« Ich streichelte ihn und kraulte seinen Bauch. »Wir müssen das herausfinden. Wer erschießt hier Leute?«

Meatball sprang vom Bett und machte leise Wuff, als er auf dem Boden landete. Er kam mit einem Gummiknochen im Maul zurück, den er neben meine Füße fallen ließ.

»Danke.« Ich warf den Knochen in die Luft und er schnappte ihn sich. »Die Morde an Ben und Marcel müssen zusammenhängen. Sie waren beide Assistenten von Professor Stephen, das ist die eine Sache, die sie gemeinsam hatten.«

»Wuff, wuff.« Meatball ließ den Knochen fallen, hüpfte wieder vom Bett weg und kam mit einem kleinen, zerkauten Tennisball zurück.

Ich kraulte ihn hinter den Ohren. »Sie konkurrierten auch um die gleichen Fördergelder. Könnte es einen Rivalen um das Geld geben, von dem ich nichts weiß? Jemand, der Marcel und Ben getötet hat, um an das Geld zu kommen?«

»Wuff.« Meatball schien von dieser Idee nicht beeindruckt zu sein. Er verschwand wieder und kam mit einem Teddybären mit Kulleraugen zurück, dem ein Ohr fehlte.

»Du hast recht, das scheint etwas weit hergeholt«, sagte ich. »Es würde verdächtig aussehen, wenn die Leute, die auf die Fördergelder warten, alle sterben. Die Polizei würde diese Verbindung schnell erkennen. Und Campbell auch. Außerdem müsste diese mysteriöse Person wissen, dass Ben und Marcel hier waren, und sie müsste in der Lage sein, sich an den Sicherheitskräften des Schlosses vorbeizuschleichen. Diese Idee sollten wir verwerfen. Es ist jemand, der bereits hier ist. Jemand, den wir schon kennen.«

»Wuff, wuff.« Meatball hüpfte wieder vom Bett weg. Dieses Mal kam er mit seinem leeren Futternapf zurück, den er vorsichtig auf meine Knie stellte, mit einem hoffnungsvollen Funkeln in den Augen.

»Okay, ich hab's kapiert. Du hast Hunger. Ich auch. Ich habe gestern Abend nichts gegessen. Wir haben das Essen für den Spieleabend verpasst, dank des nicht gerade kleinen Problems mit dem Mord.«

Meatball legte eine Pfote auf seine Nase.

»Ich gebe dir recht, es ist eine Tragödie. Wir können das mit einem großen, leckeren Frühstück wiedergutmachen.« Ich kletterte aus dem Bett, zog meinen Bademantel und meine Hausschuhe an und ließ Meatball raus, damit er sein Morgengeschäft erledigen konnte, bevor ich uns beiden Frühstück machte. Er bekam Knabberzeug und eine Portion seines Lieblingsnassfutters und ich machte mir Pfannkuchen.

Ich setzte mich an den Tisch und versenkte meine Gabel in meinen mit Ahornsirup bestrichenen Pfannkuchen. »Vielleicht wussten Ben und Marcel etwas über Professor Stephen. Etwas, von dem er nicht wollte, dass es jemand anderes weiß. Sie hätten Zugang zu seinen Akten gehabt, vielleicht sogar zu seinen Aufzeichnungen oder einem privaten Tagebuch, falls er eines hat.«

Meatball hob seine Nase nicht von seinem Napf, aber er wedelte mit dem Schwanz, um zu zeigen, dass er zuhörte.

»Sie hätten etwas Schlechtes über ihn erfahren können und er musste sie zum Schweigen bringen, also hat er sie erschossen.« Ich aß ein weiteres Stück Pfannkuchen. »Aber was ist mit seiner Rückenverletzung? Und sein Alibi für Bens Mord. Wir müssen herausfinden, wo er war, als Marcel erschossen wurde.«

Ein dumpfes Wuff kam aus Meatballs Napf.

»Und dann ist da noch Johann. Seine Geschichte mit dem Glückspfeil könnte ein Vorwand gewesen sein und er hat Ben während des Schießwettbewerbs getötet. Vielleicht hat er sich Sorgen gemacht, dass Marcel ihn gesehen hat. Sie haben an dem Tag zusammen Pfeile gesammelt. Er hat ihn erschossen, um sicherzugehen, dass er es niemandem erzählt.«

Das brachte mir ein weiteres Wedeln von Meatballs Schweif ein. Bis jetzt war ich der Lösung des Rätsels, wer Ben und Marcel getötet hatte, keinen Schritt näher gekommen. Ich war mir sicher, dass die beiden Morde zusammenhingen. Ich musste nur herausfinden, wie.

»Bleiben wir erst einmal bei Professor Stephen«, sagte ich. »Ben und Marcel haben für ihn gearbeitet, was eine direkte Verbindung ist. Der nächste Schritt ist, herauszufinden, wie wir Zugang zu Professor Stephen bekommen und ihn zum Reden bringen. Als er sich bei der Massage entspannt hat, war er ziemlich gesprächig.«

Meatball trottete von seinem leeren Napf weg hinüber zum Tisch. Er hüpfte hoch und wackelte mit den Vorderpfoten, in der Hoffnung, ein Stück Pfannkuchen zu bekommen.

»Du siehst aus wie eine Hula-Tänzerin«, sagte ich. »Du brauchst nur noch eine Blumengirlande um deinen Hals und–« Meine Augen weiteten sich. »Na klar. Der Hula-Stuhl von Alice.«

»Wuff, wuff?« Meatball fiel zurück auf den Boden und legte den Kopf schief.

»Nehmen wir den Hula-Stuhl für Professor Stephen. Wir könnten sagen, dass er gegen seine Rückenschmerzen hilft. Eine sanfte, rotierende Massage könnte genau das sein, was er braucht.«

Meatball nieste und schüttelte dann den Kopf.

»Das halte ich für eine tolle Idee. Einen Versuch ist es wert«, sagte ich. »Mal sehen, ob Alice mitmacht.« Ich schnappte mir mein Handy und schickte ihr eine Nachricht.

Habe einen Plan, um Professor Stephen zum Reden zu bringen. Brauche deine Hilfe. Hast du Zeit?

Ich hatte gerade einen weiteren Bissen von meinem Pfannkuchen gegessen, als eine Nachricht auf meinem Handy aufpoppte.

Ja, natürlich. Wie willst du das anstellen?

Du musst ihn zu einer Runde auf dem Hula-Stuhl einladen.

Als Antwort bekam ich eine lange Reihe Fragezeichen.

Treffen wir uns in einer halben Stunde in deinem Zimmer.

Sie antwortete mit einem großen, lachenden Smiley.

Ich frühstückte zu Ende, duschte schnell und zog mich an, damit ich für die Arbeit bereit war. Ich hatte eine Stunde Zeit, bevor ich mit dem Backen anfangen musste. Das war gerade genug Zeit, um meinen Plan in die Tat umzusetzen.

»Tut mir leid, Meatball, ich habe heute Morgen nur Zeit für einen kurzen Spaziergang, aber ich mache es später wieder gut.«

Ihm schien es nichts auszumachen und er war froh, aus der Wohnung zu kommen, als ich zum Schloss eilte, wo ich Alice treffen wollte. Wir liefen zehn Minuten auf dem Rasen herum, bevor ich ihn mit einem großen, nach Fleisch riechenden Kaustreifen in seinen Zwinger neben der Küche steckte.

Ich eilte durch den Haupteingang des Schlosses und die Treppe hinauf zum Zimmer von Alice. Dort angekommen, klopfte an die Tür und sie öffnete sie sofort.

Sie packte mich am Arm und zog mich hinein, ehe sie die Tür schloss. »Was hat mein Hula-Stuhl damit zu tun, ein Geständnis von Professor Stephen zu bekommen?«

»Ich bin mir nicht sicher, ob ich ein Geständnis erwarte«, sagte ich. »Aber er könnte die Verbindung zwischen Ben und Marcel kennen und wissen, warum sie getötet wurden.«

»Okay, aber was hat mein Stuhl damit zu tun?«

»Professor Stephen hat einen schlimmen Rücken. Ich dachte mir, eine Runde auf dem Stuhl würde seine Muskeln lockern und uns die Möglichkeit geben, ihn zu befragen. Aber du musst es ihm verkaufen. Er kennt mich nicht. Aber wenn er eine Einladung von einer Prinzessin bekommt, wird er sie sicher nicht ablehnen können.«

»Oh! Das ist genial und außerdem sehr wahr. Ich bin ziemlich fabelhaft. Alle wollen Zeit mit mir verbringen.« Sie klatschte in die Hände. »Ich lasse meinen Stuhl in den Purpurraum bringen. Dort darf kaum jemand rein, also wird es für ihn etwas ganz Besonderes sein. Und ich weiß, dass Professor Stephen und Evelyn noch nicht beim Frühstück sind. Ich habe sie vor zehn Minuten auf dem Korridor gesehen. Wir können sie abfangen, bevor sie nach unten gehen.«

»Gute Idee. Es ist wahrscheinlich sowieso besser, den Hula-Stuhl nicht mit vollem Magen zu benutzen.«

»Ich werde sagen, dass du als Dienstmädchen da bist. Professor Stephen wird es nicht komisch finden, wenn du im Hintergrund bleibst.«

»Perfekt. Obwohl Evelyn weiß, dass ich in der Küche arbeite. Sie findet das vielleicht ein bisschen seltsam.«

»Ich werde es erklären, sollte sie Fragen stellen. Sie wird nicht denken, ich würde lügen. Und ich kann sie in den Kerker schicken, wenn sie zu neugierig wird. Gib mir fünf Minuten, um den Transport des Stuhls zu organisieren«, sagte Alice. »Du hältst Ausschau nach Professor Stephen und sorgst dafür, dass er nicht zum Frühstück runtergeht. Du wirst sie sehen, wenn sie die Treppe herunterkommen.«

Ich eilte aus ihrem Zimmer und schlenderte durch den Korridor, um Ausschau nach Professor Stephen oder Evelyn zu halten, die aus dem Gästeflügel im zweiten Stock kommen sollten.

Alice kam ein paar Minuten später aus ihrem Zimmer, als gerade zwei Mitglieder von Campbells Sicherheitsteam auftauchten.

»Hier entlang«, sagte sie zu ihnen. »Der Stuhl muss sofort in den Purpurraum.«

Sie machten sich an die Arbeit und der Stuhl verschwand schnell im Korridor.

»Hättest du nicht jemand anderen bitten können, den Stuhl zu transportieren?«, fragte ich. »Campbell wird davon erfahren, wenn wir nicht vorsichtig sind. Er will nicht, dass du in Gefahr gerätst.«

»Mach dir seinetwegen keine Sorgen. Es hätte zu lange gedauert, jemand anderen zu holen. Und es macht ihnen nichts aus, zu helfen. Außerdem haben sie die nötigen Muskeln. Diese Stühle sind schwer.«

Ich lächelte und schüttelte den Kopf. Sie hatten keine andere Wahl als zu helfen, wenn Prinzessin Alice mit ihren Fingern schnippte.

»Schon ein Zeichen von unserem Verdächtigen?«, fragte Alice.

»Noch nicht«, sagte ich.

»Worauf warten wir dann noch? Er kann nicht mehr im Bett sein. Und wenn doch, wird es Zeit, dass er aufsteht.« Alice packte mich am Arm und zog mich den Korridor entlang und die Treppe zum Gästeflügel hinauf. Sie klopfte an die Tür von Professor Stephen.

Evelyn öffnete sie ein paar Sekunden später. »Prinzessin Alice. Es ist schön, Sie wiederzusehen.«

»Geht mir auch so«, sagte sie. »Ich habe mir solche Sorgen um Ihren Mann gemacht. Wie geht es ihm heute Morgen?«

Evelyn warf einen Blick über ihre Schulter und trat einen Schritt auf uns zu. »Immer noch nicht gut. Und der Stress, den der gestrige Tod von Marcel verursacht hat, trägt auch nicht gerade zu seiner Genesung bei. Ich frage mich, ob es nicht besser wäre, wenn wir einfach abreisen.«

»Ich glaube nicht, dass im Moment jemand das Schloss verlassen darf«, sagte Alice. »Das Sicherheitsteam muss noch einmal mit allen sprechen und herausfinden, was passiert ist.«

Sie schüttelte den Kopf. »Vermutlich. Es ist furchtbar traurig. Und Stephen hat seinen Appetit verloren. Das liegt an dem ganzen Stress. Er hatte auch ein seltsames Erlebnis, als er gestern seine Massage hatte. Ich glaube nicht, dass das zu seiner Genesung beigetragen hat.«

Ich biss mir auf die Lippe und schaute weg.

»Für all das habe ich die perfekte Lösung«, sagte Alice. »Darf ich einen Moment hereinkommen und mit Ihrem Mann sprechen?«

»Natürlich«, sagte Evelyn. Sie nickte mir zu, als wir den Raum betraten. »Darling, Prinzessin Alice und ihre Freundin sind hier, um dich zu sehen.«

Professor Stephen humpelte aus dem Badezimmer. »Guten Morgen, Prinzessin.« Sein Blick wanderte zu mir, aber in seinen Augen sah ich keine Spur davon, dass er mich wiedererkannt hätte.

»Ich habe etwas, das Ihnen bei Ihrem schlimmen Rücken helfen wird«, sagte Alice. »Es ist ein revolutionärer neuer Massagesessel. Er stimuliert sanft die Muskeln und fördert die Heilung.«

Professor Stephen stieß einen Seufzer aus und fuhr sich mit der Hand über den Rücken. »Genau das brauche ich. Die Massage, die ich neulich hatte, hat ein wenig geholfen, aber ich bin immer noch empfindlich. Wo muss ich hin, um diesen Stuhl auszuprobieren?«

»Ich habe einen«, sagte Alice. »Ich habe ihn unten im Purpurzimmer aufstellen lassen.«

Seine Augen weiteten sich. »Im Purpurzimmer! Dieser Raum wurde kaum angerührt, seit er im siebzehnten Jahrhundert eingerichtet wurde. Ich glaube, in diesem Raum gibt es zahlreiche Gemälde des Hauses und des Geländes zu entdecken. Wie aufregend. Was für ein Vergnügen.«

»Ich dachte, es würde Ihnen gefallen, da drin zu sein«, sagte Alice. »Ich hoffe, es entschädigt Sie dafür, dass Sie sich beim Schießwettbewerb verletzt haben.«

»Auf jeden Fall. Vielen Dank, Prinzessin.«

»Gerne doch«, sagte Alice. »Und Sie müssen den Stuhl noch vor dem Frühstück ausprobieren. Er ist wunderbar. Ich benutze ihn immer bei Muskelermüdung und Unwohlsein.«

»Das ist eine sehr großzügige Geste«, sagte Evelyn. »Wie aufregend, Darling.«

»Ich sorge immer dafür, dass sich meine Gäste wohlfühlen. Warum gehen wir nicht gleich runter?«, sagte Alice.

»Ich könnte eine Tasse Kaffee gebrauchen, bevor ich mich auf den Weg mache«, sagte Professor Stephen.

»Holly, du holst die Getränke. Ich bringe meine Gäste in das Purpurzimmer.« Sie trat näher heran. »Ich werde nicht mit dem Verhör beginnen, bevor du auch dort bist.«

»Natürlich, Prinzessin.« Ich eilte in die Küche und holte schnell Kaffee für alle.

»Sie sind aber früh da.« Chef Heston betrat die Küche mit einer Espressotasse in der Hand.

»Ich besorge Getränke für Prinzessin Alice und ihre Gäste.«

»Tatsächlich? Kommen Sie heute nicht zu spät. Und glauben Sie nicht, ich hätte nicht bemerkt, dass Sie neulich nachmittags verschwunden sind. Sie schulden mir etwas Arbeitszeit.«

»Ähm, von welchem Nachmittag sprechen Sie?« Ich stand mit dem Rücken zu ihm, während ich heißes Wasser in die Kaffeepresse goss.

»Sie wissen, von welchem Nachmittag ich rede.«

Ich schluckte. Chef Heston entging nichts, wenn es um seine Küche ging. »Es wird nicht wieder vorkommen, Chef. Und ich werde heute Morgen nicht zu spät zu meiner Schicht kommen.« Ich schnappte mir das Tablett und eilte hinaus, bevor er mich weiter ausfragen konnte.

Ich eilte zum Purpurzimmer und kam gerade an, als Professor Stephen, Evelyn und Alice es betraten.

»Perfektes Timing, Holly.« Alice zwinkerte mir zu.

Ich nickte und stellte das Tablett ab.

»Davon habe ich Ihnen gerade erzählt, Professor Stephen.« Alice gestikulierte in den Raum. »Alles ist so eingerichtet, wie es meine Vorfahren wünschten. Seit Hunderten Jahren hat sich nichts verändert.«

Ich sah mich um, fasziniert davon, in diesem geheimnisvollen Teil des Schlosses zu sein. Ich war noch nie in diesem Raum gewesen. Es war eine Art Mysterium, eine Zeitkapsel in die Vergangenheit.

Meine anfängliche Begeisterung verflog schnell. Die dunklen Holzmöbel und die tiefroten Verkleidungen ließen den Raum klein und klaustrophobisch erscheinen.

»Was für ein bezauberndes Zimmer«, sagte Evelyn. »Sind die Kunstwerke alle Originale?«

»Natürlich«, sagte Alice. »Mein Vorfahre hat diesen Raum mit seinen Lieblingsbüchern gefüllt. Er hat hier ewig gesessen und sie studiert.«

»Außergewöhnlich«, sagte Professor Stephen. Sein Blick blieb auf dem Stuhl haften und seine Stirn legte sich in Falten. »Sind Sie sicher, dass man diesen Stuhl sicher benutzen kann?«

»Er ist sehr sicher«, sagte Alice. »Und ausgezeichnet für einen schlechten Rücken. Setzen Sie sich und probieren Sie es aus.«

»Sieht aus, als könnte es Spaß machen.« Evelyn ging um den Stuhl herum. »Ich hätte nichts dagegen, es selbst einmal zu versuchen.«

»Das können Sie durchaus«, sagte Alice. »Lassen Sie uns zuerst dem Rücken Ihres Mannes helfen.«

»Ich brauche einen Schluck Kaffee, bevor wir loslegen«, sagte Professor Stephen.

Ich eilte mit einer Tasse herbei, die er mit einem dankbaren Nicken entgegennahm. Er trank einen Schluck.

Ich reichte den Kaffee herum, bevor ich mich wieder neben Alice stellte.

Nachdem Professor Stephen seinen Kaffee getrunken hatte, reichte er seiner Frau die Tasse und setzte sich auf den Stuhl. »Was muss ich jetzt tun?«

»Halten Sie sich an den Armlehnen fest und sorgen Sie dafür, dass Sie es bequem haben.« Alice kniete sich neben den Stuhl. »Ich muss nur diesen Knopf drücken. Es gibt verschiedene Geschwindigkeiten. Wenn Sie sich an die Bewegung gewöhnt haben, können wir das Tempo erhöhen, um zu sehen, ob es Ihrem Rücken hilft.«

»Ich würde alles versuchen, wenn ich mich dadurch besser fühle.« Professor Stephen hielt sich an den Armlehnen des Stuhls fest.

»Sind Sie bereit?«, fragte Alice.

»Legen wir los«, sagte er.

Alice lächelte ihn an, bevor sie den Knopf drückte.

»Meine Güte!« Seine Knöchel wurden weiß, als er sich an den Armlehnen festhielt. »Ich hätte nicht erwartet, dass er sich so drehen würde. Was für ein seltsames Gefühl.«

»Es ist hervorragend für Ihren Rücken.« Alice trat von dem Stuhl zurück. Sie stellte sich neben mich und beugte sich vor, bis ihr Mund an meinem Ohr war. »Wir haben nicht geplant, welche Fragen ich stellen soll.«

»Sprich über Marcel«, flüsterte ich unter dem Summen des Hula-Stuhls.

»Wie fühlt sich das an, Liebling?«, fragte Evelyn.

»Es ist höchst seltsam«, sagte Professor Stephen. »Ich bin mir nicht sicher, ob es hilft. Mein Rücken kribbelt.«

»Das ist gut. Lassen Sie sich ein paar Minuten Zeit, damit sich alles lockert«, sagte Alice. »Sie werden sich nach einer Runde auf dem Stuhl viel besser fühlen.«

Seinem Gesichtsausdruck war zu entnehmen, dass er sich alles andere als wohl fühlte.

Alice räusperte sich. »Es tut mir so leid, was mit Ihrem Assistenten passiert ist. Nicht mit Ben, obwohl das auch traurig ist, sondern mit Marcel.«

Professor Stephen schüttelte den Kopf. »Wir hörten den Tumult draußen und Evelyn ging nachsehen. Ich war fassungslos, als sie zurückkam und mir erzählte, was passiert war.«

»Sollen wir das Tempo steigern?«, fragte Alice. Sie drückte auf den Knopf, um den Stuhl zu beschleunigen, bevor er antwortete. Der Hula-Stuhl ächzte und schaukelte schneller.

Professor Stephen umklammert die Armlehnen. »Ich fühle mich unwohl. Lange halte ich nicht durch, glaube ich.«

»Atmen Sie durch die Nase und es wird Ihnen besser gehen«, sagte Alice. »Hatten Sie eine gute Beziehung zu Marcel? Es wird Ihnen sicher schwerfallen, ihn zu ersetzen.«

»Vermutlich. Er war drei Jahre lang Student an der Universität«, sagte Professor Stephen. »Ich kann nicht verstehen, warum ihn jemand tot sehen will. Ich hatte daran gedacht, ihn zu meinem Hauptassistenten zu machen. Jetzt, wo Ben nicht mehr da ist, hätte Marcel die Chance gehabt, anständig zu forschen.«

Evelyn legte ihm eine Hand auf die Schulter. »Zwei kluge junge Männer, die zu früh von uns gegangen sind. Das ist ein Verlust für die Universität.«

Er tätschelte ihre Hand. »Ich werde ihre Arbeit fortführen. Sie hatten beide solide Forschungsprojekte, an denen sie gearbeitet haben. Ich werde dafür sorgen, dass sie veröffentlicht werden. Das ist das Mindeste, was ich für sie tun kann. Es wird etwas sein, das an sie erinnern wird.«

»Du könntest ein Buch über ihre Arbeit schreiben«, sagte Evelyn. »Hattest du nicht erwähnt, dass Ben eine gute Idee für ein Projekt hatte?«

»Das wird nicht möglich sein. Ich habe für das nächste Jahr bereits einen hektischen Arbeitsplan. Vielleicht später einmal.«

»Du könntest ihnen die Bücher widmen«, sagte Evelyn. »Das wäre ein angemessener Weg, um ihnen ein bleibendes Vermächtnis zu schaffen.«

»Ich werde darüber nachdenken. Sie waren gute Studenten. Ich würde gerne etwas tun, damit man sich an sie erinnert.«

»Ich könnte jederzeit eine Benefizveranstaltung organisieren«, sagte Evelyn.

»Eine Benefizveranstaltung?«, sagte Alice.

»Oh, ja. Das ist mein Schwerpunkt. Ich organisiere immer wieder Veranstaltungen, um Geld zu sammeln, damit Stephen seine Arbeit abschließen kann. Die letzte Veranstaltung haben wir auf der Burg Norwich durchgeführt. Sie ist ein Portal zum mittelalterlichen England und ein so faszinierender Ort, dass sich dort viele namhafte Historiker versammelt haben. Wir haben eine gute Summe Geld gesammelt.«

»Das wäre eine großzügige Art, Marcel und Ben zu gedenken«, sagte Alice. »Sie könnten das Geld für eine Gedenkstätte verwenden.«

»Wie eine Gartenbank?«, sagte Professor Stephen.

»Schatz, ich glaube, wir können etwas mehr Geld aufbringen als das.« Evelyn klopfte ihm auf die Schulter.

»Ich werde sicher auch etwas dazu beitragen«, sagte Alice. »Ich kann nicht anders, als mich ein bisschen schuldig zu fühlen, weil sie auf unserem Gelände gestorben sind. Wenn das so weitergeht, werden keine Besucher mehr ins Schloss kommen.«

»Darüber sollten Sie sich keine Sorgen machen«, sagte Professor Stephen. »Audley Castle ist ein großartiges historisches Denkmal. Ich gehe davon aus, dass die Morde das Interesse der Menschen an diesem Ort nur noch steigern.«

»Daran habe ich nicht gedacht«, sagte Alice. »Das ist ein grausiger Gedanke. Die Leute wollen tatsächlich Tatorte sehen?«

»Für manche ist das ein beliebtes Hobby«, sagte Professor Stephen. »Die Leute zahlen Geld, um durch London zu spazieren und die Orte zu sehen, an denen Jack the Ripper seine Opfer getötet hat.«

Alice schwieg einen Moment lang, bevor sie hinüberging und die Taste für die Geschwindigkeit drückte. Der Hula-Stuhl stöhnte auf und drehte sich noch schneller. »Wie fühlen Sie sich jetzt?«

»Mir ist immer noch unwohl und meinem Rücken geht es nicht so gut«, sagte Professor Stephen. »Vielleicht können wir in einer Minute oder so aufhören und uns die Gemälde ansehen.«

»Wir sind fast fertig.« Alice kam zu mir zurück und ihre großen Augen verrieten, dass sie in Panik war. »Was soll ich jetzt fragen?«

»Wurde er zu seinem Alibi von letzter Nacht befragt?«, murmelte ich aus dem Mundwinkel.

Sie drehte sich um und sah Professor Stephen an. »Ich hoffe, mein Sicherheitsteam ist mit den Fragen über Marcel nicht zu aufdringlich gewesen. Sie sind sehr gründlich und müssen unbedingt herausfinden, was mit ihm passiert ist.«

»Sie stellten kein Problem dar«, sagte Professor Stephen. »Sie haben uns gestern Abend aufgesucht und ein paar Fragen gestellt, wo wir waren. Sie zeigten sich zufrieden, als sie erfuhren, dass wir in unserem Zimmer waren.«

»Sie haben es den ganzen Abend nicht verlassen?«, fragte Alice. »Ich möchte nicht, dass Sie sich langweilen und das Gefühl haben, in diesem Zimmer gefangen zu sein. Ich könnte für ein wenig Unterhaltung sorgen, wenn Sie möchten.«

»Das ist sehr nett von Ihnen«, sagte Evelyn. »Aber unsere Bedürfnisse nach Unterhaltung sind einfach. Mein Mann forscht entweder, arbeitet oder liest.«

»Oder ich schlafe«, sagte er. »Der Arzt hat mir starke Schmerzmittel verschrieben, um meinen Rücken zu entlasten. Die Pillen helfen, aber ich werde davon auch ziemlich müde.«

»Und ich genieße gerne meine Bücher. Ich mache auch Handarbeiten. Uns geht es gut, so wie wir sind. Bitte, machen Sie sich um uns keine Sorgen.«

»Gibt es eine Möglichkeit, diesen Stuhl anzuhalten?« Professor Stephen wurde langsam etwas grün im Gesicht.

»Nur wenn es Ihnen besser geht«, sagte Alice.

»Oh, ja, so viel besser. Ich fühle mich wie ein neuer Mensch.«

Alice schaute mich an und ich nickte. Es sah nicht so aus, als würden wir noch mehr nützliche Informationen aus Professor Stephen herausbekommen. Und wenn wir ihn weiter auf dem Hula-Stuhl quälten, würde er sich vermutlich einfach übergeben.

Alice eilte hinüber und hielt den Stuhl an. Sowohl Professor Stephen als auch der Hula-Stuhl stöhnten auf.

Er umklammerte den Arm seiner Frau, als er schwankend aufstand. »Wenn Sie uns entschuldigen würden, Prinzessin, wir werden jetzt zum Frühstück gehen. Obwohl ich vielleicht für ein paar Minuten in mein Zimmer zurückkehren muss, um mich von diesem Erlebnis zu erholen.«

»Natürlich. Genießen Sie den Rest des Tages«, sagte Alice.

Professor Stephen humpelte davon, unterstützt von Evelyn, die ihren Arm um seine Taille gelegt hatte.

»Was denkst du über Professor Stephen? Hat er Marcel getötet?«, fragte Alice. »Nervös war er schon mal nicht.«

»Er kann nicht der Mörder sein. Er hat ein Alibi und sein Rücken macht ihm immer noch zu schaffen.«

»Ich stimme dir zu. Ich glaube nicht, dass er es war«, sagte Alice. »Er sprach davon, Ben und Marcel ein Vermächtnis zu schaffen. Er würde nicht wollen, dass eine Erinnerung an seine Verbrechen in seiner Nähe ist. Es würde ihn an seine Schuld erinnern.«

Ich nickte. »Er ist aus dem Schneider. Bleibt noch Johann. Ich hätte ihn nicht mit dem Mord an Ben in Verbindung gebracht, aber er ist ein Mann, der am Ende seiner Möglichkeiten ist, und das kann einen Menschen dazu bringen, irrational zu handeln. Weißt du, ob Campbell oder die Polizei mit ihm darüber gesprochen haben, was mit Marcel passiert ist?«

»Soweit ich weiß, nicht«, sagte Alice. »Ich kann das überprüfen. Ich lasse Campbell für ein Update herbeirufen.«

»Lass uns Campbell nicht herbeirufen. Das wird ihn nur wütend machen, wenn er erfährt, was wir vorhaben. Johann tauchte auf, nachdem Marcels Leiche entdeckt wurde«, sagte ich.

»Zusammen mit Penny und Evelyn«, sagte Alice.

»Vielleicht hat er Marcel getötet und ist dann vom Turm heruntergerannt. Er könnte mit ihnen aufgetaucht sein, um den Anschein zu erwecken, er sei unschuldig. Wir müssen sein Alibi überprüfen.«

»Und wenn es Johann war, müssen wir uns überlegen, wie wir ihn dazu bringen, zu gestehen«, sagte Alice.

»Ohne Beweise, dass er der Schütze ist, wird das nicht einfach sein.«

»Es ist vielleicht nicht einfach, aber Johann trinkt gerne. Das können wir ausnutzen«, sagte Alice. »Wir machen ihn betrunken und bringen ihn zum Reden.«

»Es kann nicht schaden, wenn wir versuchen, seine Zunge zu lockern«, sagte ich. »Er war bereit, mit mir zu reden, als ich ihn im Wald auf der Suche nach seinem Pfeil fand. Aber ich bezweifle, dass wir ein Geständnis aus ihm herausbekommen werden. Wenn er hinter den Morden steckt, wird er das nicht preisgeben, egal, wie betrunken er ist.«

»Eins nach dem anderen«, sagte Alice mit einem breiten Grinsen im Gesicht. »Betrinken wir uns und schauen wir, was passiert.«

Kapitel 17

Der Rest des Vormittags und der größte Teil des Nachmittags vergingen mit hektischem Backen wie im Flug. Der Plan, Johann zum Reden zu bringen, war dank Alice und ihrer Überredungskünste in vollem Gange.

Chef Heston stapfte vom Flur in die Küche. »Ist alles fertig?«

Ich schaute auf, wobei ich einen Spritzbeutel über die Kuchen vor mir hielt. »Fast. Ich bin gerade dabei, die Mini-Espresso-Martini-Kuchen zu glasieren. Der Trüffel-Schokoladenkuchen, der Madeira-Kuchen mit Brandy und die Mini-Kaffeekuchen sind schon fertig.«

Er schüttelte den Kopf und presste die Lippen aufeinander. »Ich wünschte, Prinzessin Alice hätte uns früher Bescheid gegeben. Weiß sie denn nicht, dass wir ein gut besuchtes Café führen müssen? Sie hat einfach die Anfrage für einen besonderen Nachmittagstee fallen lassen und erwartet, dass ich sie unterbringe.«

»Es macht mir nichts aus, diese Kuchen zusätzlich zu meinem normalen Backprogramm zu backen.« Obwohl ich seit Beginn der Arbeit noch nicht einmal für eine Tasse Tee innegehalten hatte, war es das Wichtigste, den Mörder zu finden.

Er grunzte. »Solange Sie mit dem Backen nicht in Rückstand geraten. Die Kirschcremetorten im Café gehen zur Neige.«

Ich zeigte auf die Kühlbox, in der ein Dutzend Torten lagen. »Sie sind alle fertig zum Mitnehmen. Ich würde unsere Besucher niemals hungrig gehen lassen.«

Er ging hinüber und starrte in die Kühlbox. »Nun gut. Das kommt so ungelegen. Warum will Prinzessin Alice, dass Sie das Essen für diese Party servieren?«

Ich konzentrierte mich darauf, den Zuckerguss über die Torten zu wirbeln. »Die Prinzessin ist sehr anspruchsvoll, wenn es um ihre Partys geht. Sie will, dass alles genau so ist, wie es sein soll. Ich werde nicht lange brauchen. Das wird meine Arbeit nicht beeinträchtigen.«

Er hob sein Kinn. »Sie müssen vorsichtig sein, Holly.«

Ich ließ meinen Zuckergussbeutel sinken. Mein Magen machte einen Salto. Wusste er, was wir vorhatten? »Vorsichtig womit?«

»Prinzessin Alice behandelt Sie wie ihren Lieblingspudel«, sagte er. »Und Sie rennen ihr ständig hinterher.«

»Das tue ich nicht. Ich bin nicht ihr Lieblingspudel«, sagte ich und die Empörung ließ mein Inneres warm werden. »Wir sind Freundinnen.«

»Küchenpersonal und Prinzessinnen können keine Freundinnen sein«, sagte Chef Heston. »Wir sind hier, um der Familie zu dienen.«

Ich sah ihn stirnrunzelnd an. »Das verstehe ich. Aber Prinzessin Alice mag mich.«

»Bis Sie etwas falsch machen«, sagte er. »Wir sind nicht dazu bestimmt, mit der Oberschicht zu verkehren. Außerdem, was ist so schlimm daran, in einer Küche zu arbeiten und Freunde hier zu haben?«

»Das ist kein Problem und ich habe hier Freunde«, sagte ich. »Kann ich nicht auch mit Prinzessin Alice befreundet sein?«

Er hob eine Hand. »Ich habe so etwas schon einmal erlebt. Es ist nicht gut ausgegangen.«

»Wie ist es ausgegangen?«

»Damit, dass jemand seine Stelle verloren hat. Und es war nicht das Familienmitglied.«

Ich runzelte die Stirn. »Prinzessin Alice würde nie jemanden so schlecht behandeln.«

»Sagen Sie nicht, ich hätte Sie nicht gewarnt. Wenn es nicht Prinzessin Alice ist, die Ihnen befiehlt, sie zu bedienen, möchte Lady Philippa, dass Sie ihr Kuchen bringen. Wenn Sie sich in diese Familie hineinziehen lassen, könnten Sie Ärger bekommen.«

»Ja, Chef.« Ich weigerte mich, ihn anzusehen, und stach mit meiner Spritztülle auf die Torten ein.

Er schnaubte mich an, bevor er wegging.

Ich konnte ihm nicht zustimmen. Ich war gut mit Alice befreundet. Und sie war diejenige, die unsere Freundschaft initiiert hatte. Ich verstand, dass es seltsam war, dass ich so gut mit einem Familienmitglied befreundet war, aber daran konnte ich nichts ändern. Chef Heston hatte Unrecht. Ich half einer Freundin. Und sie half mir auch.

Alice hatte einen exklusiven alkoholischen Nachmittagstee für die übrigen Mitglieder der Geschichtsgruppe geplant. Es würde Champagner-Cocktails, Sunset-Rum-Punsch und Remy Martin Brandy geben, ganz zu schweigen von den alkoholgetränkten Kuchen, die ich heute stundenlang vorbereitet hatte. Wenn das Johann nicht zum Trinken und Reden bringen würde, dann würde gar nichts funktionieren.

Ich machte die Glasur fertig und belud den Wagen mit den köstlichen Leckereien, bevor ich die Küche verließ und zum Salon hinüberging.

Ich war gerade dabei, alles auf einem langen, mit einem weißen Leintuch bedeckten Tisch abzustellen, als Campbell hereinkam.

»Was hast du vor?«

Ich drehte mich um und schenkte ihm ein süßes Lächeln. »Ich organisiere die Nachmittagsveranstaltung von Prinzessin Alice.«

»Ich habe gehört, dass es in letzter Minute eine Änderung des Zeitplans gab.« Er ging hinüber und schaute auf die Torten hinunter. »Was für ein Zufall, dass alle verbleibenden Verdächtigen in den Mordermittlungen eingeladen wurden.«

Ich wandte mich ab und stellte die Sektgläser auf. »Oh! Das habe ich auch gerade gedacht.«

»Du kannst mir nichts vormachen«, sagte er. »Du steckst hinter dem allem.«

Ich war mit den Gläsern fertig und drehte mich zu ihm um. »Das ist einfach eine großzügige Geste von Prinzessin Alice. Nach allem, was sie durchgemacht haben, wollte sie den verbleibenden Gästen etwas Angenehmes bieten, auf das sie sich konzentrieren können. Glaubst du nicht, dass sie das brauchen?«

»Schon. Was sie nicht brauchen, ist, dass du herumschnüffelst und ihnen aufdringliche Fragen stellst.«

»Meine Fragen sind nie aufdringlich«, sagte ich. »Sie sind hilfreich und aufschlussreich, wie es die Fragen eines guten Partners sein sollten. Solange du es dir nicht anders überlegt hast und ich dir nicht mehr helfen soll, sehe ich das Problem nicht.«

Seine Nasenlöcher weiteten sich. »Das habe ich nicht. Vor allem, seit sich der Herzog und die Herzogin auf die Seite von Prinzessin Alice geschlagen haben. Die Familie hat sich geweigert, das Schloss zu verlassen.«

»Du kannst also nichts dagegen haben. Wir könnten kurz davor sein, den Mörder zu finden.«

»Damit gehst du ein großes Risiko ein, vor allem, weil du Prinzessin Alice wieder mit hineingezogen hast.«

Ich schnaubte und rückte die Servietten zurecht. »Das ist ihre Entscheidung. Prinzessin Alice ist eine moderne, unabhängige Frau, die ihren eigenen Kopf hat.«

»Sie ist stur. Und du machst sie noch schlimmer.«

»Ich befürworte Unabhängigkeit, daran ist nichts auszusetzen. Wenn ich dir jetzt eine Frage zu den Fortschritten stelle, die du bei der Aufklärung von

Marcels Mord machst, wirst du sie beantworten, Partner?«

»Ich werde deine Fragen beantworten, wenn du meine beantwortest.«

»Für mich reicht es. Wer ist für dich der Hauptverdächtige bei Marcels Ermordung?«

»Es stehen nicht mehr sonderlich viele Leute zur Auswahl«, sagte er.

»Genau das habe ich mir auch schon gedacht«, sagte ich. »Und ich habe Professor Stephen ausgeschlossen.«

»Erkläre mir, warum.«

»Er ist immer noch verletzt. Das konnte ich heute Morgen bestätigen.«

»Bist du in sein Zimmer eingedrungen und hast ihn noch einmal massiert?«

Meine Wangen wurden warm. »Nein! Das war ... ein unglückliches Ereignis. Aber ich konnte mir die Gelegenheit nicht entgehen lassen, einen Verdächtigen zu befragen, wenn er unaufmerksam war.«

Campbell zog eine Augenbraue hoch. »Gibt es etwas, das du nicht tun würdest, um einen Mörder zu fangen?«

»Ich würde wahrscheinlich nicht auf jemanden schießen, wenn er wegläuft.« Ich legte den Kopf schief und mein Blick wanderte zu Campbells Pistole. »Hast du schon mal auf jemanden geschossen?«

Er schaute nach oben zur Decke. »Trotz allem, was du sagst, interessiert mich Professor Stephen immer noch.«

»Dann verschwendest du deine Zeit. Er war bei Evelyn, als beide Morde geschahen. Und als Marcel getötet wurde, waren sie in ihrem Schlafzimmer.«

Campbell nickte. »Das ist auch das Alibi, das wir bekommen haben.«

»Du glaubst ihm nicht?«

»Manchmal deckt eine Frau ihren Mann, wenn sie ihn genug liebt oder wenn er ihr so viel Angst macht, dass sie alles sagen würde, was er ihr sagt.«

»Evelyn hat keine Angst vor Professor Stephen. Sie haben sich gern. Sie hat sich um ihn gekümmert, seit er verletzt wurde.«

»Glaubst du, sie liebt ihn genug, um für ihn zu lügen?«

Ich verdrehte eine Serviette in meinen Händen. »Ich bin mir nicht sicher. Aber Professor Stephen ist wirklich verletzt und Evelyn kann nicht schießen. Sie sind demnach aus dem Schneider. Bleibt also nur noch Johann.«

»Ah, ich verstehe.« Er wedelte mit einer Hand in der Luft herum. »Du hast vor, Johann bei Obstkuchen und Champagner zu verhören.«

»Bei mit Alkohol versetztem Kuchen und einer ordentlichen Portion Schnaps«, sagte ich. »Und wir werden ein sehr sanftes Verhör führen. Alkohol ist seine Schwachstelle.«

»*Wir*? Also du und Prinzessin Alice?«

»Sie würden wohl kaum zu einer von der Küchenhilfe organisierten Party kommen«, sagte ich.

»Und wenn ich dir sage, dass ihr das nicht machen solltet, weil es rücksichtslos ist und Prinzessin Alice in Gefahr bringt?«, fragte Campbell.

»Dann würdest du dich gegen ihren direkten Willen stellen. Und du weißt, was sie Leuten androht, die ihr nicht gehorchen.«

Campbell seufzte und sah sich im Raum um. »Ich kann ein paar Männer in der Nähe postieren. Wir werden die Situation im Auge behalten und dafür sorgen, dass ihr nicht die Kontrolle verliert.«

»Es wird eine vornehme Nachmittagsgesellschaft sein. Es ist ja nicht so, dass ein Kampf ausbricht oder der Mörder mit seinem Langbogen kommt.« Ich kaute auf meiner Unterlippe.

»Deinem langen Schweigen nach zu urteilen, musst du die Schwachstellen deines Plans erkannt haben.«

Ich schaute Campbell finster an. »Es gibt keine Schwachstellen. Das einzige Problem, das ich habe, ist, dass ich nicht überzeugt bin, dass Johann der Mörder ist.

Aber er ist der Einzige, den ich noch nicht ausschließen kann. Wir müssen diesem Geheimnis auf den Grund gehen.«

»Du musst vorsichtig sein. Wenn Johann diese Pfeile abgefeuert hat, könntest du ihn verschrecken. Er wird sich aus dem Staub machen, bevor wir ihn festnehmen können. Wir brauchen konkrete Beweise, dass er Ben und Marcel getötet hat. Im Moment gibt es weder Beweise noch ein Motiv dafür, dass er einen der beiden töten wollte.«

»Deshalb ist diese Party der perfekte Weg, um einen Beweis zu bekommen«, sagte ich. »Wir waren beide der Meinung, dass Marcel der Mörder von Ben ist, aber diese Todesfälle müssen miteinander verbunden sein. Wir müssen herausfinden, ob es eine Verbindung zwischen Ben, Marcel und Johann gibt. Wenn wir das wissen, wird sich das Motiv herauskristallisieren, warum er sie umbringen wollte.«

»Mir gefällt das immer noch nicht«, sagte Campbell.

»Du kannst die Party nicht absagen«, sagte ich. »Und du musst jetzt gehen. Wir haben Johann eingeladen, eine halbe Stunde früher als alle anderen zu kommen, damit wir ihn allein befragen können.«

Campbell bewegte sich nicht, obwohl ich ihn mit Gesten wegscheuchte. »Du willst einen potenziellen Doppelmörder allein verhören?«

»Holly wird nicht allein sein.« Alice betrat den Raum und sah in ihrem cremefarbenen Seidenkleid, das ihr bis zu den Knien reichte, prächtig aus. »Ich werde an ihrer Seite sein. Und ich führe die Befragung durch. Niemand würde es wagen, mich anzurühren. Und wenn doch, dann wissen sie, dass ich dich auf sie hetzen würde. Du passt immer auf mich auf.« Sie klimperte mit ihren Wimpern Campbell an.

»Ich werde jeden Ihrer Schritte beobachten, Prinzessin.« Campbell trat einen Schritt zurück. Seine Ohrenspitzen wurden rosa.

»Ich kann mich immer auf dich verlassen«, sagte Alice. Ihr Blick wanderte über das Essen. »Das ist perfekt. Jetzt muss nur noch unser Verdächtiger eintreffen, dann können wir mit dem Verhör beginnen.«

Campbell starrte mich böse an. Ich wurde immer besser darin, diese Blicke zu lesen. Dieser sah aus, als würde er sagen: *Wenn du irgendetwas tust, das Prinzessin Alice in Gefahr bringt, werde ich dich jagen und auslöschen.*

»Das wäre dann alles, Campbell.« Alice nickte ihm zu.

»Sehr wohl.« Er warf mir noch einen Blick zu, bevor er den Raum verließ.

»Ich hoffe, er hat nicht mit dir geschimpft«, sagte Alice.

»Er hat mich gewarnt«, sagte ich. »Und er hatte Recht damit. Wir müssen in Johanns Nähe vorsichtig sein. Vielleicht ist sein betrunkenes Herumgestolpere nur gespielt.«

»Das werden wir gleich herausfinden«, sagte Alice. »Ich habe ihn vor ein paar Minuten aus seinem Zimmer kommen sehen. Er wird bald hier sein. Du schenkst die Champagner-Cocktails ein, und ich bin bereit, mich auf ihn zu stürzen, sobald er hereinkommt.«

Ich begann, mich um die Getränke zu kümmern, gerade als Johann den Raum betrat.

Er sah sich um. »Bin ich zu früh dran? Ich kann gern noch einmal kommen, wenn Sie noch nicht bereit für Gäste sind.«

Alice eilte herbei und ergriff seinen Arm. »Nein, du kommst genau richtig. Mach dir keine Gedanken wegen der anderen, die werden auch bald hier sein. Während wir warten, was möchtest du trinken?«

Johanns Augen leuchteten auf, als er den mit Alkohol beladenen Tisch sah. »Ich hätte nichts gegen einen großen Brandy.«

»Holly, mach bitte Johann seinen Drink.« Alice zeigte auf das Essen. »Es ist eine feuchtfröhliche Party, also ist alles mit Alkohol versetzt.«

»Das ist ganz nach meinem Geschmack.« Johann nahm seinen Brandy von mir entgegen und genehmigte sich einen großen Schluck.

Alice behielt seinen Ellbogen fest im Griff. »Wie geht es dir nach dem, was mit Marcel passiert ist?

Seine Schultern sackten zusammen und sein Blick senkte sich. »Ich habe einen Schock.«

»Ich habe dich draußen gesehen, kurz nachdem es passiert ist. Wo warst du, als du es erfahren hast?«, fragte Alice.

»Ich bin mit Penny durch die Galerie gegangen. Wir sahen uns die Kunstwerke an, als wir Leute schreien hörten. Wir folgten dem Geräusch und liefen nach draußen.« Er schüttelte den Kopf. »Wer würde so etwas tun?«

»Mein Sicherheitsteam ist dabei, das herauszufinden«, sagte Alice. »Erst Ben und jetzt Marcel. Glaubst du, die Morde hängen zusammen?«

»Darüber habe ich noch gar nicht nachgedacht.« Johann trank noch einen Schluck von seinem Brandy. »Ich denke, es ergibt durchaus Sinn. Sie wurden auf die gleiche Weise getötet.«

»Und sie haben an der gleichen Universität studiert, stimmt's?«, sagte Alice. »Meinst du, das könnte die Verbindung sein?«

»Meine Güte. Da hast du ja gut darüber nachgedacht«, sagte Johann.

»Mich interessiert mehr, was du denkst«, sagte Alice. »War die Arbeit, die sie gemacht haben, riskant oder unbeliebt?«

»Nein! Sie haben Geschichte studiert«, sagte Johann. »Das ist nichts, wofür man tötet. Sie waren Wissenschaftler, nichts weiter. Stephen wird bestürzt sein, dass sie nun beide tot sind. Er wird sich neue Bauernopfer suchen müssen.« Er kippte seinen Brandy hinunter.

Alice schnappte sich das leere Glas und gab es mir zum Nachfüllen. »Was meinst du mit Bauernopfern?«

Ich seufzte erleichtert und war froh, dass sie diese seltsame Bemerkung aufgeschnappt hatte. Alice wurde immer besser darin, Verdächtige zu befragen.

»Ach, ich hätte nichts sagen sollen.« Johann trank noch mehr Brandy und bediente sich an einem Stück Madeira-Kuchen. »Sind die Kunstwerke an den Wänden Originale?«

»Selbstverständlich«, sagte Alice. Sie schaute mich an und ich nickte ihr zu, dass sie mit ihrer Befragung fortfahren sollte. »Hatten Ben und Marcel Interesse an Kunstgeschichte?«

Er starrte ein Gemälde einige Sekunden lang an. »Nein, sie interessierten sich für die britische Tudorzeit. Marcel mochte aber auch das dunkle Mittelalter. Und Ben konzentrierte sich auf einen neuen Fund, der bei der Ausgrabung eines mittelalterlichen Klosters entdeckt worden war.«

»Prinzessin Alice, dürfte ich?« Ich hatte eigentlich nicht vorgehabt, ihn zu unterbrechen, aber die Art und Weise, wie Johann Ben und Marcel als Bauernopfer bezeichnet hatte, hatte in meinem Kopf eine Assoziation ausgelöst. Hatte er ihre Talente benutzt, um seine eigene Karriere zu fördern?

»Natürlich.« Alice nickte mir zu. »Holly ist eine gute Freundin, Johann. Du hast doch nichts dagegen, wenn sie dir eine Frage stellt?«

Johann zuckte mit den Schultern. »Von mir aus. Holly hat mir aus einer schwierigen Situation geholfen, also stehe ich in ihrer Schuld.«

»Danke. Professor Stephen hat vorgeschlagen, Bens und Marcels unvollendete Arbeiten zu veröffentlichen«, sagte ich. »Das ist eine schöne Art, sie in Erinnerung zu behalten, findest du nicht auch?«

Johann schüttelte den Kopf und schnaubte ein Lachen. »Ich wette, er kann es kaum erwarten, das zu tun. Er hätte sie sowieso veröffentlicht, selbst wenn sie noch leben würden. Und er hatte ein besonderes Interesse an Bens Doktorarbeit.«

»Jetzt hast du mich verloren«, sagte Alice. Ihr Blick wanderte von Johann zu mir.

Johann schluckte noch mehr Brandy hinunter. Er schnappte sich einen weiteren Kuchen und biss hinein. »Der ist köstlich. Er schmeckt wie ein irischer Likör.« Er aß zwei Stücke, bevor er sein zweites großes Glas Brandy austrank und einen Schluckauf bekam.

Ich nickte Alice zu. Sie musste mit den Fragen weitermachen.

Verwirrung blitzte in ihrem Gesicht auf und sie zuckte mit den Schultern.

»Erzähl uns mehr darüber, was Professor Stephen mit Bens Arbeit machen will«, sagte ich. »Das klingt interessant.« Es klang auch so, als hätte er etwas zu gewinnen.

Johann zuckte mit den Schultern. »Es ist nicht sonderlich interessant, aber es ist unmoralisch. Stephen ist ein Ideendieb. Er sucht sich die klügsten Studenten aus und nimmt sie als Mentor auf. Er ermutigt sie, bahnbrechende Arbeiten zu produzieren. Diese Studenten, die sich erst noch einen Namen machen müssen, haben den Luxus, alle möglichen neuen Theorien zu entwickeln. Sie können sie ausprobieren, denn sie haben nichts zu verlieren, wenn sie etwas Einzigartiges vorschlagen. Es ist klug von ihm, sie auf diese Weise zu nutzen.«

»Was macht Professor Stephen mit diesen Ideen?«, fragte Alice. »Du hast ihn einen Ideendieb genannt. Ich bin mir nicht sicher, was das heißen soll.«

»Ich glaube, ich weiß es.« Ich fand es immer unglaublich, dass Professor Stephen so viele verschiedene Theorien aufstellte. Er konnte von revolutionären Ideen über die Landwirtschaft zu einem radikal neuen Konzept über königliche Herrschaft und Privilegien springen, ohne ins Schwitzen zu kommen. Normalerweise würde es Jahre dauern, diese Art von Forschung zu betreiben und zu verfeinern.

»Seine brillanten Ideen hat er von anderen Leuten gestohlen«, sagte ich.

Johann schaute mich an. Er reichte mir sein leeres Schnapsglas. Ich füllte es wieder auf und gab es ihm zurück. »So sieht es aus. Er benutzt seine Studenten, um die Forschung zu vervollständigen und sicherzustellen, dass die Idee greifbar ist, dann beansprucht er sie als seine eigene und veröffentlicht einen Artikel.«

»Das hört sich nicht richtig an«, sagte Alice. »Was denken seine Studenten darüber?«

»Es ist egal, was sie denken. Die Leute schenken ihm ihre Aufmerksamkeit. Wenn ein Student behauptet, dass seine Arbeit gestohlen wurde, würde man ihn nicht ernst nehmen. Schließlich haben sie unter dem großen Professor Stephen Maguire gearbeitet. Jeder würde sich auf dessen Seite stellen. Jeder würde auch denken, dass es der Student war, der das Projekt gestohlen und versucht hat, sich einen Namen zu machen.«

»Ich habe alle Bücher von Professor Stephen gelesen«, sagte ich. »Keines davon war sein eigenes Werk?«

»Johann. Du musst vorsichtig sein, wenn du solche Gerüchte verbreitest. Bei deinem miserablen Ruf könnten die Leute denken, dass du nicht ehrlich bist.«

Wir drehten uns alle zur Tür. Professor Stephen stand da, den Blick fest auf Johann gerichtet.

»Oh! Ich wusste gar nicht, dass du schon da bist.« Johann verschüttete etwas Brandy über den Rand seines Glases. Er ging einige Schritte auf Professor Stephen zu, bevor er stehenblieb und zu uns zurückblickte.

»Hast du irgendwelche Beweise für diese Anschuldigungen?« Professor Stephen stapfte in den Raum.

»Ich wollte gar nichts sagen.« Johann schaute auf das Glas in seiner Hand. »Ich weiß nicht, was über mich gekommen ist.«

»Mehrere große Brandys, so wie es aussieht«, sagte Professor Stephen. Er wandte sich an Prinzessin Alice und verbeugte sich. »Beachten Sie ihn nicht. Johann ist ein verkommener Säufer, der kurz davor ist, seine Stelle zu verlieren. Er sucht verzweifelt nach Aufmerksamkeit und ist eindeutig auf der Schwelle zum Bankrott.«

»Stephen! Wir sind Freunde.« Johann stellte sein Glas ab und richtete seine Hemdmanschetten. »Wie kannst du so etwas sagen?«

»Wir waren mal Freunde«, sagte Professor Stephen. »Nach den heimtückischen Lügen, die ich gerade aus deinem Mund gehört habe, kann man uns nicht mehr als Freunde bezeichnen. Und wie wir beide wissen, sind es nicht nur die bösen Gerüchte, die du verbreitest, die unsere Freundschaft beendet haben.«

»Was ist sonst noch passiert, dass Sie nicht mehr befreundet sein wollen?«, fragte Alice. »Holly und ich haben uns kürzlich gestritten. Es war alles ein großes Missverständnis. Als ich wieder zur Vernunft kam, war die Sache erledigt.«

»Prinzessin Alice, meine Sinne sind gut geschärft«, sagte Professor Stephen. »Diese Situation ist mehr als nur ein bloßes Missverständnis. Meinst du nicht auch, Johann?«

Johanns Hand zitterte, als er sein Glas in die Hand nahm. »Das haben wir doch schon besprochen. Ich hatte keine andere Wahl.«

Alice lehnte sich zu mir. »Worüber reden sie?«

»Ich bin mir nicht sicher. Warum fragst du nicht einfach nach?«

Sie ging zu Johann hinüber. »Einen guten Freund findet man nicht so leicht. Gibt es keine Möglichkeit, das zu klären?«

Johann seufzte. »Ich glaube nicht. Alles ist ein einziges Durcheinander. Meine Frau Bethany hat alles mitgenommen. Ich habe nicht einmal eine Wohnung.«

»Ich habe versucht, Verständnis für deine Situation aufzubringen, aber das ist deine eigene Schuld«, sagte Professor Stephen. »Dein Alkoholkonsum ist außer Kontrolle geraten. Bethany hat dich mehrmals gewarnt, dass du dich zusammenreißen sollst.«

Johann senkte den Kopf. »Ich dachte, ich hätte die Dinge im Griff. Ich habe nicht gemerkt, dass ich mich übernommen habe.«

Alice drehte sich zu mir um und riss die Augen weit auf.

Ich gab ihr ein Zeichen, dass sie weiter Fragen stellen sollte. Zwischen den beiden war etwas Entscheidendes vorgefallen und es fühlte sich wichtig an.

»Sie müssen schon lange gute Freunde sein«, sagte Alice. »Sind Sie sicher, dass Sie sich nicht aussprechen können?«

»Würden Sie mit jemandem befreundet sein wollen, der versucht hat, Sie zu erpressen?«, sagte Professor Stephen. »Denn das ist es, was mein sogenannter Freund getan hat.«

»Meine Güte! Ich würde sagen, nein«, sagte Alice. »Womit hat er Sie erpresst?«

»Sie haben die Lüge gerade direkt aus seinem Mund gehört«, sagte Professor Stephen. »Die wilden Anschuldigungen, dass ich die Ideen von Studenten gestohlen und als meine eigenen veröffentlicht habe. Daran ist natürlich nichts dran. Ich betreue alle meine Studenten. Sie haben vielleicht den Kern einer Idee, aber ich arbeite mit ihnen zusammen, um sie zu entwickeln. Und man kann eine Idee nicht patentieren. Das weiß jeder.«

Alice warf einen Blick von Johann zu Professor Stephen, bevor sie zum Tisch zurücktrat und so tat, als würde sie die Torten studieren.

»Ich wette, Professor Stephen erwähnt seine Studenten nicht, wenn er diese Arbeiten veröffentlicht«, murmelte ich. »Frag ihn danach.«

»Wenn an dem, was ich sage, nichts Wahres dran ist, warum hast du mir dann Geld gegeben?«, sagte Johann.

Professor Stephen winkte die Bemerkung ab. »Du hast mir leidgetan, weil ich weiß, in was für einer verzweifelten Lage du dich befindest. Du hättest um ein Darlehen bitten können, anstatt mich zu erpressen. Ich hätte dir Geld gegeben, um dir durch diese schwierige Zeit zu helfen. Stattdessen bist du in mein Büro geschlichen und hast mich beschuldigt, die Arbeit meiner Studenten zu stehlen.«

»Ich habe um Hilfe gebeten«, sagte Johann. »Mehrmals. Du hast nur gelacht und gesagt, du seist diesen Monat ein bisschen knapp bei Kasse. Du sagtest, du hättest gerade drei neue Kleider für Evelyn bezahlt, als ich das letzte Mal um Hilfe flehte. Ich wollte dich nicht weiter drängen, aber ich hatte keine andere Wahl.«

»Warum sind Sie nicht zur Polizei gegangen?«, fragte Alice Professor Stephen. »Erpressung ist illegal. Das hätte Johann aufgehalten.«

Professor Stephen trat von einem Fuß auf den anderen. »Ich wollte nicht, dass mein alter Freund ins Gefängnis geht. Er ist ein betrunkener Idiot, aber das hat er nicht verdient.«

»Du bist nicht zur Polizei gegangen, weil du schuldig bist«, sagte Johann. »Mehrere Studierende haben mir von ihren Sorgen erzählt, dass du ihre Arbeit stehlen wolltest.«

»Zweifelsohne gibt es Studenten, die als meine Assistenten erfolglos waren«, sagte Professor Stephen. »Ich erwarte von den Studierenden, die ich aufnehme, das Beste. Wenn sie diese Erwartungen nicht erfüllen, müssen sie gehen. Das kann einen bitteren Beigeschmack haben. Was dazu führen kann, dass sie dir das Ohr vollheulen und Lügen über mich verbreiten.«

»Oder er hat ihnen wirklich die Arbeit gestohlen und sie können nichts dagegen tun«, flüsterte ich Alice zu.

»Willst du mir damit sagen, dass du Ben nicht für klug genug gehalten hast, dein Assistent zu sein?«, fragte Johann.

»Das habe ich nie gesagt. Was für ein Blödsinn«, sagte Professor Stephen. »Ben war ein ausgezeichneter Assistent.«

»Trotzdem kam er mit seinen Sorgen dich betreffend zu mir. Ben machte sich Gedanken wegen des Artikels, an dem du gearbeitet hast. Er war voll von seinen Erkenntnissen, aber jedes Mal, wenn er dich darauf ansprach, hast du ihn abblitzen lassen.«

»Ben hätte nie mit dir über eine so heikle Angelegenheit gesprochen.« Leuchtende Farbtupfer erschienen auf Professor Stephens Wangen.

Ich griff nach Alices Arm. Das war die Information, die mir noch gefehlt hatte. Wenn Professor Stephen Bens Arbeit gestohlen und dieser beschlossen hatte, ihn zu öffentlich belasten, war das das perfekte Motiv für einen Mord. Professor Stephen hätte Ben zum Schweigen bringen müssen, sonst wäre seine Karriere zu Ende gewesen.

»Ben hatte vor, der Universitätsleitung wegen dir zu schreiben«, sagte Johann.

Alice quietschte und sah mich an. »Das ist ein Motiv.«

Ich nickte und presste einen Finger auf meine Lippen, während ich mich auf die beiden streitenden Männer konzentrierte.

»Du bist erbärmlich«, sagte Professor Stephen. »Ich werde mich mit der Universitätsleitung in Verbindung setzen, sobald ich hier weg bin. Ich werde ihnen empfehlen, dich von deinem Posten zu entfernen. Du bist peinlich und eine Schande für die Fakultät. Das hätte ich schon vor langer Zeit tun sollen. Mein Mitleid mit dir ließ mich den Mund halten. Jetzt nicht mehr. Nicht jetzt, wo ich weiß, wie schnell du mir in den Rücken fallen würdest.«

Johann schwankte und griff nach dem Tisch. »Du kannst mir meine Stelle nicht wegnehmen. Das ist alles, was ich habe.«

»Versuch doch, mich aufzuhalten. Du bist erledigt.«

Johann ließ sein Glas fallen und stürzte sich auf Professor Stephen. Sie taumelten zurück und landeten auf dem Boden, bevor sie sich herumrollten, grunzten, schrien und aufeinander einschlugen.

»Was denkst du über all das?« Alice sah mit großen Augen zu, wie die beiden Männer erfolglos miteinander rangen.

»Wir haben gerade ein Motiv gehört, warum Professor Stephen Ben töten wollte«, flüsterte ich.

»Was ist mit seiner Verletzung? Und seinem Alibi?«

Ich presste die Lippen zusammen. Das waren zwei Probleme, die ich noch nicht gelöst hatte.

»Umpf! Mein Rücken. Sei vorsichtig, du Idiot«, rief Professor Stephen.

Johann hatte Professor Stephen in den Schwitzkasten genommen, sein Gesicht war knallrot. »Du bist ein selbstgefälliger, überschätzter Possenreißer, der seit dem finsteren Mittelalter keinen frischen Gedanken mehr hatte.«

»Gah! Helfen Sie mir.« Professor Stephen streckte eine Hand nach uns aus.

Die Tür des Salons öffnete sich. Campbell kam herein. Er warf einen Blick auf die rangelnden Männer, bevor er mich anschaute. »Gut gemacht, Holly. Ich bin sicher, das ist genau das, was du geplant hast.«

Ich biss mir auf die Unterlippe, als Campbell die beiden Männer auseinanderzog. Diese Nachmittagsparty sollte mir helfen, Johanns Motiv zu finden und ihn zu nützlichen Informationen zu bewegen. Stattdessen hielt ich jetzt wieder Professor Stephen für den Mörder.

Es musste einen Weg geben, um herauszufinden, wer Ben und Marcel getötet hatte. Aber im Moment hatte ich keine Ahnung, wie ich das anstellen sollte.

Kapitel 18

Während ich Mehl in meinen Teufelskuchenteig rührte, ließ ich die Ereignisse der gestrigen Veranstaltung Revue passieren. Ich war ratlos und wusste nicht, auf welchen Verdächtigen ich mich konzentrieren sollte.

Professor Stephen hatte ein wasserdichtes Alibi für beide Morde, außerdem war er verletzt. Und Johann war zu betrunken gewesen, um Ben zu treffen, und er hatte Penny als Alibi für Marcels Tod. Trotzdem wäre es klug, sich zu vergewissern, dass er tatsächlich bei ihr gewesen war.

Professor Stephen schien eher der Mörder zu sein, denn er stahl die Arbeiten seiner Studenten und gab sie als seine eigenen aus. Aber wie hatte er das geschafft?

Hinzu kam das heikle Problem, dass Johann ein Erpresser war, und zwar ein verzweifelter. Er befand sich auf einem dunklen Weg in den Bankrott. Konnte ihn das auch zum Mörder gemacht haben?

Ich seufzte, während ich den Teig faltete und umrührte. Genau wie dieser Kuchen war auch dieses Rätsel ein großes, klebriges Durcheinander.

Ich schüttelte den Kopf, während ich den reichhaltigen, nach Schokolade duftenden Kuchenteig in zwei Formen füllte, bevor ich diese in den Ofen schob und die Zeit einstellte.

»Holly, da du ja jetzt mit dem Kuchen fertig bist, hat Lady Philippa um Brunch in ihrem Zimmer gebeten.

Er steht schon auf dem Tablett bereit.« Chef Heston deutete auf den Tresen.

»Oh! Warum bringen Sie ihn nicht hinauf?«

»Geben Sie mir gerade einen Befehl?« Er wölbte eine Augenbraue in die Höhe.

»Ähm, nein. Aber Sie haben mir gesagt, dass ich in der Nähe der Familie vorsichtig sein soll. Sie wissen schon, nicht ihr Lieblingspudel sein und so.«

Er grunzte. »Ich werde das Essen nicht hinaufbringen. Außerdem hat sie nach Ihnen gefragt. Wie immer.«

»Heißt das, Sie haben nichts dagegen, dass ich mit ihr befreundet bin?«

»Das heißt, dass ich Besseres zu tun habe, als den ganzen Tag der Familie hinterherzulaufen. Beeilen Sie sich, bevor ich Sie zum Schälen abkommandiere.«

Ich wusch mir die Hände. »Der Kuchen wird in dreißig Minuten fertig sein. Ich werde jetzt hochgehen.« Ich nahm das Tablett mit Räucherlachs-Bagels mit Frischkäse, Obstsalat und einer Kanne Tee und eilte aus der Küche.

Ich wurde langsamer, als ich sah, wie Penny ein Ölgemälde in der Haupthalle betrachtete.

Sie drehte sich um, als ich mich ihr näherte. »Hallo, Holly. Diese Bilder sind so schön. Sie sind viel besser als die billigen Reproduktionen, die ich zu Hause habe.«

»Mögen Sie Ölgemälde?«

»Manche mehr als andere«, sagte sie. »Die hier sind wunderschön.«

»Ich habe gehört, dass Sie und Johann sich neulich Abend einige der Kunstwerke in der Galerie angesehen haben.«

Sie schaute mich an. »Sie meinen, an dem Abend, als Marcel getötet wurde?«

Ich zuckte mit den Schultern. »Ich wollte nicht so direkt sein. Es ist nur so rätselhaft. Warum wurde er erschossen? Und wer hat es getan?«

»Es ist ein Rätsel, warum die beiden, Marcel und Ben, getötet wurden.« Ihre Augen füllten sich mit Tränen.

»Ich wünschte, ich wüsste, wer dahintersteckt, aber es war nicht Johann. Er war bei mir. Es ist mir unangenehm, hierzubleiben, aber die Polizei besteht darauf, dass ich im Schloss bleibe, bis alle befragt worden sind. Aber ich fühle mich hier nicht sicher. Es könnte jemand da draußen sein, der uns einen nach dem anderen ausschaltet. Was, wenn ich die Nächste bin?«

»Sie glauben, dass jemand Ihren Tod will?«, sagte ich. »Wurden Sie bedroht?«

Sie verdrehte ihre Hände ineinander. »Nein, aber es macht mich nervös. Ich hätte nicht gedacht, dass irgendjemand Ben töten will, und Sie wissen ja, was mit ihm passiert ist. Und dann hat Marcel einen Pfeil in den Rücken bekommen. Er konnte ein bisschen ein Nörgler sein, aber das ist kein Grund, ihn zu töten.«

»Was glauben Sie, warum Marcel erschossen wurde?«, fragte ich. »Hatte er Angst, dass jemand hinter ihm her war? Wurde er kürzlich bedroht?«

»Nicht, dass ich wüsste, aber Marcel war ein geborener Grübler. Er war immer wegen irgendetwas im Stress. Ich glaube nicht, dass es half, dass er immer mit Ben konkurrierte. Er verbarg es gut, aber er war erleichtert, dass Ben von der Bildfläche verschwunden war. Er hatte gehofft, in seine Fußstapfen zu treten und Professor Stephens Hauptassistent werden zu dürfen.« Sie blinzelte mit ihren glänzenden Augen. »Wissen Sie, je mehr ich darüber nachdenke, desto mehr sah Marcel nach Bens Ermordung gut aus. Jetzt, wo er tot ist, weiß ich nicht mehr, was ich glauben oder wem ich trauen soll.«

Es war, als ob Penny meine eigenen Gedanken wiederholte. Ich hatte stark vermutet, dass Marcel Ben umgebracht hatte, aber jetzt war ich voller Zweifel und wusste nicht mehr, was wirklich vor sich ging.

»Das wird bald aufgeklärt sein«, sagte ich. »Das Schloss ist sicher. Wir haben ein hervorragendes Sicherheitsteam. Wenn Sie zum Ende des Korridors sehen, steht dort einer von ihnen im Schatten und hat ein Auge auf uns.«

»Es ist eine Schande, dass sie nicht auf Ben und Marcel aufgepasst haben«, sagte Penny. »Und Ihre Sicherheitsmaßnahmen machen es auch nicht besser. Ich habe genug Langbogenwettbewerbe gesehen, um zu wissen, dass ein guter Bogenschütze weit von seinem Ziel entfernt sein kann und es trotzdem trifft.« Sie blickte den Korridor entlang. »Und da ich so trübsinnig bin, denke ich, dass ich für den Rest des Tages in meinem Zimmer bleiben werde. Ich habe jede Menge Bücher, um mich zu beschäftigen, und ich muss einiges an Arbeit aufholen.«

»Machen Sie sich keine Sorgen. Ich weiß, dass das eine schwere Zeit für Sie ist. Bald können Sie sicher wieder abreisen und die Sache ist erledigt.«

»Das hoffe ich. Ich habe das Gefühl, dass ich erst dann richtig um Ben trauern kann, wenn das hier zu Ende ist.« Penny nickte mir zu und eilte davon.

Ein Seufzen entwich mir. Ich teilte ihre Verwirrung. Dieses Geheimnis stellte mich auf eine harte Probe. Ich wusste nicht, wohin ich mich wenden sollte. Der Gedanker, dass ein Mörder damit durchkommen könnte, gefiel mir nicht.

Ich eilte die steinernen Stufen des Ostturms hinauf, hüpfte schnell an den kalten Stellen vorbei und ignorierte das körperlose Geflüster, das mir immer auf dieser Treppe folgte. Heute war ich nicht in Stimmung für die Schlossgespenster. Nicht, wenn es ein echtes, gruseliges Rätsel zu lösen gab.

Ich klopfte an Lady Philippas Tür, bevor ich sie aufstieß.

Ihr übergewichtiger, mürrischer Corgi Horatio stapfte zu mir herüber. Er knurrte, bevor er mich umkreiste und die Luft erschnüffelte.

»Lass Holly in Ruhe.« Lady Philippa kam aus ihrem Schlafzimmer. »Ich bin so froh, dass du hier bist. Ich war kurz davor, vor Hunger in Ohnmacht zu fallen. Meine Familie kümmert sich nicht um meine Bedürfnisse.«

»Ich bin sicher, sie hätten Sie am Frühstückstisch willkommen geheißen.« Ich stellte das Tablett ab.

»Das bezweifle ich. Eine verrückte Frau, die voraussagt, dass ein netter Junge auf unserem Grund und Boden stirbt, wäre kaum willkommen«, sagte sie. »Ich weiß, dass ich am besten hier oben meine Mahlzeiten einnehme und meinen Mund halte.«

Ich unterdrückte ein Lächeln, als ich den Tee einschenkte und das Essen anrichtete. Das war das Gegenteil von dem, was Lady Philippa wirklich ausmachte. Sie teilte ihre Gedanken und Meinungen immer mit jedem, der in Hörweite war.

»Setz dich zu mir. Trink eine Tasse Tee«, sagte Lady Philippa.

Ich tat wie mir geheißen und nahm einen Schluck Tee, während mein Blick zum Fenster wanderte.

»Was hast du auf dem Herzen?«, sagte Lady Philippa.

»Haben Sie den Mord an Marcel auch vorhergesagt?«, fragte ich.

»Seltsamerweise nicht.« Ihre Hand wanderte zu dem Notizbuch auf ihrem Beistelltisch. »Ich war mir nur bei Bens Mord sicher. Obwohl ich an dem Abend, als Marcel erschossen wurde, schreckliche Verdauungsstörungen hatte. Ich hätte wissen müssen, dass das ein Zeichen dafür ist, dass etwas Schlimmes passieren würde. Ist es das, was dich beunruhigt?«

Ich nickte. »Es ist alles ein bisschen chaotisch. Der Hauptverdächtige hat ein Alibi und ich stehe vor einer Mauer. Die meisten Verdächtigen scheiden aus.«

»Wer ist dein Hauptverdächtiger?«

»Zuerst war es Marcel, doch dann wurde er umgebracht. Ich dachte an Johann, aber er hat für beide Morde ein Alibi. Jetzt habe ich Professor Stephen im Auge ...«

»Er war derjenige, der den Vortrag gehalten hat, als ich meine Vorahnung über Ben hatte«, sagte Lady Philippa.

»Genau. Er hat das perfekte Motiv für den Tod von Ben. Laut Johann hat er die Ideen seiner Studenten gestohlen und sie als seine eigenen veröffentlicht. Es ist schon komisch, ich habe mich immer gefragt, wie er auf so ungewöhnliche Theorien kommt. Er springt so leicht von einem Thema zum anderen. Jetzt ist es offensichtlich. Es waren gar nicht seine Ideen.«

»Traust du Johann?«

»Ich glaube schon. Obwohl sein Leben chaotisch ist und er Professor Stephen erpresst hat.«

»Er klingt absolut nicht vertrauenswürdig.«

»Keiner von ihnen ist ein Engel. Professor Stephen hat seine Macht missbraucht. Seine Studenten wissen, dass sie sich nicht über ihn beschweren können. Wenn sich jemand gegen ihn stellen würde, würde niemand ihn ernst nehmen und seine Karriere wäre vorbei, bevor sie begonnen hat.«

»Er scheint kein netter Mann zu sein«, sagte Lady Philippa.

»Ich stimme Ihnen zu, aber er wurde bei dem Schießwettbewerb verletzt und war bei seiner Frau, als beide Morde geschahen. Er war es nicht. Es bleibt also niemand anderes übrig.«

»Bist du dir absolut sicher?«, sagte Lady Philippa.

»Das kann nicht Penny sein, Bens Freundin. Sie weiß nicht, wie man schießt. Außerdem war sie bei Johann, als Marcel erschossen wurde. Dann ist da noch Evelyn, Professor Stephens Frau, aber sie war bei beiden Anlässen bei ihm und schießt auch nicht. Dann ist da noch Eddie, der Techniker, aber er hat ein Alibi. Zudem ist er nicht mehr im Schloss. Er ist mit dem Rest des Arbeitsteams abgereist.«

Lady Philippa aß ihren Bagel zu Ende und wischte sich die Hände an einer Serviette ab. »Ich habe eine Idee, die dir helfen könnte, den Fall zu lösen. Hast du Fotos von den übrigen Verdächtigen?«

»Ich bin sicher, dass ich im Internet Bilder von Professor Stephen und Johann auftreiben kann. Warum möchten Sie sie sehen?«

»Wenn ich mir ihre Gesichter ansehe, kann ich vielleicht erkennen, wer von ihnen schuldig ist.«

»Das können Sie?« Ich zog mein Handy heraus und suchte nach Bildern von Professor Stephen und Johann.

»Das habe ich noch nie gemacht, aber ich hatte eine starke Verbindung zu Ben. Ich fühle mich in diesen Mord verwickelt. Wir müssen sicherstellen, dass sein Mörder gefunden wird.«

»Genau das will ich auch. Bitte sehr, hier ist ein Bild von Johann.« Ich reichte Lady Philippa mein Handy.

Sie betrachtete das Bild mehrere Sekunden lang, bevor sie die Augen schloss und ihre Hand auf den Bildschirm legte.

»Spüren Sie etwas?« Ich lehnte mich vor und starrte sie an.

»Gib mir einen Moment.« Sie lehnte sich zurück und atmete tief durch.

Ich nahm einen Schluck von meinem Tee. Ich war mir nicht sicher, ob ich an ihre Fähigkeiten glaubte, aber ich würde alles Mögliche unternehmen, um herauszufinden, wer der Mörder war.

»Ich glaube nicht, dass er es war.« Lady Philippa reichte mir das Telefon. »Ich habe keinerlei schlechte Gefühle. Aber der Mann hat einen Hauch von Verzweiflung an sich.«

»Das kann man auf einem Bild nicht erkennen«, sagte ich.

»Willst du damit sagen, dass ich mich irre?« Sie zog eine Augenbraue hoch. »Ich bin wirklich nur eine verrückte alte Frau, die in einem Turm eingesperrt ist.«

»Nein! Aber ich meine, es ist erstaunlich, wenn Sie das wirklich spüren können. Johann hat alles verloren. Er trinkt zu viel, seine Frau hat ihn verlassen und er hat kein Dach über dem Kopf. Und Professor Stephen droht damit, ihm seinen Arbeitsplatz wegzunehmen.«

»Da hast du es. Vielleicht kann ich ja doch Dinge durch Bilder wahrnehmen. Zeig mir ein Bild von Professor Stephen.«

Eilig rief ich ein Foto von ihm auf. Es sah aus, als wäre es bei einem Schießwettbewerb aufgenommen worden. Er stand draußen, eine leuchtend grüne Wiese im Hintergrund, und er hatte einen Bogen in der Hand.

Lady Philippa nahm wieder mein Telefon und wiederholte den gleichen Prozess – sie berührte den Bildschirm und atmete tief durch.

»Was halten Sie von ihm?«, fragte ich.

»Hinterlistig. Ich könnte mir gut vorstellen, dass er die Arbeit seiner Studenten stehlen würde. Aber da ist noch etwas anderes an diesem Bild. Es hat nichts mit ihm zu tun, aber jemand dort ist unausgeglichen.« Sie nahm ihre Hand von dem Bildschirm und starrte ihn an. »Was du hier hast, ist eine zutiefst unangenehme Person. Aber ich würde Professor Stephen nicht als den Mörder einstufen.«

Ich holte mir mein Handy zurück, vergrößerte das Bild und sah mir alle anderen darauf an. Evelyn stand neben Professor Stephen, hielt die Medaille, die er gewonnen haben musste, und lächelte ihn an. Ich scrollte auf der Seite nach unten und las den Text darunter.

Ich sprang von meinem Stuhl auf und mir wurde vor lauter Unglauben abwechselnd heiß und kalt. »Wollen die mich verarschen?«

Horatio kläffte und starrte mich an.

»Was hast du gefunden?« Lady Philippas Augen leuchteten vor Interesse.

»Evelyn Maguire. Sie hat gelogen. Auf diesem Bild hält sie eine Medaille in der Hand. Ich habe angenommen, dass Professor Stephen sie gewonnen hat. Hier steht, dass sie eine Goldmedaille im Bogenschießen gewonnen hat. Sie hat mir gesagt, dass sie nicht schießt.« Ich suchte schnell nach weiteren Aufzeichnungen über Evelyn Maguire und Langbogenwettbewerbe.

Tatsächlich hatte sie in den letzten zwei Jahrzehnten bei zahlreichen Wettbewerben Preise gewonnen.

»Lass mich nicht im Ungewissen«, sagte Lady Philippa. »Was hast du noch gefunden?«

»Professor Stephen und Evelyn haben sich bei einem Schießwettbewerb kennengelernt. Sie schießt schon länger als er.« Ich sah zu ihr auf. »Ich habe sie schlichtweg nicht beachtet. Sie schien eine so nette Frau zu sein. Ich habe Evelyn geglaubt, als sie sagte, sie wisse nicht, wie man schießt.«

»Das muss die Person gewesen sein, die ich wahrgenommen habe, als ich das Bild angesehen habe«, sagte Lady Philippa. »Ihr Geist ist unausgeglichen und dunkel.«

Ich schüttelte den Kopf. »Ich war so eine Idiotin. Der ganze Unsinn, dass Frauen weniger gute Bogenschützen sind, bei dieser Ermittlung hat mich beeinflusst. So habe ich nicht einmal gemerkt, was ich da tat.«

»Alice ist eine ausgezeichnete Schützin. Das weißt du doch.«

»Ja! Das weiß ich genau! Ich habe sie schon oft schießen sehen. Aber ich habe mich von dem beeinflussen lassen, was mir alle anderen erzählt haben.«

»Nun, jetzt bist du nicht mehr beeinflussbar. Was wirst du jetzt tun?«, sagte Lady Philippa.

Ich starrte das Bild von Evelyn an. »Hat er seine Frau gedeckt oder war es andersherum? Es muss einer von beiden gewesen sein. Entweder hat Professor Stephen oder Evelyn Ben und Marcel ermordet.«

»Du musst hier raus und herausfinden, wer genau diese Pfeile geschossen hat.«

Ich war schon auf dem Weg zur Tür. Mein Herzschlag passte zu meinen schnellen Schritten. »Danke, Lady Philippa.«

»Du kannst mir danken, indem du den Mörder oder die Mörderin aus meinem Schloss bringst.«

Ich nickte. Genau das hatte ich auch vor.

Kapitel 19

Nachdem ich Lady Philippa versprochen hatte, sie über die Geschehnisse auf dem Laufenden zu halten, rannte ich die Treppe des Ostturms hinunter. Ich musste Campbell erzählen, was ich über Evelyn herausgefunden hatte. Ein ehemaliger Superspion war genau das, was ich jetzt an meiner Seite brauchte.

Zehn Minuten lang suchte ich in der Burg herum, aber im Erdgeschoss gab es keine Spur von ihm. Ich rannte hinauf in den ersten Stock. Das war seltsam. Es war kein Sicherheitsdienst da. Es war, als wären sie verschwunden.

»Holly, suchst du jemanden?« Rupert schlenderte den Korridor entlang, die Hände in den Hosentaschen vergraben.

»Campbell. Na ja, eigentlich wäre mir im Moment jeder aus dem Sicherheitsteam recht.«

»Da kann ich dir weiterhelfen. Sie sind alle bei der streng geheimen wöchentlichen Besprechung«, sagte Rupert. »Sie haben sich eine Stunde zurückgezogen, um die Sicherheitsmaßnahmen für die nächsten sieben Tage zu besprechen.«

»Warum mussten sie das ausgerechnet jetzt tun?«, stöhnte ich. Das Sicherheitsteam änderte jede Woche den Tag und die Uhrzeit, an dem sie sich trafen, sodass es nie ein vorhersehbares Muster gab, aber dieser Zeitpunkt könnte nicht schlechter sein.

»Gibt es irgendetwas, wobei ich dir helfen kann?« Er fuhr sich mit einer Hand durch das Haar. »Du siehst ein bisschen nervös aus.«

Ich starrte Rupert einige Sekunden lang an. Sollte ich ihn einbeziehen? Campbell würde mich bei lebendigem Leib häuten, wenn er herausfände, dass ich ein weiteres Familienmitglied in die Aufklärung von Morden einbezog.

»Ich würde wirklich gerne helfen«, sagte er. »Was immer du brauchst, ich stehe dir zur Verfügung.«

»Ich brauche Verstärkung«, sagte ich. »Und ich brauche einen Weg, um die verbleibenden Verdächtigen für die Morde an Ben und Marcel zu versammeln. Ich glaube, ich weiß, wer sie getötet hat. Kannst du mir dabei helfen?«

»Das ist kein Problem«, sagte Rupert. »Wir haben heute Morgen alle spät gefrühstückt. Als ich vor fünf Minuten gegangen bin, waren alle im Speisesaal. Wenn wir uns beeilen, können wir sie noch alle erwischen.«

»Das ist perfekt. Gehen wir gleich.«

Rupert lief neben mir her, als ich durch den Korridor und die Treppe hinunter eilte. »Wirst du mir verraten, wer deiner Meinung nach der Mörder ist?«

»Natürlich!« Rupert sollte wissen, worauf er sich einließ. »Diese Morde sind mit dem guten Ruf verbunden. Entweder Professor Stephen oder Evelyn haben Ben und Marcel umgebracht, damit sein Arbeitsplatz sicher bleibt.«

Ruperts Augen wurden groß. »Doch nicht Evelyn. Sie ist eine so freundliche Frau. Sie ist kaum von der Seite ihres Mannes gewichen, seit er verletzt wurde. Das ist nicht das Verhalten einer kaltherzigen Mörderin.«

»Das habe ich auch gedacht. Als wir uns kennengelernt haben, hat Evelyn mich in ihren Bann gezogen. Sie hat auch darüber gelogen, dass sie mit einem Langbogen schießen kann.«

»Wie sieht es mit der Erpressung aus? Alice hat gesagt, dass Johann Geld von Stephen angenommen hat.«

»Das stimmt, aber wenn das Mordmotiv Erpressung gewesen wäre, hätte Professor Stephen Johann erschossen.«

Rupert rieb sich das Kinn. »Ich bin mir immer noch nicht sicher, ob Evelyn etwas damit zu tun hat.«

»Vielleicht gibt es einen guten Grund, warum sie nicht von Professor Stephens Seite gewichen ist«, sagte ich. »Was, wenn sie Ben und Marcel getötet und ihn dann gebeten hat, sie zu decken? Dann müsste sie ein Auge auf ihn haben, um sicherzugehen, dass er seinen Teil der Abmachung einhält.«

»Oder sie deckt ihn.«

»Genau das ist mein Dilemma. Wer von den beiden war es?«, sagte ich. »Deshalb müssen wir sie gemeinsam zur Rede stellen. Wenn ich verrate, was ich weiß, könnte die Person, die die andere Person deckt, etwas verraten, um die eigene Haut zu retten.«

»Ich stehe dir zur Seite. Ich werde dir helfen, wo ich kann.« Rupert drückte mir beruhigend den Arm, bevor er mir die Tür zum Esszimmer öffnete.

»Oh, gut.« Professor Stephen winkte mich zu sich. »Ich brauche mehr Kaffee.«

Ich ignorierte ihn, während er mir mit seiner Tasse zuwinkte. Erleichtert stellte ich fest, dass Evelyn, Penny und Johann noch am Tisch saßen.

»Holly ist nicht hier, um Ihnen Kaffee zu bringen«, sagte Rupert. »Sie möchte Ihnen einige sehr wichtige Fragen stellen.«

»Oh! Lord Rupert. Ich habe Sie gar nicht gesehen.« Professor Stephens Augenbrauen senkten sich. »Was für Fragen? Arbeitet sie für Sie?«

Rupert nickte mir zu. »In gewisser Weise. Wann immer du so weit bist, Holly.«

Ich sah die Leute am Tisch an, bevor ich mich räusperte und mit den Schultern rollte. »Jemand in diesem Raum hat Ben und Marcel getötet.«

Ein kollektives Keuchen war zu hören.

»Und woher wollen Sie das wissen?«, sagte Professor Stephen. »Haben Sie gesehen, wie die Morde begangen wurden?«

»Nein, aber ich habe mit allen Verdächtigen gesprochen und–«

»Moment mal. Warum untersuchen Sie das überhaupt?«, fragte Professor Stephen. »Sie sehen nicht wie eine Mitarbeiterin der Sicherheit im Haus aus.«

»Holly ist sozusagen ein Mitglied dieser Familie«, sagte Rupert. »Sie ist schlauer als wir alle zusammen.«

»Vielen Dank, Lord Rupert«, sagte ich.

»Sie ist nicht schlauer als ich«, murmelte Professor Stephen.

»Sie ist tatsächlich ziemlich klug. Holly hat mir in meiner Stunde der Not geholfen«, sagte Johann.

»Das ist keine Überraschung, denn du brauchst jede Hilfe, die du bekommen kannst«, sagte Professor Stephen.

Es sah so aus, als ob ihre Streitigkeiten noch nicht beigelegt waren.

»Lassen Sie Holly fortfahren«, sagte Rupert.

Professor Stephen winkte mir mit zusammengekniffenen Augen zu. »Wie Sie wünschen, Lord Rupert.«

Ich sah ihm genau in die Augen. »Ich glaube, entweder Sie oder Ihre Frau haben Ben und Marcel getötet.«

Es gab ein weiteres kollektives Keuchen. Penny ließ ihr Messer fallen, Johann prustete Kaffee über den Tisch, und Professor Stephens Gesicht erblasste.

Evelyn blinzelte heftig. Sie sah ihren Mann an. »Stephen, hast du etwas Schlimmes getan?«

»Ich! Ich habe nichts mit den Morden zu tun«, sagte er. »Das ist eine ungeheuerliche Anschuldigung.«

»Holly, sind Sie sich da sicher?« Pennys Gesicht war kreidebleich, als sie Professor Stephen ansah.

»Bin ich«, sagte ich. »Professor Stephen wurde von Johann erpresst, weil er die Arbeiten von Studenten gestohlen und als seine eigenen ausgegeben hat. Das stimmt doch, oder?« Ich sah zu Johann hinüber.

Er rutschte auf seinem Stuhl hin und her. »Ja, das stimmt. Ich bin nicht gerade stolz darauf, aber ich hatte keine andere Wahl. Und ich habe Beweise dafür, was er getan hat.«

Penny holte tief Luft. »Deswegen war Ben so gestresst, bevor er getötet wurde. Er sagte immer wieder, es gäbe ein Problem und er wüsste nicht, wie er es lösen sollte. Ich hatte das Gefühl, dass es etwas mit Professor Stephen zu tun hatte, aber er sagte mir, er würde sich darum kümmern. Und Ben sprach davon, einen neuen Mentor zu finden. Das verstand ich zu dem Zeitpunkt überhaupt nicht.«

»Keine dieser unsinnigen Anschuldigungen ist haltbar«, sagte Professor Stephen. »Selbst wenn sich herausstellen sollte, dass ich versehentlich die Forschungsergebnisse meiner Studenten verwendet habe, wäre das ein einfaches Missverständnis, das sich leicht aufklären ließe. Ich würde deswegen nicht töten.«

»Da bin ich mir nicht so sicher«, sagte Johann. »Dein Job steht auf dem Spiel, genauso wie dein Ruf.«

»Unfug. Ich mache die Geschichtsabteilung aus. Sie würden mich auf keinen Fall loswerden wollen.«

Penny warf ihre Serviette hin. »Sie haben Bens Forschung gestohlen! Haben Sie ihn deshalb umgebracht? Er wollte offenlegen, was Sie im Schilde führen.«

Alle drehten sich um und starrten Professor Stephen an. Auch Evelyn.

Er zog an seinem Hemdkragen. »Ich bin klug genug, um nicht die Arbeit anderer stehlen zu müssen. Das ist eine lächerliche Theorie von einer eigensinnigen jungen Frau, die nicht weiß, wovon sie spricht.«

»Ich weiß genug, um davon überzeugt zu sein, dass Sie in die Sache verwickelt sind«, sagte ich. »Sie und Ihre Frau.«

Evelyn schüttelte den Kopf. »Nein, ich nicht. Ich würde nie jemandem etwas antun. Ich mochte Ben und Marcel.«

»Und ich habe mich beim Schießwettbewerb verletzt«, sagte Professor Stephen. »Ich kann nicht schießen, ohne dabei höllische Schmerzen zu haben.«

»Vielleicht haben Sie sich gar nicht so sehr verletzt, wie Sie behaupten«, sagte ich.

»Ein Arzt hat mich untersucht«, sagte er. »Und meine Verletzungen wurden durch den lächerlichen Stuhl verschlimmert, auf dem Prinzessin Alice mich sitzen ließ. Ich kann Ihnen versichern, dass nichts davon vorgetäuscht ist.«

»Liebling, langsam mache ich mir Sorgen«, sagte Evelyn. »Du hast wirklich Schmerzen, nicht wahr?«

»Ich mache mir auch Sorgen darum, warum Sie gelogen haben.« Ich richtete meine Aufmerksamkeit auf Evelyn. »Sie können mit dem Langbogen schießen.«

Sie nippte an ihrem Tee und setzte ihre Tasse ab. »Schon, aber das ist lange her. Ich habe seit Jahren nicht mehr mit einem Bogen geschossen und bin aus der Übung. Mit dem Tod dieser jungen Männer hatte ich nichts zu tun.«

»Sie haben mit Ihren Schießkünsten Medaillen bei Langbogenwettbewerben gewonnen«, sagte ich. »Im Internet gibt es Artikel über Sie. So eine Fertigkeit vergisst man nicht.«

Professor Stephen warf Evelyn einen Blick zu. »Du warst doch vor nicht allzu langer Zeit mit ein paar Freunden für ein langes Wochenende zum Schießen weg.«

Ihre Augen wurden schmal. »Das war nur zum Spaß. Und ich war nicht sehr gut. Ich bin sicher nicht gut genug, um Ben oder Marcel zu erschießen. Du dagegen bist ein ausgezeichneter Schütze. Du erzählst den Leuten immer, wie gut du bist.«

Ich hörte ihnen einige Sekunden lang beim Streiten zu. Die gute Beziehung, die sie in der Öffentlichkeit vorgaben, war bereits am Zerbröckeln.

»Sie sagten, Sie waren zusammen, als beide Morde geschahen.« Ich richtete die Frage an Evelyn.

Sie nickte. »Ich war mit Stephen im Wald und half ihm zum Schloss zurück, als er sich den Rücken verletzt hatte. Und wir waren zusammen in unserem Zimmer, als Marcel erschossen wurde.«

»Sind Sie sich ganz sicher, dass Sie die ganze Zeit zusammen waren?«, fragte ich.

»Sehr sicher«, sagte sie.

Professor Stephen räusperte sich. »Also, tatsächlich ...«

»Ruhig, Liebling«, sagte Evelyn. »Wir waren zusammen. Ende der Geschichte.«

Nein, definitiv nicht. Evelyn war unheimlich ruhig, was diese ganze Situation anging, und sie hatte schnell den Verdacht auf ihren Mann gelenkt, indem sie seine Verletzung in Frage gestellt hatte. »Vielleicht decken Sie Professor Stephen. Ich verstehe, wenn das so ist. Wie lange sind Sie schon verheiratet?«

»Fast zwanzig Jahre«, sagte Evelyn nach einer langen Pause.

»Sie würden nicht wollen, dass er Ärger bekommt«, sagte ich. »Es fühlt sich bestimmt nicht gut an, mit einem Mann verheiratet zu sein, der einen Mord begangen hat.«

»Nicht nur das, er ist auch ein Lügner und Betrüger«, sagte Johann.

»Ich bin nichts von alledem.« Professor Stephen hielt sich an der Tischkante fest. »Evelyn, sag es ihnen. Dass ich das nicht war.«

Sie schaute ihn an und ihre Schultern hoben sich einen Zentimeter. »Es gibt keinen Beweis, dass einer von uns Ben oder Marcel getötet hat. Sie können uns nichts vorwerfen.«

Rupert stellte sich neben mich und beugte sich herunter, so dass sein Mund an meinem Ohr war. »Ich habe eine Idee. Ich werde die Wahrheit aus ihnen herausbekommen.«

Ich warf ihm einen neugierigen Blick zu. Was hatte er vor?

Rupert trat näher an den Tisch heran. »Wenn diese Morde mit der ganzen Erpressungsgeschichte zusammenhängen, werde ich meine Sicherheitsleute Ihre Finanzunterlagen einsehen lassen. Das wird uns genau zeigen, was hier vor sich geht.«

Alle sahen ihn irritiert an, und ich zuckte zusammen und schüttelte den Kopf. Ich glaubte nicht, dass Erpressung das Motiv für diese Verbrechen war.

»Hat Ben Geld als Gegenleistung für sein Schweigen verlangt?«, fragte Rupert Professor Stephen.

»Nein! Ben war ein ehrlicher, fleißiger Student«, sagte Professor Stephen.

Rupert blickte mich an. Panik blitzte in seinen Augen auf. »Dann waren Sie es, Johann. Sie wollten mehr Geld. Denken Sie daran, ich kann überprüfen, ob Sie lügen.«

Ich biss mir auf die Lippe. Vielleicht hätte ich Rupert doch nicht in die Sache hineinziehen sollen. Er lenkte die Befragung in die falsche Richtung und lenkte die Aufmerksamkeit von Evelyn und Professor Stephen weg.

»Ich habe bereits zugegeben, dass ich das Geld von Stephen genommen habe, weil ich verzweifelt war«, sagte Johann. »Warum sollte ich Ben und Marcel töten, weil Stephen mir kein Geld mehr geben wollte?«

Rupert wedelte mit einer Hand in der Luft, als würde er ein Orchester dirigieren, das nur er sehen konnte. »Ich ... Nun, jemand hier drin ist ein Mörder. Und ich werde mein Team sofort darauf ansetzen und mich um diese dubiosen Finanzunterlagen kümmern. Holly, wieder zurück zu dir.« Er kehrte mit hängenden Schultern an meine Seite zurück.

Ich wusste seine Bemühungen zu schätzen, aber diese Fragen hatten uns nicht wirklich weitergebracht.

Professor Stephen zuckte mit den Schultern. »Sie können überprüfen, was Sie wollen, Lord Rupert. Sie werden sehen, dass ich kein Geld mehr zu verschenken hatte. Ich bin sogar auf demselben Weg wie Johann.«

Johann sah verwirrt aus. »Wie kann das sein? Ich habe dich nie um eine unverschämte Summe gebeten, sondern nur um genug, damit ich über die Runden komme. Ich weiß, dass du als Dozent nicht gerade ein Vermögen verdienst, selbst mit deinen Buchverkäufen, aber du kannst keine Schulden haben.«

Professor Stephen leckte sich über die Lippen und blickte seine Frau an. »Du bist nicht meine einzige finanzielle Belastung.«

Evelyn setzte ihre Tasse ab. »Das ist deine eigene Schuld. Du konntest noch nie gut mit Geld umgehen, Darling.«

Für eine Frau, deren Ehemann wegen zweier Morde unter Verdacht stand, gab sie sich immer noch gelassen. Sie machte sich offensichtlich keinerlei Sorgen, dass er ins Gefängnis kommen könnte.

Johann sprang von seinem Platz auf und stürmte zu Professor Stephen hinüber. »Ich bereue es, dich erpresst zu haben. Ich habe meine Verzweiflung die Oberhand über mich gewinnen lassen. Ich hätte unsere Freundschaft an erster Stelle sehen sollen. Kannst du mir verzeihen?«

Professor Stephen ergriff Johanns ausgestreckte Hand. »Natürlich. Ich hätte dir anbieten sollen, dass ich dir helfe. Ich wusste, dass du Probleme hattest. Und ich habe deiner Frau nie getraut.«

»Du hast mich davor gewarnt, sie zu heiraten«, sagte Johann. »Ich war geblendet von dem, was ich für wahre Liebe hielt. Als wir heirateten, veränderte sie sich sofort. Sie verlangte immer mehr, bis ich nicht mehr wusste, wie ich sie glücklich machen konnte. Ich fing an zu trinken, weil es mir half, meine Panik zu verdrängen und den Stress abzubauen. Das führte nur dazu, dass meine Frau mich hasste. Bevor ich mich versah, warf sie mich raus und tauschte die Schlösser aus. Ich geriet in Panik. Ich habe einen großen Fehler gemacht.«

»So wie ich. Wir werden immer Freunde sein. Ich habe vorhin aus der Wut heraus gesprochen. Deine Stelle ist sicher. Du hast nichts zu befürchten.«

Die Männer fielen in eine Umarmung und klopften sich gegenseitig auf die Schultern.

Meine Aufmerksamkeit war nur halb bei ihnen, denn Evelyn saß schweigend und mit ausdrucksloser Miene auf ihrem Platz.

»Professor Stephen, ich verstehe nicht, was Sie damit meinten, dass es mehr als eine finanzielle Belastung gibt«, sagte ich.

Er schaute mich an. »Was hat das damit tun?«

»Beantworten Sie ihre Frage«, sagte Rupert. »Das ist wichtig für die Morde an Ben und Marcel.«

Professor Stephen räusperte sich und schaute erneut zu seiner Frau. »Es ist eine persönliche Angelegenheit. Ich kümmere mich darum.«

Meine Augen weiteten sich. »Evelyn erpresst Sie auch?«

Rupert trat neben mich und sein Blick war ernst. »Beantworten Sie Hollys Frage. Und denken Sie daran, wir haben Möglichkeiten, diese Dinge zu überprüfen.«

Ich nickte und war nun dankbar für Ruperts Hilfe. »Haben Sie ihr deshalb ein falsches Alibi für die Morde gegeben?«

»Meine Alibis sind nicht falsch«, sagte Evelyn. »Stephen hat sich beim Schießwettbewerb verletzt. Er wäre nicht in der Lage gewesen, zurück zum Schloss zu gehen, wenn ich ihm nicht geholfen hätte. Wir waren zusammen.«

»Professor Stephen?«, fragte ich. »Waren Sie an diesem Nachmittag die ganze Zeit mit Evelyn im Wald?«

»Ich, ähm, also, ich meine ...« Er stolperte über einige weitere halbgare Worte.

»Kein Mucks mehr«, sagte Evelyn. »Wir waren zusammen.«

»Was hat Evelyn gegen Sie in der Hand, dass Sie solche Angst haben, die Wahrheit zu sagen?«, sagte ich.

Johann klopfte Professor Stephen auf den Arm. »Es ist das Beste, wenn alles herauskommt. Hat das etwas mit deinem neuesten Forschungsprojekt zu tun?«

Evelyn machte ein tadelndes Geräusch und schüttelte den Kopf. »Ihr seid alle beide gleich schlimm. Ihr seid nur an der Vergangenheit interessiert. Merkt ihr nicht, wie ermüdend das für uns andere ist? Kein Wunder, dass deine Frau dich rausgeschmissen hat, Johann. Manche von uns blicken in die Zukunft. Wir müssen Pläne schmieden.«

»Welche Pläne haben Sie für die Zukunft, dass Sie dafür Ihren Mann erpressen mussten?«, sagte ich.

»Ich habe nicht gesagt, dass ich Stephen erpresst habe«, sagte Evelyn.

»Ich habe dir doch gesagt, dass es um Erpressung geht«, flüsterte Rupert mir zu.

»Am Ende wird alles ans Licht kommen, vor allem, wenn man die Finanzen überprüft«, sagte Professor Stephen leise.

»Das wird es nicht, wenn du den Mund hältst«, sagte Evelyn, wobei die Freundlichkeit aus ihrem Gesicht wich und ihre Schultern steif wurden. Sie erhob sich von ihrem Platz und ballte die Hände zu Fäusten.

Johann nickte Professor Stephen zu. »Bringen wir diese traurige Angelegenheit zu Ende. Ben und Marcel waren anständige junge Männer. Sie haben Gerechtigkeit verdient.«

Ich nickte ihm zu. Das waren genau meine Gedanken.

Professor Stephen schluckte und klopfte sich auf die Brust, bevor er mich anschaute. »Ich weiß nicht, wie Sie darauf gekommen sind, aber Evelyn hat mich ausgeplündert.«

»Sei still«, sagte sie mit zusammengebissenen Zähnen. »Ich bin deine Frau. Ich nehme dir nichts weg.

Du solltest dich um mich kümmern. Das ist deine Verantwortung als mein Mann.«

»Hat sie Beweise dafür, dass Sie auch Arbeiten von Ihren Studenten gestohlen haben?«, fragte ich.

»Nein, hier geht es nicht um meine Arbeit. Es geht um die Benefizveranstaltungen, die Evelyn organisiert, um Geld für die Abteilung zu sammeln. Ich zeichne die endgültigen Einnahmen ab. Und, na ja, ich habe vielleicht etwas Geld für ... Verwaltungskosten genommen.« Professor Stephen zog den Kopf ein.

»Sie haben Geld von einer Wohltätigkeitsveranstaltung gestohlen«, sagte ich. »Wofür haben Sie es gebraucht?«

»Für Evelyn«, flüsterte er.

»Ich habe dich nie darum gebeten«, sagte Evelyn. »Das hat nichts mit mir zu tun.«

»Stephen«, sagte Johann in einem vorwurfsvollen Ton. »Diese Leute haben dir das Geld gegeben, um die historische Forschung voranzutreiben.«

»Du hältst den Mund.« Evelyns Fingerknöchel knackten, als sie sie auf den Tisch presste. »Du bist ein Säufer und Erpresser.«

»Evelyn hat herausgefunden, was ich tue«, sagte Professor Stephen. Seine Stimme war so leise, dass ich ihn kaum hören konnte. »Zuerst hat sie Witze darüber gemacht und gesagt, ich müsse ihr ein Geschenk machen, damit sie schweigt. Ich dachte nicht, dass sie es ernst meinte. Schließlich sind wir eine Partnerschaft. Wir passen aufeinander auf. Dann hörten die Scherze auf und die Forderungen begannen. Das wuchs mir über den Kopf. Ich war gerade dabei, mich zurechtzufinden, als Johann auftauchte und damit drohte, meine Arbeit mit den Schülern auffliegen zu lassen.«

»Mein lieber Freund, es tut mir so leid, dass ich dich in die Enge getrieben habe«, sagte Johann.

»Ich mache dir keine Vorwürfe«, sagte Professor Stephen. »Du konntest ja nicht wissen, dass meine Frau mir das vorhält.«

»Du machst einen großen Fehler.« Evelyns Wangen waren zusammengekniffen und ihre Augen angespannt. »Das ist eine private Angelegenheit. Warum solltest du jemand anderem davon erzählen?«

»Sie sind diejenige, die den Fehler gemacht hat«, sagte ich. »Sie haben Ben und Marcel erschossen und erwartet, dass Ihr Mann Sie deckt. Professor Stephen, waren Sie bei Evelyn, als die Morde geschahen?«

Sein Kopf drehte sich zu seiner Frau. »Nein! Du hast mich im Wald zurückgelassen.«

»Um meine Schlüssel zu holen. Ich habe sie am Schießstand vergessen. Das habe ich schon gesagt.«

Ich schüttelte den Kopf. »Das ist nicht wahr. Sie sind nie wieder zum Schießstand gekommen, nachdem Professor Stephen verletzt wurde.«

»Das musste ich nicht. Ich war auf dem Rückweg, als ich sie in meiner Tasche fand. Ich war kaum fünf Minuten weg.« Sie fletschte die Zähne und trat vom Tisch weg. »Warum sollte ich Ben töten wollen?«

»Weil er gedroht hat, den Diebstahl seiner Arbeit durch Professor Stephen öffentlich zu machen«, sagte ich. »Ben muss sich so unschlüssig gefühlt haben, ob er das, was er wusste, preisgeben sollte. Hier war ein Mann, den er sehr bewunderte, aber Professor Stephen war auch ein Dieb.«

»Das ist wahr«, sagte Penny. »Ben kämpfte mit einem Problem, das er mir nicht anvertrauen wollte.«

Ich nickte. »Sie haben sich Sorgen um ihn gemacht, Evelyn. Wenn Ben aufgedeckt hätte, was Professor Stephen tat, wäre seine Karriere zu Ende gewesen und damit auch Ihre Möglichkeit, ihn zu erpressen. Es gäbe keine Spendensammler mehr, von denen Sie Geld abschöpfen konnten. Sie mussten dafür sorgen, dass das nicht passiert.«

»Sag mir bitte, dass das nicht wahr ist«, sagte Professor Stephen und starrte mit großen Augen auf Evelyn. »Du hast Ben wegen Geld getötet?«

Sie schüttelte den Kopf und ließ ihren eiskalten Blick durch den Raum schweifen. »Du hältst dich für so schlau, aber du bist ein Idiot. Du hast diese Spendenkonten unterschrieben, ohne einen zweiten Blick darauf zu werfen.«

Professor Stephen stotterte und seine Wangen wurden rot. »Du sagst immer, du hättest keinen Kopf für Zahlen. Ich habe dir einen Gefallen getan, als ich die Bücher durchgesehen habe, um sicherzugehen, dass alles in Ordnung ist.«

»Wenn du wüsstest, wie man einen Jahresabschluss richtig liest, hättest du eine Ausgabenzeile gesehen, die dort nicht hingehört«, sagte Evelyn.

»Sie haben bei den Benefizveranstaltungen gestohlen und Ihren Mann um noch mehr Geld erpresst?« Ich hatte mich von Evelyns süßer Fassade so sehr täuschen lassen.

Sie schmunzelte. »Warum nicht? Stephen hat mich in die Kategorie der guten, einfachen Ehefrau gesteckt. Das hübsche kleine Ding, das er am Arm halten und bei Veranstaltungen vorführen konnte. Ich habe nie Ärger gemacht und ihn nie in Frage gestellt. Ich lächelte und lachte an den richtigen Stellen, um ihn gut aussehen zu lassen. Innerlich starb ich vor Langeweile. Als ich das erste Mal eine Benefizveranstaltung organisierte, hatte ich keine Ahnung, wie viel Geld sie einbringen würde. Als ich das Endergebnis sah, konnte ich nicht widerstehen, ein wenig davon zu nehmen.«

»Evelyn!« Professor Stephen schüttelte den Kopf. »Wie konntest du nur?«

»Oh, sei still. Du hast dasselbe getan«, sagte Evelyn. »Ich merkte, wie einfach es war, mir zu nehmen, was ich wollte. Stephen war zu sehr in seine langweilige Arbeit vertieft, um es zu merken. Ich brauchte meine Freiheit. Mit dem Geld auf dem Konto konnte ich fliehen, wenn es mir zu viel wurde.«

»Du wolltest vor mir fliehen?« Professor Stephen trat einen Schritt zurück und legte die Hand auf seine Brust. »Ich dachte, wir wären glücklich.«

»Genau! Das hast du gedacht. Du hast dir nie die Mühe gemacht, mich zu fragen, was ich will. Du hast mich nicht ein einziges Mal gefragt, ob ich glücklich bin, eine Hausfrau zu sein, keine Karriere zu machen, nicht mit den Kindern gesegnet zu sein, die ich mir gewünscht habe, und mir dein endloses Gejammer über die langweiligen Ereignisse im Geschichtsunterricht anhören zu müssen. Geschichte gehört in die Vergangenheit. Da muss sie auch bleiben.«

Professor Stephen öffnete und schloss seinen Mund mehrmals, aber es kam nichts heraus.

»Was ist mit Marcel?«, sagte ich.

Evelyn verschränkte ihre Arme vor der Brust. »Was soll mit ihm sein? Er war ein weiterer aufgeblasener Besserwisser, der zurechtgewiesen werden musste.«

»Es reicht! Ich werde dich nicht mehr decken.« Professor Stephens Gesicht wurde rot. »Evelyn ist schuldig. Sie hat mich in der Nacht, als Marcel erschossen wurde, zehn Minuten lang allein gelassen. Du hast gesagt, du wärst in die Bibliothek gegangen, um ein Buch zu holen. Ich fand das ein bisschen seltsam, wenn man bedenkt, wie viele Bücher wir mitgebracht hatten.«

Evelyn zuckte mit den Schultern. »Marcel war ein unglückliches Opfer. Ich dachte, ich wäre mit dem Schuss auf Ben davongekommen. Eigentlich hätte ich den Pfeil gar nicht abschießen müssen. Marcel hatte seinen eigenen Plan, um Ben loszuwerden.«

Ich keuchte. »Der Teilabdruck, der auf dem Pfeil im Wald gefunden wurde. Marcel hat versucht, Ben zur gleichen Zeit wie Sie zu erschießen.«

Sie schnaubte ein Lachen. »Sie haben Recht. Ich konnte mein Glück kaum fassen, als ich sah, wie er mit einem Pfeil auf Ben zielte. Ich stand da und sah zu und wartete darauf, dass er Ben ausschaltete und meine Sorgen löste. Aber der Idiot hat gezittert. Es war unmöglich, dass er den Schuss mit einer zittrigen Hand abgibt.«

»Und er hat Ben verfehlt«, sagte ich und blickte zu Rupert. »Das war der Pfeil, den Meatball am Tag des Mords entdeckt hat.«

Sie nickte. »Er landete ein paar Meter von Ben entfernt. Also habe ich geschossen und den Job erledigt.«

»Aber Sie haben sich Sorgen gemacht, dass Marcel gesehen hat, was Sie getan haben«, sagte ich.

»Zuerst war ich es nicht, aber er bat darum, mich zu sehen. Er sagte, er habe eine wichtige Information für mich. Ich konnte mir nur eine Sache vorstellen. Ich beschloss, dass Marcel keine Gelegenheit bekommen würde, sich in mein Leben einzuschleichen. Also verabredete ich mich mit ihm draußen. Dann musste ich nur noch das richtige Timing finden. Ich sah zu, wie er auf den Rasen hinausging. Es war, als würde er mich anflehen, ihn zu erschießen. Er stand da in einem strahlend weißen Hemd.«

»Evelyn, du bist ein Monster«, sagte Professor Stephen.

»Man muss eines sein, um eines zu erkennen, Liebling«, sagte Evelyn. »Ich lebe kaum ein Leben, gefangen als deine Frau, ohne Perspektiven, ohne Karriere und ohne Kinder, die meine Zeit in Anspruch nehmen. Ich bin mir ziemlich sicher, dass das Leben hinter Gittern viel unterhaltsamer sein wird, als dir als die langweilige, pflichtbewusste Ehefrau hinterherzulaufen, zu der du mich gemacht hast. Obwohl ich vermute, dass du auch einige Zeit hinter Gittern verbringen wirst, da du im Grunde ein Lügner und ein Dieb bist.«

»Jetzt warte mal einen Moment. Lass uns nicht zu voreilig sein.« Professor Stephens Blick huschte durch den Raum. »Ich habe ein bisschen Geld genommen, keine zwei Menschen umgebracht.«

»Wir sollten die Polizei entscheiden lassen, was mit Ihnen beiden passiert«, sagte ich. »Lord Rupert, vielleicht könntest du ...«

Evelyn kreischte und stürzte sich auf Rupert. In ihrer rechten Hand glitzerte etwas Silbernes, als sie ihren Arm hob.

Mein Blick schoss zu Rupert. Er stand mit offenem Mund da, als Evelyn näherkam. Er hob nicht einmal einen Arm, um sich zu schützen.

Ich warf mich auf Rupert und stieß ihn aus Evelyns Weg. Ein Funken Schmerz durchzuckte meinen linken Arm, als wir durch die Luft flogen.

Als ich auf Rupert knallte, protestierten meine Knie, weil sie über den Teppich rutschten.

Rupert stieß ein Grunzen aus und die Luft schoss aus ihm heraus, als er auf dem Boden aufschlug.

Ich hob meinen Kopf und starrte auf ihn herab. Ich lag auf seiner Brust und drückte ihm mein Dekolleté ins Gesicht. »Geht es dir gut?«

Er nickte leicht und stieß dabei mit der Nase gegen meine Brust. »Und dir?«

»Gut.« Ich rollte mich von ihm herunter und sprang auf meine Füße.

Professor Stephen und Johann hatten Evelyn gefesselt. Ein Messer vom Tisch lag vor ihr am Boden.

Ich blinzelte, als ich das Messer untersuchte. Das war keine Erdbeerkonfitüre auf der Messerklinge. Ich wirbelte zurück zu Rupert. Hatte sie ihn verletzt?

»Holly, dein Arm!« Rupert packte mich an der Schulter. »Du blutest ja.«

Ich schaute wieder auf das Messer und dann auf den Schlitz in meinem Oberteil, wo Evelyn mich gestochen hatte. »Mir geht es gut. Ich fühle mich ...« Der Raum drehte sich und schwarze Punkte füllten meine Sicht.

»Haltet sie fest. Sie geht gleich zu Boden«, sagte Professor Stephen mit undeutlicher Stimme, während ich nach Luft rang.

»Nein, wirklich, ich bin ...«

Kapitel 20

Ich setzte mich ruckartig auf und schnappte nach Luft. War das ein lebhafter Traum gewesen oder hatte Evelyn gerade mit einem Buttermesser auf mich eingestochen?

Ich bewegte meinen Kopf. Meine Wange lag auf einem Satinkissen. Das war nicht der Boden des Esszimmers, in dem ich eben noch herumgezappelt hatte.

Warme, feste Hände packten mich und Ruperts Gesicht tauchte über mir auf. »Es geht dir gut. Du warst ohnmächtig. Aber du bist in Sicherheit. Niemand wird dir wehtun.«

Ein Schauer lief mir über den Rücken, als sich die Ereignisse im Esszimmer in meinem Kopf überschlugen. »Evelyn, wo ist sie?«

»Sie ist weg. Sie kommt nicht mehr in deine Nähe.« Alice rannte durch die Tür, lief zu der Couch, auf der ich lag, und schlang ihre Arme um mich.

»Sei vorsichtig mit ihrem Arm«, sagte Rupert.

Als Alice mich losließ, waren ihre Wangen nass von Tränen. »Als ich hörte, was passiert ist, dachte ich, ich hätte dich verloren. Meine beste Freundin. Ermordet mit dem Familiensilber.« Sie umarmte mich noch einmal.

Ich versuchte, sie ebenfalls zu umarmen, aber ein schmerzhaftes Pochen in meinem rechten Arm bewirkte, dass ich sie nur schwach mit einer Hand streicheln konnte.

Ein kurzer Blick in die Runde zeigte mir, dass wir uns in einem der privaten Familienzimmer befanden. »Ich bin etwas verwirrt. Nur falls mich jemand aufklären will.«

Schnelles, hektisches Bellen ertönte im Korridor. Ein paar Sekunden später sprang Meatball durch die Tür. Er sprang auf meine Brust, schnüffelte an meinem Gesicht herum und leckte mir mehrmals über die Wange.

»Wie bist du hier reingekommen?«, fragte ich und war dankbar, dass mein bester pelziger Kumpel mich fast erdrückte. Nachdem ich beinahe niedergestochen worden war, brauchte ich Trost.

»Ich habe ihn reingelassen«, sagte Alice. »Er hat draußen wie verrückt gebellt. Er wusste, dass du in Gefahr bist.«

»Alles gut.« Ich kraulte ihn zwischen den Ohren. »Ihr müsst euch keine Sorgen machen.«

Meatball ließ sich auf meiner Brust nieder und rührte sich nicht von der Stelle. Seine großen, dunklen Augen starrten mich an.

»Brauchst du etwas?«, fragte Alice, als sie um mich herumschlich. »Vielleicht sollten wir dich ins Krankenhaus bringen.«

»Ich glaube nicht, dass ich ins Krankenhaus muss«, sagte ich. »Aber mein Arm tut weh. Wie lange war ich ohnmächtig?«

»Zwanzig Minuten«, sagte Rupert.

Ich schaute auf den Verband um meinen linken Arm. »Hast du das gemacht?«

»Nein, das war Campbell«, sagte Rupert.

Ich setzte mich mühsam auf und drückte Meatball mit meinem unverletzten Arm an meine Brust. »Erzählt mir alles. Ich erinnere mich daran, dass Evelyn beide Morde gestanden hat und ich Rupert vorgeschlagen habe, die Polizei zu holen. Dann ist sie ausgerastet.«

Rupert rieb sich mit den Fingern über die Stirn. »Alles geschah so plötzlich. Nachdem Evelyn versucht hat, mich abzustechen, und du ohnmächtig wurdest, ging alles ganz schnell.«

»Das Letzte, woran ich mich erinnere, ist, dass wir vom Boden aufstanden und Professor Stephen und Johann Evelyn im Arm hatten.«

»Das ist richtig. Zehn Sekunden später stürmte Campbell durch die Tür«, sagte Rupert. »Einer seiner Sicherheitsleute hatte ihn alarmiert, weil er einen Schrei aus dem Speisesaal gehört hatte.«

»Das muss Evelyn gewesen sein, kurz bevor sie auf dich zugerannt ist«, sagte ich.

Er nickte. »Campbell kam herein, sah, dass du verletzt warst, sah das blutige Messer und entfernte dich vom Geschehen. Stephen und Johann kamen mit uns mit und bestätigten Evelyns Geständnis.«

Ich stieß einen langen und langsamen Atemzug aus. »Und dann?«

»Campbells Team hat Evelyn auf die Polizeiwache gebracht. Stephen ist mitgefahren. Er hat versprochen, nichts zu verschweigen. Die Erpressung, der Diebstahl, die Vertuschung – alles wird ans Licht kommen.«

»Und was ist mit Johann und Penny?«

»Er wartet darauf, befragt zu werden, genau wie Penny«, sagte Rupert. »Sie werden unsere Seite der Geschichte bestätigen.«

»Ich kann nicht glauben, dass Evelyn das getan hat. Ich wünschte, ich wäre da gewesen. Ich hätte ihr einen Karateschlag verpasst und verhindert, dass diese böse Hexe in eure Nähe kommt.« Alice ergriff meine Hand. »Du hast meinem Bruder das Leben gerettet. Er mag ein Schwachkopf epischen Ausmaßes sein, aber ich will nicht, dass ihn jemand absticht.«

Rupert klopfte mir auf die Schulter. »Holly war so mutig. Ich stand einfach nur da, zu verängstigt, um mich zu bewegen. Sie hat nicht gezögert und sich auf mich geworfen. Sie hat ihr Leben riskiert, um mich zu beschützen.«

»Ich, ähm, na ja, ich habe nicht wirklich darüber nachgedacht, was ich da tue.« Würde ich mich für Rupert opfern? Ich mochte ihn, viel mehr als ich sollte, angesichts meiner Position, aber würde ich durch ein Schwert oder ein Buttermesser sterben, um sein Leben zu sichern? »Ich habe das Messer gesehen und dass Evelyn direkt auf dich zuhielt und habe einfach reagiert.«

»Du bist unsere Heldin«, sagte Alice. »Dafür solltest du zum Ritter geschlagen werden.«

»Sie ist keine Heldin.« Campbell stiefelte in den Raum, die Schultern straff und dicht an den Ohren. »Sie ist eine Närrin. Sie hätte getötet werden können.«

»Hey, das ist nicht fair!«, sagte ich. »Du kannst nicht wütend auf mich sein. Ich habe deinen Job gemacht. Ich habe geholfen, den Mörder zu finden und Lord Rupert zu schützen. Und wo warst du? Bei Tee und Keksen mit deinem Team, während du deine Termine für nächste Woche besprochen hast.«

Campbells Augen wurden schmal. »Ich habe dich gewarnt, dass so etwas passieren würde. Du hast deine Nase immer wieder in die Ermittlungen gesteckt und die Mörderin dazu gebracht, dich anzugreifen.«

»Ich bin froh, dass sie es getan hat«, sagte Alice. »Holly hat zwei Morde aufgeklärt, einen Erpressungsring aufgedeckt, etwas über illegale Geschäfte mit Geld erfahren, das ich nicht ganz verstehe, und das Leben meines Bruders gerettet. Wie ich schon sagte, sie sollte zum Ritter geschlagen werden.«

»Sie ist eine Frau«, sagte Campbell in einem ungewöhnlich knappen Tonfall, als er sich an Alice wandte. »Frauen werden nicht zum Ritter geschlagen. Sie werden Dames.«

»Dann ist es an der Zeit, das Gesetz zu ändern«, sagte Alice. »Ich kenne einige Mitglieder im britischen Oberhaus. Sie werden ein gutes Wort für mich einlegen. Mach dir keine Sorgen, Holly. Wir werden dir eine Tapferkeitsmedaille besorgen.« Sie zwinkerte mir zu.

»Und ich stehe für immer in deiner Schuld«, sagte Rupert zu mir.

»Das ist doch nicht nötig«, sagte ich.

»Du hast nur eine Fleischwunde«, sagte Campbell. »Und mein Team war kurz davor, herauszufinden, was mit Evelyn und Stephen los war. Ich hatte mir die Finanzunterlagen von Professor Stephen und seiner Frau angesehen. Es gab ungewöhnliche Transaktionen, darunter ein Offshore-Bankkonto mit nachvollziehbarer Herkunft.«

»Und dieses Konto führt zu Evelyn?«, sagte ich.

»Das war die Richtung, in die uns die Informationen führten«, sagte Campbell.

»Das ist alles nicht wichtig«, sagte Alice. »Holly hat Evelyn das Geständnis entlockt, bevor sie versucht hat, Rupert zu töten. Deine Beweise sind ein alter Hut, Campbell.«

Ich biss mir auf die Unterlippe und fand es irgendwie toll, wie rot Campbell wurde. Ich beschloss, ihm eine Rettungsleine zuzuwerfen. »Diese Beweise werden nützlich sein, wenn der Fall vor Gericht kommt. Evelyns Geständnis ist wichtig, aber an beiden Tatorten gab es nicht viele Beweise.«

»Was du nicht sagst«, sagte Campbell.

Ich lächelte zuckersüß über seine Schärfe und fühlte mich ein bisschen benebelt von all dem Adrenalin, das immer noch durch mich pumpte.

»Holly, ich brauche deine Aussage«, sagte Campbell.

»Sie ist zu schwach, um eine Aussage zu machen«, sagte Alice. »Sie braucht einen Monat Pause und keinen Stress.«

»Ich bin sicher, dass es mir gut geht, wenn ich wieder arbeite«, sagte ich. »Ich will keine Umstände machen. Meinem Arm geht es schon besser.« Ich versuchte, meinen Bizeps zu beugen, und wäre fast wieder ohnmächtig geworden.

»Auch wenn es eine Fleischwunde war: Das Messer war scharf«, sagte Campbell und sein Ton wurde weicher. »Ich brauche deine Aussage nicht sofort. Ruh dich ein paar Tage aus. Dann werden wir uns unterhalten.« Er nickte Alice und Rupert zu, bevor er den Raum verließ.

»Er ist so ein Griesgram. Nur weil du die Heldin des Tages bist und den Fall gelöst hast, lässt er es an uns aus«, sagte Alice.

»Campbell mag es nicht, wenn ich meine Nase in seine Angelegenheiten stecke«, sagte ich.

»Ich bestehe darauf, dass du das weiterhin tust. Wenn du nicht wärst, hätte ich keinen Bruder.« Alice legte ihren Kopf schief. »Eigentlich ist das keine schlechte Idee. Wenn Rupert aus dem Weg ist, kann ich mich jeden Morgen als Erste am Frühstücksgebäck bedienen.«

Rupert schlug ihr auf den Arm und grinste. »Ermordet wegen Gebäck. Das wäre ein Skandal.«

Ich lächelte, als Rupert und Alice sich zankten. Endlich fühlte sich das Schloss wieder sicher an.

»Wie können wir dir helfen?« sagte Alice, als sie sich wieder zu mir umdrehte. »Egal wie. Du sagst es uns und wir regeln es. Nichts ist zu viel Aufwand.«

»Ich will nur ein bisschen liegen bleiben. Obwohl eine Tasse Tee toll wäre.«

»Tee! Warum habe ich da nicht selbst daran gedacht?« Alice stieß Rupert an. »Hol Holly etwas Tee.«

»Natürlich.« Er sprang auf die Füße, ergriff meine Hand und küsste sie. »Nochmals vielen Dank. Ich werde nie vergessen, was du heute für mich getan hast.«

Ich legte mich zurück auf die Couch und drückte Meatball fest an mich. Ein paar Mal atmete ich tief durch und schaltete ab, während Alice über meine Tapferkeit sprach und darüber, wie wunderbar ich war.

Wenn ich ehrlich sein sollte, hatte ich wirklich nicht nachgedacht. Ich hätte auf der Stelle erstarren können, genau wie Rupert. Ich war mir immer noch nicht sicher, warum ich mich vor ihn gestürzt hatte. Wahrscheinlich wollte ich, dass Lord Rupert in meinem Leben blieb.

Ich küsste Meatball auf den Kopf, bevor ich meine Augen schloss. Das war mir dann doch ein bisschen zu viel des Guten gewesen. Das nächste Mal, wenn ich beschloss, die Heldin zu spielen, würde ich vielleicht Campbell rufen, damit er einsprang. Wurde er nicht schließlich dafür bezahlt?

»Bist du sicher, dass es dir gut genug geht, um zu gehen?« Rupert schwebte neben mir, eine Hand hinter meinem Rücken. Er berührte mich nicht direkt, war mir aber so nah, dass die Wärme durch meinen Pullover hindurchstrahlte.

»Es geht mir gut«, sagte ich. »Zwei Tage Bettruhe sind für mich mehr als genug. Und es war mein Arm, der verletzt wurde, nicht meine Beine. Ich bin es gewohnt, mich regelmäßig zu bewegen. Wenn ich noch länger drinnen bleibe, werde ich noch wahnsinnig. Ein Spaziergang in Audley St. Mary ist genau das, was ich brauche.«

»Sag es einfach, wenn du dich ausruhen willst«, sagte Rupert. »Ich bin ja da. Ich werde dich sogar tragen, wenn du meinst, dass das hilft.«

Ich lächelte und ignorierte das nervöse Kribbeln in mir. Rupert war mir in den letzten zwei Tagen kaum von der Seite gewichen, nur um mich schlafen und duschen zu lassen. Es war, als wäre er mein persönlicher Leibwächter. Das war süß von ihm, aber auch unglaublich erdrückend, denn wo immer Rupert hinging, war Campbell in der Nähe wie ein riesiger, glimmender, wütender Schatten.

Rupert hatte uns ins Dorf gefahren, weil ich nicht kräftig genug war, um zu Fuß zu gehen, und wir schlenderten gemütlich durch die ruhigen Straßen.

Nachdem ich zwei Tage lang drinnen gewesen war, fühlte sich die Sonne wunderbar auf meiner Haut an.

Meatball war an meiner Seite und freute sich, mit mir unterwegs sein zu dürfen.

Während der letzten beiden Tage hatte Alice darauf bestanden, mit ihm rauszugehen, und ich hatte unsere gemeinsamen Spaziergänge vermisst.

Ich war froh, dass mein Leben langsam wieder zur Normalität zurückkehrte. Obwohl mich die Messerstecherei zum Nachdenken brachte. Vielleicht sollte ich nicht mehr so leichtsinnig sein und in den Geheimnissen des Schlosses herumstochern. Ich konnte nur so oft Glück haben, bis es aufgebraucht war. Und wie Campbell immer wieder prophezeite, würde etwas Schlimmes passieren. Dieses Mal hatte er recht gehabt. Wenn Evelyn mit dem Messer nur ein paar Zentimeter weiter links getroffen hätte, wäre ich nie wieder spazieren gegangen.

»Sieh mal, dein alter Laden veranstaltet in drei Wochen eine Aktion, bei der du deinen eigenen Topf machen kannst«, sagte Rupert. »Ich habe das Töpfern noch nie ausprobiert. Das könnte lustig sein.«

Wir blieben vor meinem ehemaligen Café stehen. Die Fassade war neu gestrichen worden und über der Tür prangte ein neues Schild: Artfully Homewares.

Ich klopfte auf den Fensterrahmen. »Ich muss mal vorbeischauen. Ich habe den Ladenbesitzer noch nicht kennengelernt.« Ich musste sichergehen, dass derjenige, der jetzt meinen Laden führte, sich auch tatsächlich gut um ihn kümmerte.

»Wir könnten uns gemeinsam mit dem Besitzer treffen«, sagte Rupert. »Wie wäre es, wenn wir uns zusammen für den Töpferkurs anmelden?«

»Das klingt gut«, sagte ich. »Vielleicht ist das Töpfern wie Brotbacken. Man muss die Schritte genau befolgen, sonst fällt er zusammen. Ich könnte im Töpfern gut sein.«

»Ich bin sicher, dass du gut sein wirst.« Er räusperte sich. »Dann ist es ein Date.«

Meine Augen weiteten sich und ich starrte zu ihm hoch. Das war kein leichtfertiger Tonfall gewesen. »Ein richtiges Date?«

Eine Röte kroch seine Wangen hinauf und in seinen Haaransatz. »Nun, du hast mir das Leben gerettet. Das ist das Mindeste, was ich tun kann.«

»Rupert, zum letzten Mal: Ich habe dir nicht das Leben gerettet. Ich bezweifle, dass ein Buttermesser wirklich einen Menschen töten kann.«

»Man kann nie wissen. Evelyn war schnell unterwegs. Und ich sah die Mordlust in ihren verrückten Augen glitzern.«

»Das war Panik, Angst, vielleicht auch ein bisschen Verrücktheit, weil sie in einem Leben gefangen war, das sie nicht mehr wollte, aber sie hätte dich nicht umgebracht«, sagte ich.

Er blickte hinauf in die späte Nachmittagssonne. »Ich bin nur froh, dass sie wegen Doppelmordes und Unterschlagung angeklagt wurde. Wir werden sie nie wieder sehen müssen. Und jetzt, wo alle von der Geschichtsparty nach Hause gegangen sind, ist das Schloss wieder ganz wie früher.«

»Ich bezweifle, dass es für Professor Stephen so sein wird wie früher«, sagte ich. »Gibt es irgendetwas Neues über ihn?« Ich drehte mich um, als sich jemand laut und offensichtlich räusperte. Ich versuchte, nicht mit den Augen zu rollen, aber es fiel mir schwer, denn ich entdeckte Campbell, der in der Nähe lauerte.

Er schüttelte leicht den Kopf. Ich wusste, was das bedeutete: Hör auf zu schnüffeln.

Ich grinste ihn an und ignorierte den warnenden Blick in seinen Augen. »Campbell, hast du etwas zu sagen?«

Er verzog den Mund, bevor er nickte. »Darf ich, Lord Rupert?«

»Natürlich. Nur zu«, sagte Rupert. »Was gibt's Neues?«

»Die Universitätsleitung hat Professor Stephen entlassen«, sagte Campbell. »Sie haben beschlossen, keine Anklage wegen des Diebstahls zu erheben, sofern er das Geld zurückzahlt. Außerdem werden alle von ihm veröffentlichten Arbeiten, die nicht von ihm stammen, aus der Veröffentlichung zurückgezogen und an die ursprünglichen Eigentümer zurückgegeben. Natürlich können diese Personen auch beschließen, Professor Stephen in einem privaten Gerichtsverfahren zu verklagen, aber das ist noch nicht entschieden. Stephens Karriere als Dozent ist vorbei. Er kann von Glück reden, wenn er einen Job als Lehrer an einer Abendschule bekommt.«

»Das hat er nicht anders verdient«, sagte Rupert. »Eigentlich ist es sogar mehr, als er verdient hat. Er hat seine Schüler ausgebeutet und Geld genommen, das ihm nicht gehörte. Er hat Glück, dass er nicht im Gefängnis sitzt.«

»Er ist glimpflich davongekommen«, sagte Campbell. »Anscheinend wollte die Universität keinen Skandal, der ihren Ruf beflecken und zukünftige Geldgeber abschrecken könnte.«

»Er ist nicht ganz so glimpflich davongekommen. Er ist mit einer Doppelmörderin verheiratet«, sagte ich. »Das ist eine harte Strafe, mit der man leben muss.«

Campbell nickte. »Da sind wir uns einig.«

»Da seid ihr ja alle.« Alice kam um die Ecke getrabt und eilte herüber. Ihre eigene Security war nicht weit dahinter. »Holly, ich konnte es nicht glauben, als ich zu deiner Wohnung kam und sie leer vorfand. Dann habe ich herausgefunden, dass Rupert mit dir weggegangen ist, ohne zu fragen, ob ich mitkommen will.« Sie gab ihm einen Klaps auf den Arm. »Holly ist meine beste Freundin. Finger weg! Ich darf mit ihr rausgehen, nicht du.«

»Autsch! Ich habe doch nichts falsch gemacht«, sagte Rupert. »Und sie hat mir das Leben gerettet. Wir können alle zusammen Freunde sein.«

Alice streckte ihm die Zunge heraus. Ihr Blick wanderte über seine Schulter. »Oh, schau mal! Dein altes Café veranstaltet einen Töpferkurs. Da müssen wir hingehen. Wir machen daraus ein Date. Nur wir beide. Jungs sind nicht erlaubt.« Sie warf Rupert einen Blick zu und klimperte mit den Wimpern, als sie Campbell sah.

Ich sah zu Rupert hoch und zuckte mit den Schultern. Unser neu arrangiertes Date würde also nicht stattfinden. Zumindest nicht so, wie er es sich erhofft hatte. Und vielleicht auch nicht so, wie ich es mir erhofft hatte.

»Das klingt spannend«, sagte ich. »Lasst uns alle zusammen gehen, ja? Es ist nicht schön, jemanden auszuschließen.«

Alice' Unterlippe schob sich vor. »Oh, meinetwegen. Solange Rupert nicht die ganze Zeit mit einem traurigen Gesicht herumläuft.«

»Ich mache kein trauriges Gesicht«, sagte Rupert.

»Doch, das tust du. Du siehst immer traurig aus, wenn du deinen Willen nicht durchsetzen kannst. So wie jetzt.« Sie runzelte die Stirn und zog an ihren Ohren, bevor sie ihre Wangen aufplusterte.

Sie fingen an, sich zu streiten, sich gegenseitig zu beschimpfen und Grimassen zu schneiden wie Kinder.

Ich ging ein paar Schritte weg und schüttelte den Kopf, wobei mein Blick auf meinem alten Café verweilte. Es wäre schön, dort vorbeizuschauen und sich diskret umzusehen. Es war eine Veränderung im Dorf, aber es fühlte sich wie eine gute Veränderung an.

»Hast du deine Lektion schon gelernt, Holmes?« Campbells Stimme war so leise, dass nur ich ihn hören konnte.

Meine Wirbelsäule wurde gerade, als ich einen Blick auf Alice und Rupert warf, bevor ich mich ihm zuwandte. »Was denkst du, welche Lektion ich lernen muss?«

»Wenn du deine Nase in Dinge steckst, in denen du keine Expertin bist, führt das zu Problemen.«

»Es führt auch dazu, dass Verbrechen aufgeklärt werden«, sagte ich und weigerte mich, meine Knie zittern zu lassen, als er mich anfunkelte. »Du solltest mir dankbar sein.«

»Ich habe mich bei dir bedankt, indem ich dich nicht verhaften ließ«, sagte er. »Ich habe dich nicht angezeigt, weil du dich in eine Untersuchung eingemischt, Zeugen beeinflusst oder an einem Tatort Beweise manipuliert hast.«

Ich machte ein tadelndes Geräusch. »Ich habe nichts davon getan und das weißt du. Wir sollten bei diesen Ermittlungen Partner sein. Wo warst du, als ich verletzt wurde? Sollten wir uns nicht gegenseitig den Rücken freihalten?«

»Ich habe meine Arbeit gemacht. Und wenn wir wirklich Partner wären, hättest du mir sagen müssen, dass du vorhast, die Verdächtigen zu konfrontieren. Dann hätte ich dich von hinten, von vorn und von der Seite beobachten können.«

»Ich habe versucht, dich zu finden, aber du warst beschäftigt. Rupert ist als deine Vertretung eingesprungen.«

»Ja. Wir müssen uns noch darüber unterhalten, was du in einer gefährlichen Situation für eine angemessene Unterstützung hältst«, sagte Campbell. »Entweder das, oder wir bringen dir bei, wie du dich in einem Messerkampf verteidigen kannst.«

»Wage es nicht, mir vorzuschlagen, dass ich eine Pistole mit mir herumtragen soll«, sagte ich.

»Ich würde nicht im Traum daran denken, so etwas vorzuschlagen. Du würdest dir wahrscheinlich selbst in den Fuß schießen, wenn du eine hättest.«

»Ich würde eher dir in den Fuß schießen«, murmelte ich.

»Holly, gehen wir weiter.« Alice kam herüber und klammerte sich an meinen Ellbogen. »Ich will noch einmal hören, wie du meinen Bruder gerettet und eine Mörderin gefangen hast.«

Ich stöhnte und schüttelte den Kopf. »Du hast die Geschichte schon ein Dutzend Mal gehört. Wird das nicht langsam langweilig?«

»Wie könnte ich mich bei so einer tollen Geschichte jemals langweilen? Lass uns einen Spaziergang um den Dorfanger machen. Und wage es ja nicht, irgendwelche Details auszulassen. Komm schon, Campbell. Dranbleiben.«

Ich schaute ihn an und grinste über seinen mürrischen Gesichtsausdruck. Obwohl es in Audley St. Mary einige Veränderungen gegeben hatte, fühlte sich alles wieder richtig an. Ich war von meinen Freunden umgeben, die ich eher als eine erweiterte Familie betrachtete, ich hatte meinen besten Hund an meiner Seite und die Sonne schien. Außerdem hatte Campbell mich nicht angeschrien. Es war ein voller Erfolg für alle Beteiligten.

Alles auf der Welt war in Ordnung. Zumindest fühlte sich alles in unserer kleinen Ecke des Paradieses richtig an. Mein Zuhause und meine Freunde waren wieder sicher.

Bist du bereit für einen weiteren Krimi mit Holly und Meatball?

Mord und Blaubeerkuchen, Buch 5 der Serie, wartet auf dich.

Mord, Heirat und Muffins!

Ich bin schockiert, als ich erfahre, dass die Hochzeitsfloristin Connie Barber während der jährlichen Hochzeitsmesse in Audley Castle gestorben ist. Ich kann mir nicht erklären, warum sie tot umgefallen sein soll. Ist ihr Tod auf etwas Unheimliches zurückzuführen?

Es dauert nicht lange, um herauszufinden, dass es nur wenige Menschen gab, die Connie mochten. Sie war raffiniert, geldgierig und gemein. Und sie hatte Spaß daran, anderen Frauen die Männer zu stehlen.

Doch dann stellt sich heraus, dass sie vergiftet wurde. Ich will Connie unbedingt Gerechtigkeit widerfahren lassen und ermittle weiter. Aber mit einem einem Berg von Backwaren und der überraschenden Ankunft eines Familienmitglieds bin ich zu beschäftigt, um die Wahrheit hinter dem Berg von Muffins und Chaos zu erkennen.

Mord und Blaubeerkuchen ist das fünfte Buch
in der kulinarischen Holly-Holmes-Krimi-Reihe, mit
skurrilen Royals, einem liebenswerten Hund und einer
Handlung, die dich bis zum Ende rätseln lässt.

***

Ich habe eine Leckerei für dich. Ein leckeres Rezept für
Kirsch-Brownies. Von Lord Rupert empfohlen!

Rezept

Schoko-Kirsch-Brownies

Vorbereitungszeit: 15 Minuten **Backzeit:** 35 Minuten

Bleiben 3 Tage lang frisch oder 3 Monate im Gefrierschrank.

Das Rezept kann ohne Milch und Eier zubereitet werden. Ersetze die Milch durch eine Pflanzen-/Nussalternative, verwende milchfreien Schokolade und mische 3 EL Leinsamen mit 1 EL Wasser, um ein Leinsamen-»Ei« als Bindemittel zu erhalten (für dieses Rezept werden 9 EL Leinsamen benötigt, um die 3 Eier zu ersetzen).

ZUTATEN

1/2 Tasse (140 g) ungesalzene Butter, Raumtemperatur
1,5 Tassen (300 g) Zucker
3 große Eier
1 Tasse (125 g) glattes Mehl
3/4 Tasse (75 g) Kakaopulver
½ Teelöffel Salz
½ Teelöffel Backpulver
3/4 Tasse (75 g) dunkle Schokolade
1,8 Tassen (250 g) entsteinte und in Viertel geschnittene Kirschen

ZUBEREITUNG

1. Den Backofen auf 170 Grad Celsius vorheizen. Den Boden und die Seiten einer quadratischen 20-Zentimeter-Form ausfetten oder mit Backpapier auslegen.

2. In einem Topf die Butter und 1 Tasse (100 g) Zucker vermengen und unter Rühren erhitzen, bis sich der Zucker aufgelöst hat und die Butter geschmolzen ist. Beiseite stellen.

3. In einer großen Schüssel die Eier und den restlichen Zucker verquirlen, bis sie hell, glatt und schaumig sind. Die Zucker- und Buttermischung in die Zucker-Ei-Mischung gießen und verquirlen.

4. In einer mittleren Schüssel Mehl, Kakaopulver, Backpulver und Salz mischen. Zur Zucker-Ei-Butter-Mischung geben und verquirlen. Nicht zu stark verrühren.

5. Die Schokolade und die Kirschen unterheben.

6. Den Teig in die vorbereitete Backform gießen.

7. Für 35 Minuten backen oder bis die Oberfläche der Brownies fest ist und nur noch wenige Risse aufweist.

8. Aus dem Backofen nehmen.

9. Lasse die Brownies vor dem Verzehr vollständig abkühlen – wenn du kannst!

Auch erhältlich

Genieße weitere gemütliche Krimis aus der Holly Holmes-Reihe. Erhältlich als Taschenbuch und E-Book.

Mord und Karamellkuchen
Mord und Schokoladenkuchen
Mord und Vanillekuchen
Mord und Kirschkuchen
Mord und Blaubeerkuchen (Juni 2024)
Mord und Mokkakuchen (Oktober 2024)
Mord und Zitronenkuchen
Mord und Ahornsirupkuchen
Mord und Pfefferminzkuchen

Über die Autorin

K.E. O'Connor (Karen) ist eine Cozy Mystery-Autorin, die inmitten der wunderschönen britischen Landschaft wohnt. Sie liebt alles, was mit Geheimnissen, Tieren und Kuchen zu tun hat (diese Dinge schaffen es auch häufig in ihre Bücher).

Wenn sie nicht gerade über Mysterien, Morde und Leckereien schreibt, arbeitet sie ehrenamtlich in einem örtlichen Tierheim, liest jede Menge Bücher, sieht sich Krimiserien an und träumt davon, an einem wärmeren Ort zu leben.

Um über Krimis, in denen der Mörder sein Fett wegbekommt, auf dem Laufenden zu bleiben, abonniere Karens unterhaltsamen monatlichen Newsletter mit Buchneuheiten, Rabatten und weiteren Cozy-Mystery-Leckereien. Außerdem erhältst du eine exklusive Kurzgeschichte mit Holly Holmes. Diese Geschichte ist nirgendwo sonst erhältlich, sie ist exklusiv für ihre Newsletter-Abonnenten.

Hol dir jetzt Raub und pinker Zuckerguss: https://dl.bookfunnel.com/7jqg6khgnp

www.ingramcontent.com/pod-product-compliance
Lightning Source LLC
Chambersburg PA
CBHW061546210726
48287CB00006B/2095